Catalina

Das Bündnis

der Verdammnis

Impressum

Alle Rechte am Werk liegen beim Autor
J., Jaliah
Catalina
Das Bündnis der Verdammnis
Berlin, Juli 2018
2. Auflage
Lektorat: Günter Bast, Theresa Wahl, Carolin Kuttler
Cover/Bildgestaltung: Wolkenart – Marie - Katharina Wölk

© 2018
Herstellung und Verlag: BoD – Books on Demand, Norderstedt.
ISBN 978-3-7528-1535-1

www.jaliahj.de

2

Erlebt mit mir

diese ungewöhnliche Geschichte

einer starken Frau

Selbst in der heutigen Zeit gibt es Sachen, die sich nie ändern.

Es gibt Dinge, die einen tieferen Ursprung haben und egal wie modern alles wird, wie viel Zeit vergangen ist, man kann diese Wurzeln nicht mehr beseitigen. Es gab in jeder Epoche der Zeit Rivalitäten, Verfeindungen, tiefen Hass, Rachegefühle und Kriege, und leider wird sich das auch niemals ändern, da kann sich die Welt noch so schnell drehen, die Häuser können noch so hoch werden und die Menschen sich noch so nahekommen.

Es wird immer gut und böse geben, arm und reich und tiefen Hass, der Menschen entzweit, egal wo auf der Welt es sein mag.

So ist es auch in Lateinamerika, wo sich zwei Familias seit mehreren Generationen bekriegen.

Es ist die Geschichte der Familia Los Rojos, die in Puerto Rico lebt und über ganz Lateinamerika die Macht hat. Über jedes Land, bis auf Kolumbien und Venezuela.

In Kolumbien herrscht die Familia Les Delgardos.

Unterschiedlicher könnten zwei Familias nicht sein. Die Rojos haben viel Geld und mehr Macht als sonst jemand in Lateinamerika. Die Delgardos hingegen sind nicht sehr wohlhabend. Sie leben in einfachen Häusern, betreiben den einfachen Handel, den Familias schon immer betrieben haben. Sie haben nicht die gleichen Möglichkeiten wie die Rojos und doch sind sie die einzige Familia, die den Rojos die Stirn bietet.

Eigentlich könnten sich die Familias aus dem Weg gehen, jeder seine Geschäfte in seinen Ländern betreiben, doch da ist diese jahrelange Feindschaft zwischen ihnen, entstanden vor vielen Generationen bei dem ersten Versuch, Geschäfte miteinander zu machen, der so fehlgeschlagen ist, dass eine halbe Stadt ausgelöscht wurde. Seitdem gibt es immer wieder Krieg, immer wieder greifen sich die Familias an, Attentate werden verübt und beide Seiten erlitten große Verluste.

5

Besonders schlimm ist es geworden, nachdem die Les Delgardos angefangen haben, doch über ihre Grenzen hinaus in Venezuela zu agieren. Es gab blutige Aufeinandertreffen und es hat lange gedauert, bis sich die Delgardos so stark in Venezuela festgesetzt hatten, dass man sie dort nicht mehr vertreiben konnte.

Nun ist der Krieg so schlimm entfacht wie nie zuvor.

Die Los Rojos müssen Venezuela passieren, um ihren Geschäften mit verschiedenen lateinamerikanischen Ländern nachgehen zu können. Die Les Delgardos haben jedoch nicht vor, dies zuzulassen, gleichzeitig machen sie immense Verluste bei den ewigen Kämpfen und auch die Los Rojos merken, dass nun ein Punkt erreicht ist, an dem man nicht mehr weiterkommt.

Nach vielen Vermittlungsversuchen anderer Geschäftspartner und Familias fand in Kuba das erste Treffen zwischen den Anführern statt:

Alvaro, der die Les Delgardos noch heute leitet, weil er nie einen Sohn bekommen hat und Risa, dem alten Anführer der Los Rojos, der mit seinem ältesten Sohn und jetzigen Anführer Santiago zum Treffen erschienen ist.

Insgesamt hatte jede Familia fünf ihrer engsten Mitglieder dabei und weitere zwanzig neutrale Personen waren anwesend, die alle an einem Waffenstillstand der Familias interessiert sind.

Nach so vielen Jahren des Krieges war es sehr schwer, der anderen Partei überhaupt ins Gesicht zu sehen, doch sie alle wussten, dass es an der Zeit war, die Kampfhandlungen einzustellen, um weitere Verluste auf beiden Seiten zu vermeiden, und so einigte man sich nach fünf Abbrüchen des Treffens und über einer Woche Verhandlungen darauf, dass die Familie der Los Rojos komplett auf Geschäfte in Kolumbien und Venezuela verzichtet und sie den Les Delgardos überlässt.

Die Les Delgardos hingegen belassen es bei den beiden Ländern und die Los Rojos dürfen Venezuela passieren, um weiterzureisen und ihre Waren zu transportieren, mehr nicht. Ansonsten geht

6

man sich aus dem Weg und es herrscht ab sofort ein Waffenstillstand.

Dieses Treffen liegt knapp ein Jahr zurück. Aber auch wenn die Anführer und engsten Vertrauten versuchen, diesen Waffenstillstand einzuhalten, da sie selbst davon profitieren, haben sie so große Familias, dass es trotz allem immer wieder zu Vorfällen kommt und diese die noch nicht völlig erloschene Glut immer wieder neu aufflammen lassen. Weshalb sie sich nun nach einem Jahr wieder treffen, um eine endgültige Lösung zu finden, damit der Waffenstillstand der Familias so fest besiegelt wird, dass niemand sich mehr trauen wird, dagegen zu sprechen und zu handeln. Damit auch jeder weit über die Familias hinaus weiß, dass zwischen ihnen kein böses Blut mehr fließt und jeder seiner Wege geht.

Sie müssen einen Weg dafür finden, dass all die Jahrzehnte des Hasses sich auflösen und man neu beginnen kann, doch dass das nicht so einfach geht und was sie mit solchen Vereinbarungen anrichten ...

das ahnt noch niemand von ihnen und genau da ...

beginnt unsere Geschichte ...

Kapitel 1

»Es gibt nichts, was mir etwas bedeutet, Stefania, wenn du nicht bei mir bist, nichts, verstehst du das? Du bist mein Leben!«

Catalina schließt das Buch und legt sich hin, den Kopf legt sie auf die Schenkel ihre Schwester Natia. Sie sieht in den Himmel und atmet tief aus. »Ich würde alles für einen Mann wie Pablo tun. Stell dir vor, wie stark seine Liebe zu Stefania ist, er wäre für sie gestorben, Natia, kannst du dir das vorstellen?« Catalina wendet ihren Kopf zu Natia um und sieht ihre jüngere Schwester an.

»Milo hat dir doch letztens deine Lieblingsschokolade gebracht, reicht das nicht?« Catalina lacht und sieht wieder in den Himmel, weiße Wolken ziehen sich durch den sonst so blauen Himmel und etwas weiter weg werden sie immer mehr und dunkler.

»Milo ist ein guter Mann, doch denkst du, dass er mich so liebt wie Pablo Stefania?« Natia zuckt mit den Schultern. »Mir würde es reichen, Schokolade zu bekommen.« Catalina atmet tief aus, sie liest ihrer Schwester regelmäßig aus ihrer Lieblingsbuchreihe vor, aber noch immer versteht sie es nicht. »Wie viele Teile musst du noch lesen?«

Vier Männer ihrer Familia kommen an ihnen vorbei, sie nicken ihnen respektvoll zu. »Ihr seid etwas weit weg von unserem Grundstück, passt auf. Soll einer von uns bei euch bleiben?« Catalina schüttelt den Kopf. »Nein, alles in Ordnung. Wir gehen eh bald zurück, aber hier ist sowieso niemand außer uns.« Die Männer sehen sich um, gehen dann aber weiter.

Natia und Catalina sind daran gewöhnt, sie sind die Töchter von Alvaro Delgardo, dem Anführer der Les Delgardos. Sie konnten sich noch nie so wirklich frei bewegen, es ist immer gefährlich, zumindest, wenn sie sich zu weit weg von ihrem Hauptsitz, der Finca Delgardo, wegbewegen.

Catalina und Natia schleichen sich öfter vom Grundstück weg, durchqueren die kleine Stadt, die vor der Finca liegt und gehen zu dem Hügel, auf dem sie auch jetzt sitzen, in den Himmel schauen und das ruhige Leben hier draußen genießen.

Sobald die Männer weg sind, wendet sich Catalina wieder dem Himmel zu. »Das war Band drei, es gibt insgesamt sieben, also habe ich noch einiges vor mir.« Natia beginnt, sich einige von Catalinas Haaren zu nehmen und zu flechten. Natia liebt es, ihr die Haare zu machen und sie ist wirklich gut darin, kunstvolle Frisuren zu zaubern. »Du solltest die Liebe erleben und nicht darüber lesen.« Catalina schließt die Augen und entspannt sich komplett.

»Solch eine Liebe wie in Filmen oder in Büchern gibt es, denke ich nicht, nicht so intensiv zumindest ...« Natia lacht. »Na, du machst mir ja Hoffnungen. Ich denke, du liebst Milo?« Catalina seufzt leise auf. »Ich, ja ... klar, natürlich bin ich in ihn verliebt.

Aber wir sind heimlich zusammen, sehen uns selten, können nie frei irgendwo sein, da können sich auch nicht solche starken Gefühle aufbauen wie bei Stefania und Pablo, es ...« Natia deutet ihr, den Kopf zu drehen. »Catalina, Stefania und Pablo gibt es nicht!« Catalina öffnet die Augen wieder, doch sie kommt nicht zum Antworten.

»Catalina! Catalina!« Natia und sie setzen sich sofort auf, als sie die Stimme ihrer Stiefschwester hören und sehen sich verwundert an. Wieso ist Ana hier und wieso sucht sie Catalina? Beide stehen gleichzeitig auf, dass ihre Stiefschwester sie sucht, kommt nie vor. Sie interessiert sich nicht für sie.

»Wieso bist du hier?« Ana ist ganz außer Puste. Sie kommt sehr nach ihrer Mutter und hat schon jetzt ziemlich viele Kurven. Catalina hat sie noch nie rennen gesehen, bis jetzt und sie muss sich zurücknehmen, um nicht über ihr hochrotes Gesicht zu lachen.

»Was mache ich hier? Was macht ihr hier? Wenn Papa erfährt, dass ihr hier seid ...« Catalina bindet sich ihre Haare zu einem hohen Zopf, wobei sich Natias Flechtwerk löst. »Papa ist nicht da

10

und wenn du nicht wie sonst auch immer gleich zu ihm rennst und petzt ...«

Nun hat Ana wieder genug Luft, ihre dunklen Augen funkeln sie wütend an. Ein Anblick, den sie gewöhnt ist. »Er ist vor zehn Minuten angekommen und hat mich geschickt, um dich zu holen. Sofort!« Catalina sieht zu Natia, die genauso wenig versteht was los ist, doch sie folgen Ana, die vorneweg zurück in die Finca stampft.

»Das letzte Mal, als sie sich mit diesen Monstern getroffen haben, waren sie mehrere Tage weg, wieso sind die so schnell wieder zurück und wieso sucht Papa dich? Meinst du, Milo hat endlich mal seinen Mund aufbekommen und gesagt, dass da etwas zwischen euch läuft?«

Daran hat Catalina noch gar nicht gedacht. »Ich hoffe nicht. Ich meine, er muss es ja irgendwann erfahren, doch nicht ... ich weiß nicht. Seit wann interessiert es Papa, was eine von uns beiden macht? Wann hat er das letzte Mal mehr als drei Worte mit dir gewechselt?« Natia zuckt die Schultern. Ihr Vater interessiert sich für keine von ihnen besonders. Also was will er jetzt von Catalina?

Sie gehen an den Stühlen der Wachposten vor der Finca vorbei. Hugo hebt seinen Hut und zwinkert ihnen zu. »Ich musste ihr sagen, wo ihr seid. Euer Vater sucht euch überall.« Catalina nickt nur und sieht sich um.

Ihre Finca besteht eigentlich nicht nur aus einem Haus, es sind mehrere Gebäude, die zu einem großen U gebaut wurden. Es gibt das Haus des Anführers, in dem ihr Vater Alvaro mit seiner Freundin Sarita und Catalinas Halbschwestern Ana und Anabel lebt. Ana ist fünfzehn und Anabel zwölf, doch es trennen Catalina, die gerade zwanzig geworden ist und die achtzehnjährige Natia viel mehr von ihren Halbschwestern, als die Jahre, die zwischen ihnen liegen.

Daneben liegt das Haus von Luiz, ihrem Onkel, Alvaros Bruder, der bis heute sein Single-Leben genießt und ständig neue Frauen dort hat. Neben seinem Haus liegt das Haus von Pepe, dem besten und ältesten Freund ihres Vaters. Er lebt dort mit seinen Söhnen

11

Milo und Malik, Milo ist zweiundzwanzig und Malik neunzehn. Beide gehören mit zu den engsten Kreisen und momentan sieht alles danach aus, als würden die beiden später die Familia weiter leiten.

Auf der anderen Seite des Hauses ihres Vaters steht ein kleiner Anbau, in dem ihre Mutter Valentina, Catalina und Natia leben, seit ihr Vater Sarita eines Abends hochschwanger mitgebracht hat. Es ist aber nicht so, dass ihr Vater sie vor die Tür gesetzt hat.

Ihre Mutter ist gegangen, sie wollte nicht eine Sekunde mit dieser Frau zusammenleben, doch sie ist streng katholisch und würde sich nie scheiden lassen, abgesehen davon, dass sie ihren Vater nicht verlassen kann, er würde sie überall finden, deswegen sind sie geblieben, auch wenn ihre Mutter das ihrem Vater nie verziehen hat.

Neben ihrem Anbau gibt es ein großes Haus, in dem die wichtigsten Männer der Familia leben, und dann ist da noch ein Stall mit ihren Pferden und den anderen Tieren. Catalina mag es, hier zu leben, sie kennt nichts anderes. Manchmal sind sie auch auf ihrem neuen Grundstück in Venezuela, doch dort ist es noch immer sehr unruhig wegen der Rojos, deswegen bleiben sie meistens hier in Kolumbien.

Sie sind nicht reich, sie kommen gut über die Runden, doch sehr viel mehr bleibt selten übrig, auch wenn ihr Vater der mächtigste Mann Kolumbiens und Venezuelas ist. Durch die Geschäfte der Los Rojos, die den gesamten lateinamerikanischen Markt und alles darüber hinaus beherrschen, haben sie immer nur so viel verdienen können, dass es gereicht hat, jedoch aber nie zu besonders viel Luxus.

Doch Geld war für ihren Vater noch nie so wichtig wie Macht. So langsam, Stück für Stück, ändert sich das alles allerdings, seit dem Abkommen, das ihr Vater mit den Los Rojos geschlossen hat.

Niemand hat das verstanden. Die Los Rojos sind ihre größten Feinde, sie alle hassen diese Familia. Sie sind der Grund dafür, dass

12

ihre Familia an vielem gescheitert ist. Catalina kannte viele der Männer, die im Kampf gegen die Los Rojos gestorben sind und als ihr Vater den Waffenstillstand ausgehandelt hat, waren einige damit nicht einverstanden, auch Catalina nicht. Lieber verhungert sie, als auf diese Familia Rojos angewiesen zu sein, doch es ist auch nicht so, als würde sie hier jemand nach ihrer Meinung fragen.

Nachdem ihr Vater mit Sarita seine anderen Töchter bekommen hat, waren Natia und Catalina nur zwei weitere Mitglieder der Familia, die durchgefüttert werden müssen.

Ihr Vater interessiert sich eh nicht für seine Töchter, es ist kein Geheimnis, dass er sie alle verflucht, weil er unbedingt Söhne haben wollte, doch er hat bisher nur vier Töchter bekommen und ist darüber nicht sehr erfreut.

Es wird gemunkelt, dass er auf dem neuen Anwesen in Venezuela, dem Land, das nun auch offiziell ihrer Familia gehört, ein junges Mädchen geschwängert hat, das nur fünf Jahre älter als Catalina ist. Er hat die Hoffnung auf einen Sohn wohl noch immer nicht aufgegeben.

Catalina sieht sich nach Milo um. Wieso hat er ihr nicht geschrieben, dass sie wieder da sind? Er hat sich heute noch gar nicht gemeldet. Er war sehr genervt von dem Treffen und dass sie wieder dahin müssen. Er sollte doch glücklich sein, dass es schnell vorbei ist, es sei denn, ihre Schwester hat recht und ihr Vater hat etwas über Milo und sie erfahren.

Sie betreten das Haus, in dem Catalina geboren wurde, in dem sie aber nicht mehr lebt. Nun wird sie es wohl oder übel erfahren.

Ana geht in den großen Wohnraum und Catalina und Natia stocken, als sie in den offenen Bereich treten, in dem eine gemütliche Couch, ein Klavier und zwei Sessel stehen. Was ist hier los? Ihr Vater dreht sich zu ihr um, Pepe und Luiz stehen bei ihm, ihre Mutter, Sarita und Anabel sind auch da.

Auf das Gesicht ihres Vater setzt sich ein zufriedenes Lächeln, er sieht an Catalina hoch und runter. »Da ist sie ja. Natia, schließ die Tür, das hier geht nur die engste Familie etwas an.«

Das ist der Moment, in dem Catalina begreift, dass etwas nicht stimmt, doch sie hätte niemals erahnen können, wie schlimm es wirklich sein wird.

Catalina tritt noch weiter in den Raum und sieht zu ihrer Mutter, die genauso überrascht wie sie zu sein scheint.

»Catalina, meine älteste Tochter, setz dich.« Catalina sieht ihren Vater an, der sich genau vor ihr aufbaut und ihr in die Augen schaut. Es gab eine Zeit, da waren Natia und sie seine Lieblinge. Er hat sie überall mit hingenommen, er ist nach Hause gekommen, hat ihre Mutter glücklich umarmt und geküsst und sie beide danach auf den Arm genommen. Jede auf eine Seite. Doch all das hat sich geändert, als er Sarita mit nach Hause gebracht hat.

Er hat damals erwartet, dass ihre Mutter ihn versteht, doch das hat sie nicht und als sie gegangen ist, hat er sich an ihr gerächt, indem er angefangen hat, seine älteren Töchter, die er so sehr geliebt hat, zu ignorieren. Er hat ihre Mutter damit verletzt, doch das war nur ein kleiner Tropfen auf einem durchnässten Weg.

Catalina weiß, dass es ihren Vater bis heute stört, diese Ablehnung von ihrer Mutter zu erhalten, auch heute noch, nach all den Jahren. Irgendwann hat sich ihr Vater einfach daran gewöhnt, Catalina und Natia kaum mehr zu beachten und auch sie haben sich daran gewöhnt, nicht beachtet zu werden, umso merkwürdiger ist jetzt dieser intensive Augenkontakt.

Sie kann sich nicht daran erinnern, wann ihr Vater sie das letzte Mal so lange angesehen hat. Er hat ihnen beim Vorbeigehen mal einen Kuss auf die Wange gegeben oder ihnen etwas aufgetragen, sie gefragt, wo ihre Mutter ist oder ihnen so etwas gesagt, wie, dass sie keinen Unterricht mehr bekommen, weil sie als Mädchen genug

14

gelernt haben, doch so wirklich beschäftigt hat sich ihr Vater nie mit ihnen.

Ihr Vater ist ein hübscher Mann, um seine dunklen braunen Augen haben sich mit den Jahren einige Falten gebildet, sein Haar schimmert mittlerweile immer mehr grau, obwohl er erst dreiundvierzig Jahre alt ist, doch er sagt immer, dass sie alle ihm seinen letzten Nerv rauben, und solch eine große Familia zu führen, ist auch sehr anstrengend, das hat Catalina selbst oft genug mitbekommen.

Ihr Vater hat eine Narbe an seinem Kinn, damals wollte ihm jemand die Kehle durchschneiden, Catalina weiß es noch ganz genau, denn sie war dabei.

Sie war vielleicht acht Jahre alt, als sie in einem großen Restaurant mit einem riesigen Spielplatz waren, um Anas Geburtstag zu feiern. Sie hat damals nicht mitbekommen, wie der Mann an ihren Vater herangekommen ist, sie weiß nur noch, dass die Männer ihres Vaters ihn weggezogen und aus dem Restaurant getreten haben. Ihr Vater lag am Boden und hat geblutet, der Mann war abgerutscht und es hat ihren Vater nicht schlimm erwischt, doch man sieht bis heute die Narbe.

Er ist fast einen Kopf größer als sie und noch immer ziemlich durchtrainiert, er hat sich frisch rasiert und trägt ein feineres Hemd, was bedeutet, dass er direkt von diesem Treffen gekommen ist. Sie sind aus Kuba direkt zurückgeflogen, und jetzt will er Catalina so dringend sehen, dass er noch nicht einmal Zeit zum Umziehen hatte?

Ihr Vater trägt nie Hemden, nur auf Hochzeiten und um Eindruck zu hinterlassen, aber er wollte unbedingt Eindruck bei seinen reichen Feinden, den Los Rojos, hinterlassen, das weiß sie.

»Ich stehe lieber.« Catalina sieht ihm unbeirrt in die Augen. Sie spürt ihre Mutter und ihre Schwester hinter sich und das stärkt sie. Sarita steht hinter ihrem Vater, ihre Stiefschwestern Ana und Anabel bleiben neben ihrer Mutter. Pepe und Luiz, die sie beide sehr

15

gerne hat, stehen auch bei ihrem Vater, doch wenn Catalina zu ihnen sieht, weichen sie ihrem Blick aus.

»Also gut. Wie du weißt, kommen wir direkt von dem Treffen mit den Los Rojos. Sowohl ihre als auch unsere Familia brauchen den Frieden zwischen unseren Familien. Es ist nicht so, dass wir uns mögen. Ich muss zugeben, dass ich es kaum in einem Raum aushalte mit ihnen, doch als Anführer einer Familia, die größer wird und für die man mehr erreichen will, muss man Entscheidungen treffen und auch mal über seinen Schatten springen.

Das habe ich eingesehen, dein Onkel und auch Pepe und die Anführer der Rojos wissen das. Es gibt nichts Wichtigeres als das! Verstehst du das, Catalina?«

Catalina würde am liebsten mit den Schultern zucken. Diese ganzen Geschäfte und alles andere haben sie noch nie sehr interessiert, doch sie nickt und sieht ihrem Vater in die Augen. »Es ist momentan sehr schwer für die Familias. Wir haben diesen Waffenstillstand ausgehandelt und weiß Gott, das war ein harter Kampf. Doch auch wenn wir … die Anführer und engsten Kreise wissen, dass wir auf diesen Frieden angewiesen sind, um weiterzukommen. Unsere Männer an den Grenzposten, die die Waren verteilen und diejenigen, die auf verschiedene Regionen aufpassen, verstehen dies jedoch noch nicht.

Es passieren ständig noch Dinge, sodass die Glut des Feuers, das jahrzehntelang zwischen den Familias geherrscht hat, nicht erlöschen kann und jeder Funke eine neue Bedrohung darstellt. Hast du eine Vorstellung, was dieser Frieden für uns bedeutet, Catalina?« Ihr Vater beginnt im Raum auf und ab zu laufen und wartet keine Antwort ab.

»Wir brauchen ihn, die ganzen Jahre haben wir gut gelebt, es ist alles in Ordnung, doch wir kamen nicht weiter, weil wir immer wieder Krieg mit den Rojos hatten, immer wieder gab es irgendwo eine Provinz, in der es Kämpfe gab und Tote. Deals sind geplatzt, weil es wieder einen Vorfall gab, wir sind jahrelang nur auf der Stelle getreten.

16

Die Rojos verfolgen andere Ziele als wir. Sie wollen alles, alle Länder, die ganze Macht, daran haben wir kein Interesse. Wir wollen Kolumbien halten und Venezuela dazu, das war unsere Hauptaufgabe die letzten Jahre. Und jetzt, wo Venezuela unter unserer Kontrolle ist, haben auch wir die Rojos zum ersten Mal in der Hand. Die, die mehr Geld haben als die meisten Scheichs der Welt und auf alle anderen herabsehen, mussten sich mit uns, der einzigen Familia, die ihnen immer die Stirn geboten haben, treffen und verhandeln. Ihnen drohen Millionenverluste, wenn sie die Wege nach Venezuela nicht nutzen können. Also verstehst du, wieso es auf keinen Fall zu einem neuen Entflammen der Glut kommen darf?« Catalina nickt.

Ihr Vater bleibt stehen und lächelt, ein seltener, sehr seltener Anblick. Natia hinter ihr räuspert sich und Catalina ist sich sicher, dass ihre jüngere Schwester so ein Lachen unterdrückt und der mahnende Blick von Pepe zu Natia verrät das auch.

»Deswegen haben wir gestern eine Lösung gesucht, die diese Glut ein für allemal löschen wird, denn niemand ist daran interessiert, dass diese Flammen jemals wieder auflodern. Wir Lateinamerikaner sind da ja ziemlich einfach gestrickt, es gibt nichts Wichtigeres und Heiligeres als eine Hochzeit, die diese beiden Familias zusammenführt, so stark, dass niemand, auch nicht der letzte Trottel in der abgelegensten Provinz noch einmal infrage stellt, dass es keinen Krieg mehr zwischen den Familias gibt.«

Catalina legt den Kopf ein wenig schief, sie versteht immer noch nicht so ganz, was ihr Vater will, doch das Aufkeuchen ihrer Mutter lässt sie aufschrecken. »Niemals!« Ihr Vater ignoriert das.

»Du hast dein Leben und deine Kindheit in unserer Familia verbracht, meine Tochter, du trägst diese feste Liebe wie wir alle in dir und nun ist es an der Zeit, dass du etwas für deine Familia tun kannst. Wir haben beschlossen, dich mit dem Anführer der Rojos zu verheiraten. Es ist die einzige Lösung, die schnell etwas bringt und für immer hält, da waren sich alle einig.«

17

Catalina erstarrt, sie versteht die Worte ihres Vaters, doch sie weigert sich, sie zu begreifen. Sie weicht zurück und spürt Natia hinter sich, während ihre Mutter auf ihren Vater zustürmt.

»Das wirst du nicht tun, Alvaro. Niemals! Deine älteste Tochter, sie ist die Hübscheste und Klügste deiner Kinder. Sie ist es, die deine Familia einmal leiten kann oder mit einer Heirat innerhalb der Familia alles regelt und du willst sie mit unseren Feinden verheiraten? Mit denen du nicht einmal in einem Raum sein willst? Das meinst du doch nicht ernst!« Ihre Mutter schreit durch den Raum und nun wird auch Catalina wach und begreift, was da gerade passiert. Ihr Vater sieht kalt zu ihrer Mutter.

»Sie ist die Hübscheste meiner Töchter und die Erstgeborene, deswegen wird sie auch nicht irgendjemanden heiraten, sondern den Anführer Santiago Rojo.

Wir tun das für die Familia, aber das hast du noch nie verstanden, Valentina, wir müssen Opfer für die Familia bringen, damit wir vorankommen, das ist ganz normal. Santiago war bei dem Treffen dabei, er sah auch nicht begeistert aus, doch er weiß, dass es sein muss. Er hat nicht einmal nach ihrem Namen gefragt, weil es egal ist. Das ist keine Hochzeit aus Liebe, das ist ein Bündnis zwischen zwei Familias, das niemand infrage stellt.

Santiago wird Catalina gut behandeln, um das Bündnis nicht zu gefährden und deine Tochter lebt in Zukunft in San Juan, in den teuersten Häusern der Welt und wird in Ruhe gelassen. Sie werden sich aus dem Weg gehen und der Zusammenschluss der Familias ist perfekt.«

Sarita klatscht in die Hände. »Eine Hochzeit, wie wunderbar, endlich wieder etwas zu feiern. Wann ist es soweit?« Ihr Vater sieht zufrieden zu seiner Freundin, Ana und Anabel grinsen beide über das ganze Gesicht.

Sie beide haben den ausgeprägten Kiefer ihrer Mutter und sehen ein wenig nach Pferden aus, wie es Natia immer so gerne beschreibt und noch nie hat Catalina solch einen Hass in sich gespürt wie jetzt, wo sie in deren zufriedene Gesichter sieht.

»Die Hochzeit ist in drei Wochen. Sie findet auf neutralem Boden in Kuba statt, genau wie das Treffen. Ihr heiratet und alle gehen wieder ihren Weg, nur dieses Mal mit der Gewissheit des Friedens, nur dass du dann bei einer anderen Familia bist.«

Nun kann sich Catalina nicht mehr zurückhalten und kommt ihrer Mutter zuvor, die ihren Vater wieder anschreien wollte. »Eine andere Familia? Wir hassen die Rojos! Ich habe nicht eine gute Sache von ihnen gehört und sie hassen mich. Möchtest du, dass ich ein Leben lang mit einem Mann lebe, der mich hasst? Dass ich niemals Kinder haben werde, weil wir nur wegen irgendwelcher Verträge verheiratet sind? Willst du das für deine Tochter?«

Ihr Vater lacht und kommt näher zu Catalina. »Mein Kind, du bist unglaublich schön, du hast die Schönheit deiner Mutter geerbt und durch die Liebe, die zwischen uns geherrscht hat, sind deine Schwester und du von Gott mit allem gesegnet worden, was es gibt.

Doch nun bist du erwachsen und musst dich auch so verhalten. Ich lebe auch mit einer Frau zusammen, die mich hasst und sieh mich an: Es könnte schlimmer sein. Komm nicht auf die Idee, Santiago zu nah zu kommen. Sie sind unsere Feinde und werden es immer bleiben. Ich werde niemals ein Enkelkind mit dem Blut dieser Bastarde akzeptieren, geh ihm aus dem Weg und er wird dir aus dem Weg gehen und haltet diesen Waffenstillstand am Laufen, mehr nicht!«

Catalina atmet heftig ein und aus, als sie kapiert, dass ihr Vater das absolut ernst meint. »Catalina, vielleicht solltest du dich erst einmal beruhigen und das alles sacken lassen ...« Pepe will sie hinausbringen, doch ihre Mutter stürzt sich auf ihren Vater und schlägt mit ihren Fäusten auf ihn ein.

»Das verzeihe ich dir nie, bei Gott, du bist ein Monster. Du verkaufst deine eigene Tochter an die schlimmsten Menschen, die es

19

gibt. Töte uns beide lieber, als uns so qualvoll und langsam sterben zu lassen. Ich lasse das nicht zu, niemals wird sie ...« Mit einem heftigen Schlag stößt ihr Vater ihre Mutter von sich. Sie prallt gegen die Steinmauer und stöhnt schmerzvoll auf.

Sarita lacht und Luiz geht zu ihrer Mutter, um ihr aufzuhelfen, auch Natia stürzt zu ihr, erst da sieht Catalina, wie blass ihre junge Schwester ist und dass sie weint. Catalina fasst in ihr Gesicht und spürt, wie nass ihre Wangen sind, auch sie weint, doch sie fühlt nichts mehr, gar nichts. Sie ist wie in einer Schockstarre, während Pepe sie hält und hinauszubringen versucht, doch ihr Vater sieht ihr noch einmal in die Augen und hebt mahnend den Finger.

»Ich warne dich ... euch alle drei! Deine Mutter und deine Schwester bleiben bei mir und ich schwöre dir, dass ich sie für jeden falschen Schritt, den du tun wirst, so hart bestrafen werde, dass du dir wünschtest, nie geboren zu sein. Verstehst du das, Catalina? Vielleicht ist die Familia dir egal, doch ich weiß genau, dass es die beiden nicht sind!«

Catalina setzt an, ihrem Vater etwas entgegenzuschreien, doch Pepe bringt sie hinaus. »Versuch, ruhig zu atmen, Catalina, sieh mich an.« Catalina sieht dem langjährigen Freund ihres Vaters in die Augen, doch sie kann sich nicht beruhigen. Sie kann das alles nicht fassen, bis vor einigen Minuten war ihre Welt noch völlig in Ordnung und nun hat sich alles geändert, sie bekommt keine Luft mehr. »Atme, Catalina, ich bringe dich in eure ...«

Sie hält ein. »Wo ist Milo?« Pepe senkt den Blick, er weiß, dass Milo und Catalina Gefühle füreinander haben. »Er ist von der Finca weggeblieben, er hat gesagt, er braucht ein wenig Zeit ...« Es ist wahr, all das ist kein böser Scherz, sie bildet sich all das nicht nur ein, es ist wie ein wahr gewordener Alptraum.

Catalina macht sich von Pepe los. »Ich brauche Luft!« Ohne noch auf irgendetwas zu achten, läuft sie nach draußen, direkt zu den Ställen und holt ihre Stute Esperanza. Zwei Männer wollen fragen, wo sie hinmöchte, doch sie sehen ihr ins Gesicht und dann betrübt

20

weg. Sobald Catalina auf dem Rücken ihrer alten Freundin sitzt, galoppieren sie los.

Catalina treibt Esperanza immer weiter an, sie fliegen fast durch die Felder, die warme Sonne brennt und der Luftzug wirbelt Catalinas Kopf frei. Als sie am Ende des Hügels halten, bricht sie auf dem Rücken des Pferdes zusammen und begreift, was ihr Vater ihr da gerade gesagt hat.

Kapitel 2

Catalina wacht auf und atmet schneller, nein, das muss ein Traum sein, ein böser Alptraum, doch als sie sich umblickt und neben sich Natia auf dem Bett liegen sieht, weiß sie, dass es kein Alptraum ist. Sie schließt die Augen wieder, wie so oft in den letzten zwei Tagen. Sie hat nichts anderes getan, als im Bett zu liegen, zu schlafen, zu weinen und zu hoffen, aus diesem Alptraum aufzuwachen, dass ihr Vater ins Zimmer kommt und sagt, all das war nur ein dummer Scherz, doch sie weiß, dass das nicht passieren wird, egal wie sehr sie es hofft.

Ihre Mutter hat hin und wieder solche Tage, die Ärzte sagen, es sind Depressionen. Sie bleibt tagelang im Bett, isst kaum und will niemanden sehen und dann ist sie wieder da, steht in der Küche und kocht, als wäre nichts gewesen. Catalina hat sie erklärt, dass das wegen ihres Vaters ist. Er hat ihr damals das Herz gebrochen und seitdem kommen sie immer mal wieder, diese Tage, wo sie sich ins Bett legt und nichts mehr hören oder sehen möchte.

Seit sie es erfahren haben, seit ihr Vater ihnen gesagt hat, was er hinter ihrem Rücken für Vereinbarungen getroffen hat, liegt Catalina im Bett und dämmert vor sich hin, auch ihre Mutter hat seitdem ihr Schlafzimmer nicht mehr verlassen. Catalina war dabei, als sie zusammengebrochen ist, sobald sie hier in der Wohnung waren, und statt selbst zusammenzubrechen, musste sie in dem Moment für ihre Mutter stark sein, solange, bis sie selbst nicht mehr konnte, denn all das geht um sie.

Ihr Leben, ihre Zukunft oder die, die sie nun nicht mehr hat, denn sie wird gezwungen, jemanden zu heiraten, dessen Familie und er sie abgrundtief hassen. Sie wird dazu verdammt, ein Leben zwischen Menschen zu verbringen, die sie nicht wollen, die sie nur aufgrund irgendwelcher Verhandlungen dulden, die sie nicht kennt und sicherlich nie richtig kennenlernen wird.

Catalina will sich gar nicht vorstellen, wie ihr Leben in Puerto Rico aussehen wird, wahrscheinlich wird sie in irgendein Zimmer gesperrt und hin und wieder etwas zu essen bekommen.

Es sind so viele Dinge, die Catalina durch den Kopf gehen, ihre Gedanken rasen, doch sie fühlt sich müde und erschöpft, erschlagen von dem Schicksal, das ihr aufgebürdet wird.

Natia wandert immer zwischen ihren Zimmern hin und her, doch sie sagt nichts, sie findet keine Worte für das, was ihnen bevorsteht, was Catalina bevorsteht und was sie für eine Zukunft erwartet.

Es ändert nichts, das wissen sie alle genau. Ihren Vater interessiert es nicht, was sie machen. Es ist nicht so, als würde er sie oder ihre Mutter nicht lieben, zumindest ihre Mutter liebt er über alles, das wissen sie, das wissen alle und genau deswegen ist er so hart zu ihnen. Was für ein kranker Widerspruch, doch genau das ist ihr Vater.

Er liebt sie, doch er liebt die Familia mehr und das hat alles kaputt gemacht.

Eine Sache war so und wird immer so sein:

Wenn ihr Vater etwas sagt, weicht er davon nicht mehr ab. Er ist der sturste Mensch, den Catalina kennt, sie wäre nie so naiv zu glauben, er könnte sich das mit der Hochzeit noch einmal überlegen, niemals! Nicht ihr Vater!

Er hat Natia und ihr damals erzählt, dass er ihre Mutter gesehen und sie vom ersten Moment an geliebt hat. Ihr Vater war, wie jetzt auch, überall bekannt und ihre Mutter die schöne Tochter eines einfachen Bauers, die er damals zufällig bei der Ernte ihrer Felder gesehen hat.

Er hat lange um sie kämpfen müssen, Pepe hat erzählt, dass er fast seinen Verstand verloren hat, weil dieses hübsche Bauernmädchen ihn immer wieder von sich gestoßen hat und alle anderen ihn unbedingt heiraten wollten. Doch ihre Mutter ist ihm nicht mehr aus dem Kopf gegangen.

24

Sie hat sehr helle Haare, fast schon blond, was in ihrer Familia oft vorkommt, da sie angeblich Vorfahren aus Schweden haben, was sich Catalina allerdings weniger vorstellen kann, doch zumindest existieren diese Gerüchte. Ihre Augen haben einen ungewöhnlichen Ton, es ist eine Mischung aus grün und blau und sie hatte schon immer einen starken Willen.

Ihr Vater aber hat um Valentina gekämpft und am Ende ihr Herz gewonnen. Sie haben geheiratet und glücklich auf der Finca gelebt. Valentina ist das Leben in der Familia nie leicht gefallen, weil alles andere immer hintenan stand, doch sie hat Alvaro geliebt und einiges akzeptiert, um mit ihm an ihrem Glück zu arbeiten.

Ihre Mutter spricht selten über diese Zeit, doch ihr war es immer wichtig, dass Catalina und Natia wissen, dass sie in Liebe entstanden sind. Damals war noch alles in Ordnung.

Ihr Vater war sehr stolz auf seine Töchter, das weiß Catalina auch. Sie kann sich noch gut an die Zeit erinnern, als alles noch anders war. Als ihr Vater sie ständig um sich herum hatte, so wie er jetzt seine anderen beiden Töchter um sich hat. Er tut das, um ihre Mutter zu verletzen, dabei war er es, der all ihr Glück kaputt gemacht hat.

Nach der Geburt von Natia wurde ihrer Mutter die Gebärmutter entfernt, weil es Komplikationen gab. Wie sehr Alvaro Valentina auch geliebt hat, es ging oder geht immer noch um seine Nachfolge in der Familia, er braucht einen Sohn, der all das übernimmt, doch das ging nun nicht mehr und sobald ihm das klar war, hat er angefangen, Stück für Stück die Frau, die er liebt und alles, was sie sich aufgebaut haben, zu zerstören.

Richtig kaputt gegangen ist es, als er Sarita nach Hause gebracht hat, schwanger mit Ana, nur wusste das zu dem Zeitpunkt noch niemand. Ihr Vater war der festen Überzeugung, endlich einen Nachfolger zu bekommen, während für ihre Mutter der Glaube an ihre Liebe von einer Sekunde zur anderen gestorben war.

25

Catalina kann sich an diese Zeit noch gut erinnern, es gab viel Streit. Ihr Vater hat nicht verstanden, dass ihre Mutter ihm vorwirft, die Zukunft der Familia zu sichern, er hat Sarita bei ihnen wohnen lassen und ihre Mutter wollte mit Catalina und Natia gehen.

Catalina weiß noch, wie sie in diesen Tagen weggefahren sind und die Männer ihres Vaters sie zurückgeholt haben. Ihre Mutter wollte mit ihnen fliehen. Sie wissen jetzt, dass das unmöglich ist. Nicht hier in Kolumbien, sie kommen hier nicht heraus. Ihr Vater ist Kolumbien.

So ist es gekommen, dass sie in den kleinen Anbau gezogen sind, ihre Mutter und ihr Vater haben nie wieder in einem Haus zusammen geschlafen. Die ersten paar Jahre hat ihre Mutter nicht einmal mehr mit ihrem Vater gesprochen und sie hat gelacht, als er statt zwei Söhnen wieder zwei Mädchen bekommen hat.

Catalina war dabei, als ihr Vater ihre Mutter immer wieder versucht hat milder zu stimmen, er hat sie sogar um Verzeihung gebeten, doch ihre Mutter hat ihm gesagt, dass das nicht zu verzeihen ist, und irgendwann ist ihr Vater nur noch wütender und wütender geworden und hat ihr gesagt, dass am Ende ihre Töchter unter dem sturen Verhalten ihrer Mutter leiden werden und von dem Tag an hat er sie kaum noch beachtet.

Er straft so ihre Mutter, denn tief in seinem Herzen verletzt es ihn bis heute, ihre Ablehnung zu spüren. Selbst Sarita weiß, dass sie nur ein billiger Ersatz für ihre Mutter ist … und nicht mal ein besonders hübscher, deswegen freuen sie und ihre Töchter sich über alles, was Valentina, Catalina und Natia widerfährt und sie kann sich bildlich vorstellen, wie sehr sie sich freuen, nun endlich eine von ihnen loszuwerden.

Catalina atmet tief aus und setzt sich auf. Es wird Zeit, etwas zu tun, irgendetwas. Sie weiß, dass sie ihren Vater nicht umstimmen kann, sie dieser Vereinbarung nicht entkommen wird, nicht ohne das Leben ihrer Schwester und ihrer Mutter zu gefährden. Sie traut ihrem Vater alles zu, er liebt sie, doch sie hat jahrelang gespürt, zu was er alles fähig ist, wenn man sich ihm widersetzt. Natia liegt zusammengerollt neben ihr und Catalina streicht ihre langen schwarzen Haare zur Seite. Ihre jüngere Schwester kommt mehr nach ihrem Vater, sie hat wunderschöne lange, schwarze Haare, die ihr dicht in großen Wellen auf die Schulter fallen. Catalina sieht auf ihr hübsches Gesicht.

Sie haben beide die herzförmigen Lippen ihrer Mutter und die feine Nase, Natia hat die Grübchen ihres Vaters auf den Wangen und die etwas dunklere Haut aus seiner Familie. Catalina und Natia sind sehr eng zusammen aufgewachsen. Sie schlafen schon immer in einem Zimmer und sind jeden Tag zusammen, Catalina möchte gar nicht daran denken, dass das jetzt vorbei ist.

Sie geht ins Bad und in die Dusche, als sie das Wasser aufdreht, keucht sie auf. Es ist nur lauwarm, es muss jemand die Wasserboiler aufgebraucht haben. Garantiert haben Ana oder Anabel wieder gebadet. Deswegen duscht sich Catalina nur kurz, trocknet sich ab und zieht sich ein dunkelblaues Top und eine Leggins an, die ihr bis über die Knie gehen. Sie schlüpft in ihre Flipflops und sieht in den Spiegel.

»Sie ist die Hübscheste meiner Töchter und die Erstgeborene, deswegen wird sie auch nicht irgendjemanden heiraten, sondern den Anführer Santiago Rojo. Wir tun das für die Familia, aber das hast du noch nie verstanden, Valentina, wir müssen Opfer für die Familia bringen ...« Das sind die Worte ihres Vaters, die Catalina wohl nie wieder vergessen wird.

Sie sieht in den Spiegel und schüttelt den Kopf, sie weiß noch, als sie kleiner war und ihr Vater sie immer stolz auf seinen Schultern getragen hat, alle haben ihm immer wieder gesagt, was für eine hübsche Tochter er doch hat und er hat ihr immer wieder gesagt, dass sie Besonderes und für etwas ganz Großes bestimmt ist. Catalina hätte nicht gedacht, dass es so endet, indem er sie an seinen Feind zum Austausch für Frieden verkaufen wird.

Catalina sieht sich genau im Spiegel an. Sie hat hellbraune Haare, es ist ein karamellartiger Ton und genau wie auch Natia hat sie

27

dichte, wellige Haare, die ihr bis zu den Rippen gehen. Sie weiß noch, wie Ana immer versucht hat, sie sich so zu färben, doch es ist ihr nie gelungen. Sie hat die helle Haut ihrer Mutter, egal wie viel Catalina in die Sonne geht, sie ist immer heller als alle anderen und sie hat genau wie ihre Mutter und ihre Schwester diese großen mandelförmigen Augen mit den langen Wimpern. Ihre Mutter hat blaugrüne Augen, ihre Schwester die dunklen Augen ihres Vaters und genau wie bei den Haaren ist Catalina eine Mischung, sie hat braune Augen, doch nicht so dunkel wie die ihrer Schwester und ihres Vaters, auch sie haben eher einen Karamellton.

Natia und sie haben beide die feinen Gesichtszüge ihrer Mutter. Catalina ist keine Frau, die sich viele Gedanken über ihr Aussehen macht, doch da sie immer im ständigen Vergleich mit Ana und Anabel gelebt haben und die beiden die volle Aufmerksamkeit ihres Vaters genießen durften, war Catalina immer stolz darauf, dass das eine Sache ist, die sie ihren Stiefschwestern voraus hat, die beide sehr nach der kräftigen, dunklen Mutter kommen und genau wie sie einen kräftigen Kiefer haben. Natia und sie haben sie immer Pferdegesichter genannt, bis ihr Vater das gehört hat und sie beide richtig schlimmen Ärger bekommen haben.

Was würde sie jetzt dafür geben, nicht aus allen Schwestern herauszustechen, warum kann seine Wahl nicht auf Ana fallen? Ihr Vater kann doch nicht nur nach dem Aussehen entschieden haben, der Anführer der Rojos wird sie sicher niemals eines Blickes würdigen, wieso ist das so wichtig? Ihrem Vater muss doch klar sein, wie sehr der Mann, den sie heiraten soll, Catalina hassen wird.

Allein wegen der Familia, aus der sie kommt. Sie wird nicht einen glücklichen Tag an seiner Seite haben, das wird niemals eine Ehe sein, doch wahrscheinlich schreckt dieser Gedanke ihren Vater nicht ab. Seit fünfzehn Jahren spricht seine Frau kaum mehr mit ihm. Catalina hat noch viele Fragen, was hat sie schon zu verlieren? Es wird Zeit, dass sie diese Fragen stellt und Antworten bekommt.

28

Natias Handy klingelt und ihre Schwester nimmt müde ab, bevor sie nach ihr ruft. »Catalina, Milo ist wieder da!« Catalina geht hinüber ins Schlafzimmer. »Wo?« Nicht einmal eine Minute später öffnet sie die Tür zu Pepes Haus. Es ist leer, es scheint niemand da zu sein, doch dann hört sie, wie oben das Wasser läuft und eine Minute später abgestellt wird. Sie geht schnell die Treppen hoch in Milos Zimmer. Als sie die Tür öffnet, kommt er gerade aus dem Bad, nur mit einem Handtuch um die Hüften und Catalina sieht ihm in die Augen, die ihr so vertraut sind.

Milo, Malik, Natia und Catalina sind sehr eng zusammen aufgewachsen, wie Geschwister. Das hat sich auch nicht geändert, nachdem Sarita aufgetaucht ist. Pepe und Luiz haben die Freundin ihres Vaters nie wirklich ernst genommen und sind nach wie vor sehr respektvoll ihrer Mutter gegenüber, auch wenn ihr Vater sich falsch verhalten hat.

Irgendwann vor zwei, drei Jahren haben sich Milo und Catalina auf einer Feier geküsst. Es war am Anfang komisch, etwas mit ihm anzufangen, da sie ihn immer mehr wie einen Bruder gesehen hat, doch nach und nach hat Catalina gemerkt, dass es doch ein wenig mehr ist. Sie fühlt sich wohl bei Milo. Pepe ist dunkelhäutig. Milos Mutter hingegen ist hellhäutig. Milo und Malik sind eine hübsche Mischung aus beiden. Milo und sein Bruder haben beide die kleinen Locken ihres Vaters, aber eher die feinen Gesichtszüge der Mutter. Sie findet Milo hübsch.

Doch nicht das hat sie die letzten Jahre zu einem Paar gemacht, es ist ein tiefes Gefühl des Vertrauens und dass sie sich so gut kennen. Sie kennt ihn so lange und doch kann sie ihn in diesem Moment nicht einschätzen, als er sie ansieht und sie die Tür schließt. Catalina treten sofort wieder Tränen in die Augen und Milo senkt den Blick. »Wo warst du und was ist da passiert?«

Catalinas Stimme ist schwach von den letzten zwei Tagen, sie spürt, dass sie geschwächt ist, doch sie lässt Milo nicht eine Sekunde aus den Augen.

»Ich brauchte ein paar Tage, um einen klaren Kopf zu bekommen. Das war nicht leicht für mich, ich ...« Catalina hebt die Hand. »Für dich? Ich habe erfahren, dass ich einen gottverdammten Rojos heiraten muss und hätte dich an meiner Seite gebraucht.« Milo lacht bitter auf.

»Was hätte das geändert, Catalina? Ich war nicht mal im Raum, als das beschlossen wurde, dein Vater hat es uns eher beiläufig erzählt auf dem Flug zurück, und was sollte ich dann tun? Was soll irgendjemand hier gegen deinen Vater tun? Du weißt, wie sehr ich gegen die Zusammenarbeit der beiden Familias bin, doch niemand hört auf mich. Denkst du, da fragt er mich nach meiner Meinung, wenn er dich verheiratet?«

Catalina reibt sich die Stirn, natürlich weiß sie, dass Milo genau wie alle anderen nichts gegen ihren Vater ausrichten kann, doch trotzdem ... »Aber du hast nicht einmal etwas gesagt, ich meine ... er weiß doch, dass wir ein Paar sind, zumindest hat er das doch hin und wieder vermutet, oder? ...« Milo hebt die Hand und atmet tief durch. »Als wir an Bord waren und dein Vater uns gerade gesagt hat, dass du heiraten wirst, bekam er die Nachricht, dass die Frau, die in Venezuela schwanger von ihm in seinem neuen Haus lebt ...«

Nun unterbricht ihn Catalina. »Das stimmt wirklich?« Milo zuckt die Schultern. »Sie ist schwanger mit Zwillingen und dein Vater ist davon ausgegangen, dass es Jungs werden, doch er hat da erfahren, dass es zwei Mädchen sind. Er war außer sich.

Das mit den Rojos im Nacken macht ihm zu schaffen und deswegen hat er beschlossen, dass ich sein Nachfolger werde, er hat kaum mehr eine Wahl. Als sein Schwiegersohn habe ich den nächsten Anspruch auf die Nachfolge.« Catalina versteht nun gar nichts mehr. »Als sein Schwiegersohn ... aber da hatte er doch schon die Vereinbarung mit den Rojos getroffen, wie ...?«

Milo senkt erneut den Blick. »Ich werden Natia heiraten, Catalina, ein paar Wochen nach deiner Hochzeit.« Ein zweites Mal hat Catalina das Gefühl, ein tiefes Messer schneidet sich in ihr Herz.

30

»Natia …? Das ist doch … krank. Wie kann er … weiß sie …?«
Milo atmet tief ein. »Nein, Catalina, sie weiß nichts davon und das
soll sie auch nicht. Deine Mutter und sie müssen das mit dir erst
einmal verdauen, bevor sie diese Nachricht bekommen. Sie sollen
es erst nach deiner Hochzeit erfahren.«

Catalina wischt sich verzweifelt die Tränen weg. »Aber ich soll
das alles ertragen?« Milo will sie anfassen, doch Catalina weicht
zurück. »Ich sollte dir das nicht sagen, doch ich muss ehrlich zu dir
sein.« Catalina schüttelt ungläubig den Kopf. »Und du hast nicht
ein Wort dazu gesagt? Nicht einmal versucht …?«

Nun wird Milo wütend. »Er ist mein Anführer und all das
machen wir nur für die Familia, Catalina, so ist es am besten,
ich …« Wieder will er nach ihrer Hand greifen, doch Catalina sieht
ihn enttäuscht an. »Die Familia? Ist das dein Ernst? Du jetzt auch
noch? Es gibt auch da Grenzen, Milo, versteht das denn keiner
von euch? Fass mich nie wieder an …«

Sie dreht sich um und verlässt das Haus, sie hat das Gefühl, keine
Luft mehr zu bekommen und atmet heftig ein und aus, als sie wieder in die heiße Sonne tritt.

»Hey hey, beruhige dich. Komm her.« Vertraute Arme legen sich
um Catalina und sie schließt die Augen, als alles herauskommt, was
sich in ihr aufgestaut hat.

31

Kapitel 3

»Auf die Hochzeit!« Thiago hebt sein Glas und möchte Santiago zuprosten, doch der zeigt ihm deutlich, was er davon hält.

Diego lacht und zündet sich eine Zigarette an, während Santiago sich zurücklehnt und den sexy Tanz der heißen Chica genießt, den sie genau vor seinen Beinen vorführt.

Sie haben gerade einen riesigen Deal in Peru abgeschlossen. Endlich können sie sich auch um Peru und Chile kümmern, die Monate davor waren anstrengend mit den verdammten Delgardos im Nacken. Auch nach ihrem Waffenstillstand ist nicht richtig Ruhe eingekehrt, doch das wird sich hoffentlich bald ändern. Sie fliegen dorthin, da besteht kein Problem, doch die Waren müssen zum größten Teil mit Autos transportiert werden, weil der Flugweg einfach noch zu unsicher dafür ist und die Ware zu empfindlich. Das heißt, sie müssen in der Lage sein, ihre Autos und Lkws nach Chile und Peru zu bekommen, über Venezuela, und dafür brauchen sie die verdammten Delgardos.

»Wir hätten eine andere Lösung finden müssen.« Sein zwei Jahre jüngerer Bruder Zayn mischt sich ein. Santiago sieht die Sorge in seinen Augen, doch er winkt ab. »Das haben wir jahrelang … jahrelang ist gut, wer weiß wie lange schon. Unser Vater hat es am besten beschrieben. Die Delgardos sind wie lästige Fliegen. Sie tun nichts, sie haben nicht die Macht, uns etwas anzutun oder uns gefährlich zu werden, niemand kann das. Doch sie schwirren trotzdem um dich herum und nerven dich, doch egal wie lange du sie jagst, eine zu treffen und zu töten ist nicht so leicht wie man denkt.«

Thiago lacht auf und zieht eine Blondine auf seinen Schoß. »Und wenn du eine tötest, sind am nächsten Tag zehn andere da, das war das eigentliche Problem, egal wo wir sie bekämpft haben, sie sind woanders wieder aufgetaucht. Dieser Alvaro hat da einen Haufen von wilden Bauern.« Zayn sieht sie alle nacheinander an.

33

»Und Santiago muss nun eine von denen heiraten. Ich meine, die ist dann jeden Tag bei uns. Eine Delgardo, wie gestört ist das?« Santiago reibt sich die Stirn, er hätte weiß Gott jede andere Lösung vorgezogen, doch er weiß, dass das die schnellste, beste und langfristigste Lösung ist.

»So halten wir uns die lästigen Fliegen am besten vom Hals. Alvaro behält Kolumbien und Venezuela und ist glücklich und hier lebt eine seiner Töchter und wir beachten sie nicht weiter … das wird schon nicht so schlimm werden.«

Er hofft es zumindest. »Sie wird deine Frau!« Nun sieht auch sein Cousin Thiago ihn an, als hätte Santiago nicht verstanden, worum es geht. »Du denkst doch nicht im Ernst, dass ich die Tochter von Alvaro auch nur länger als nötig ansehen werde? Ich heirate sie, aber das war es. Ich werde weitermachen wie vorher, nur dass in einem Schlafzimmer in meinem Haus diese Frau lebt. Was hast du gedacht? Dass ich das alles aufgebe?« Santiago zieht die Chica auf seinen Schoß, die anfängt zu lachen.

»Scheiße Mann, dass genau du als Erstes heiratest und dann auch noch deine schlimmste Feindin. Guarando, der von den Torres aus Guatemala, hat mir gesagt, dass er Alvaro mal mit seinen Töchtern gesehen hat, auf irgendeiner Hochzeit in Kolumbien. Er hat gesagt, dass seine Frau und seine Töchter aussehen wie Pferde.«

Alle lachen und Santiago nimmt einen kräftigen Schluck von seinem Drink, bevor er sich die Chica wieder so auf den Schoß setzt, dass es ihm gefällt. »Ihr dürft das nicht als Hochzeit sehen, ich werde nie richtig verheiratet sein. Ich bin Santiago Rojo. Mich kann keine Frau zähmen. Seht es einfach als einen Deal an, seid nett zu der Frau und geht ihr aus dem Weg und alle sind zufrieden.«

Er sieht in Thiagos und Diegos belustigte Gesichter, während im Gesicht seines Bruders noch immer Sorgen zu erkennen sind, Santiago versteht einfach nicht, wieso er sich solch einen Kopf macht.

34

Die Chica wendet sich halb zu ihm um. »Du heiratest doch nicht wirklich? Ich würde das alles sehr vermissen.« Ihre Lippen fahren seinen Hals entlang, sie zeichnen das R entlang, was jedes Mitglied der Rojos groß auf den Hals tätowiert hat, er als Anführer trägt um das R noch einen Rosenkranz mit dem Datum, an dem er offiziell die Familia übernommen hat, als Zeichen dafür, dass seine Feinde seit dem Tag beten, dass seine Wut nicht irgendwann auf sie fallen wird.

»Nein, keine Sorge.« Er steht auf und deutet der Chica, ihm zu folgen, er wird den letzten Deal nun richtig feiern, er hebt sein Glas und alle anwesenden Männer im Raum heben ihre Gläser ebenfalls. »Es wird sich gar nichts ändern. Wir beherrschen unsere Feinde und nicht sie uns. Auf die nächsten Wochen und dass keiner wagt, sich uns in den Weg zu stellen.« Alle trinken einen Schluck, die Musik wird aufgedreht und Santiago bringt die Chica hinaus.

Er weiß, dass viele sich Sorgen machen, nicht gut finden, was sie geplant haben, denken, sie haben es nicht im Griff, doch sein Vater hat sich mit ihm besprochen und ihn darum gebeten, weil er Santiago kennt und er weiß, dass ihm das alles egal ist. Ihn interessiert es nicht, diese Frau und alles, was da passiert, ist ihm egal, solange sie dadurch Vorteile für die Familia haben, soll sie in seinem Haus leben.

Es interessiert ihn nicht und es wird garantiert nichts ändern.

Catalina sieht nach unten und atmet tief aus. »Danke, du weißt immer, wie du mich beruhigen kannst.« Ihr ältester und bester Freund Elias hat sie abgefangen und beruhigt. Er hat sie auf ihr altes Baumhaus gebracht, wo sie sich auch heute noch hin und wieder zurückziehen und ihr etwas zu trinken besorgt.

»Es tut mir leid, Guapita. Ich wollte die Tage schon zu dir, doch Natia hat niemanden reingelassen, sie hat auf euch wie eine verrückte kleine Hexe aufgepasst, deine Schwester macht selbst mir manchmal Angst.« Catalina muss lachen und lehnt ihren Kopf an Elias' Schulter. »Warst du dabei?« Elias nickt, natürlich war er das. Elias ist vierundzwanzig und somit nur vier Jahre älter als Catalina, aber dennoch ist er einer der wichtigsten Männer ihres Vaters.

Ihr Vater hat ihn damals bei ihnen zuhause aufgenommen. Er war ein Straßenkind ohne Eltern und ihr Vater hatte Mitleid mit dem kleinen Kerl. Elias ist irgendwie bei ihnen allen großgeworden. Alle Familien und Männer der engsten Kreise haben sich um ihn gekümmert, doch am meisten hat er bei Catalina und Natia im Zimmer geschlafen und mit ihnen gespielt.

Ihr Vater hat ihn von Anfang an trainiert, er hat ihn immer wie den Sohn behandelt, den er nie hatte und irgendwie ist er für Catalina wie ein Bruder geworden. Elias hat sehr schnell klargemacht, dass er immer für die Delgardos kämpfen wird und absolut loyal ist, doch er ist einfach zu nett.

Elias ist der beste Mann ihres Vaters, weil er eine Gabe hat, die jeden erstaunt, der das zu sehen bekommt. Elias kann so schnell handeln und reagieren wie sonst keiner und er trifft so präzise, dass Natia und Catalina stundenlang Tests mit ihm gemacht haben, wie zum Beispiel einen Apfel aus riesiger Entfernung von einem Zaun mit einem Messer zu treffen und viele andere Sachen. Er hat sie immer alle bestanden.

Doch Elias ist ein Mensch mit einem so reinen Herzen, dass Catalina jede Minute genießt, in der sie ihn um sich hat. Er könnte niemals Entscheidungen treffen, mit denen er anderen schaden würde oder irgendjemanden den anderen vorziehen ... Er kann kein Anführer sein, das haben alle schnell verstanden.

Sein Vater nimmt ihn trotzdem immer und überall mit hin, weil er als Erster sieht, wenn jemand heimlich eine Waffe zieht und am schnellsten und besten reagieren kann, deswegen war es klar, dass er ihn auch beim Treffen mit den Rojos dabeihaben will.

»Es war wie in einem schlechten Film, niemand hat da irgendwem getraut und am liebsten hätten sich alle gegenseitig den Hals

36

umgedreht, und dann vereinbaren die wirklich eine Hochzeit. Am Anfang dachte ich, er würde Ana schicken, sie ist zwar erst fünfzehn, doch sie möchte unbedingt heiraten und da das eh keine normale Ehe ist, wäre das auch egal. Ich habe nichts gesagt, doch als er im Flugzeug gesagt hat, dass du Santiago heiraten wirst, habe ich gesagt, dass er das nicht machen kann, nicht machen darf und es eine andere Lösung geben muss.«

Catalina setzt sich wieder gerade hin und sieht Elias in seine grünen Augen. Elias ist sehr dunkel und hat so grüne Augen, dass dieser Kontrast manchmal beim Hinsehen wehtut. Er trägt immer eine Glatze und hat sich darauf das D der Familia mit dem blutenden Messer stechen lassen, man sieht es allerdings kaum, weil er so dunkel ist. Catalina liebt ihn, alles an ihm und sie kann sich genauso wenig vorstellen, ohne ihn zu sein wie bei ihrer Mutter und ihrer Schwester.

»Du hast dich also getraut, etwas zu sagen?« Elias lacht leise auf. »Einige Männer haben etwas gesagt, alle lieben dich hier, Catalina, denkst du, einer von uns möchte, dass du bei diesen Bastarden lebst?« Catalina sieht nach unten auf die Finca. »Milo hat nicht ein Wort gesagt, oder?« Elias schnalzt die Zunge. »Du weißt, wie ich darüber denke. Milo würde niemals etwas sagen, was deinem Vater nicht passen könnte, das weißt du doch.«

Catalina schüttelt nur leicht den Kopf und wieder bilden sich Tränen in ihren Augen. »Mein Vater lässt sich dabei nicht mehr umstimmen, oder?« Elias legt den Arm um sie und küsst ihre Stirn. »Nein, keine Chance und er hat uns klargemacht, dass wir auf euch drei, also deine Mutter, Natia und dich, genau aufpassen sollen. Er wird sich diesen Deal nicht verderben lassen, auch nicht von euch, also passt gut auf, Catalina, und macht keine Dummheiten.«

Sie lacht bitter auf. »Was soll ich denn tun? Alles, was ich mache, lässt er am Ende an Mama und Natia aus und du weißt, dass er da keine Grenzen kennt, nicht, wenn es um die Familia geht … Mir bleibt nichts anderes übrig, als diesen … ich weiß nichts über diesen Mann.«

Elias küsst ihre Wange. »Santiago, er heißt Santiago Rojo und er ist der Anführer der Rojos.« Catalina atmet tief ein und wischt sich die Tränen weg. »Wie schlimm ist es? Was erwartet mich?« Elias verschränkt seine Finger und knackt sie, vielleicht versucht er, seine Worte mit Bedacht zu wählen, was er nicht tun müsste.

Catalina braucht im Moment nichts anderes als Ehrlichkeit. »Viel weiß ich nicht über ihn. Er soll ein ziemlicher Frauenschwarm sein und unzählige Freundinnen haben, er ist dreiundzwanzig und hat noch seinen Bruder Zayn und eine Schwester Nola. Zwei Cousins gehören noch zu den inneren Kreisen, sie haben ähnliche Strukturen wie wir, ich habe gehört, zu den engsten Kreisen zählen um die dreißig Mann.

Ich weiß nicht, was du hören willst. Ich kenne einige Geschichten von ihm, er soll eiskalt sein, wenn er seinen Feinden gegenübersteht. Es heißt, er hat einen Mann am Leben gelassen und ihm mit einem Messer seine Initialen in die Stirn geschrieben, damit er für immer gezeichnet ist, aber all so etwas kennst du ja.

Ich meine, ich hasse die Rojos, aber ich muss zugeben, als ich jetzt mit ihnen in einem Raum war, hatten sie schon ein sehr mächtiges Auftreten und es ist sicherlich nicht einfach so gekommen, dass ihnen fast ganz Lateinamerika gehört und wie ich gehört habe, breitet sich ihre Macht auch immer mehr in Amerika aus.

Sie leben in San Juan, da haben sie einen richtigen Vorort, der ihnen allein gehört und der weit abgesperrt ist, da leben diese inneren Kreise mit den dreißig Mann und ihren Familien. Ich weiß allerdings nicht, ob das alles stimmt, man erzählt sich das so. Wenn du siehst, wie wir hier alle auf einer Finca leben und sie eine ganze kleine Stadt haben, kannst du dir ja ungefähr das Machtverhältnis vorstellen.«

Elias beginnt zu grinsen. »Trotzdem sind sie auf uns angewiesen und das will etwas heißen!« Catalina hat furchtbare Kopfschmerzen. »Was denkst du, heißt das für mich? Wie werde ich leben? Was machen sie mit mir?« Catalina kann an nichts anderes mehr denken.

38

»Na ja, also im Grunde nichts. Du darfst das nicht als richtige Hochzeit sehen, Catalina, das tut niemand. Also klar, ihr seid danach Mann und Frau, doch nur für die Papiere und nach außen für die Familias. Keinen interessiert das. Du brauchst nicht zu denken, dass Santiago dich als seine richtige Ehefrau sieht. Wahrscheinlich wirst du auf dem Grundstück ein Haus bekommen und man lässt dich in Ruhe. Ich meine, wenigstens hast du jetzt jede Menge Luxus. Die Rojos sind unfassbar reich.«

Catalina haut ihm leicht auf die Brust. »Das interessiert mich überhaupt nicht!« Er lacht. »Das weiß ich doch, es schadet trotzdem nicht. Ich denke nicht, dass du viel mit Santiago zu tun hast, nur bei offiziellen Sachen. Ich meine, jeder weiß, wozu die Hochzeit ist und keiner erwartet etwas von euch.

Eigentlich hätten sie einfach nur einen Priester eingeladen und das wars, doch weil sie andere Familienanführer einladen, um allen zu zeigen, was sich nun ändert und auch unsere Familias das alles richtig ernst nehmen sollen, wurde beschlossen, dass es eine Trauung in einer Kirche gibt, es soll danach im Garten der Kirche Kuchen geben, Geschenke entgegengenommen werden und noch ein paar Sachen, aber dann geht jeder seinen Weg.«

Catalina lacht leise. »Sie trauen sich noch nicht einmal soweit über den Weg, dass sie zusammen essen würden.« Elias schüttelt den Kopf. »Dein Vater würde sich niemals mit ihnen zum Essen an einen Tisch setzen.« Catalina könnte losschreien. »Aber ich muss ab jetzt bei ihnen leben ... Das heißt, dass ich mich dann dort von Mama und Natia verabschiede und gleich mit zu den Rojos gehe?«

Elias räuspert sich. »So ist es geplant, nur dass deine Mutter und Natia nicht kommen sollen. Es kommen von den Rojos nur Santiago mit seiner Familie, die Cousins und ein paar Männer. Dein Vater will Sarita und deine Stiefschwestern mitnehmen und ein paar Männer, das wars.«

»Nein. Auf meine Hochzeit? Ohne meine Mutter?« Elian sieht sie entschuldigend an, doch natürlich weiß sie, dass er am allerwenigsten dafür kann. »Wie gesagt, niemand sieht es als Hochzeit und

39

dein Vater hat zu viel Angst, dass eine von euch Ärger macht, aber wenn du mich fragst ...«

Er bricht ab und sieht sich um. »Was?« Catalina rückt näher zu ihm. »Catalina, ich weiß, dass du nicht viel mit deinem Vater zu tun hast, doch auch wenn es nicht danach aussieht, er liebt dich und er liebt deine Mutter. Gerade jetzt muss er sich auf dich verlassen, er weiß, dass du eine Menge Ärger machen könntest. Nutz diese Chance und stelle auch mal Bedingungen. Gerade muss er dir zuhören, denn er muss versuchen, dich ruhig zu halten. Rede mit ihm, sei mutig. Keine seiner anderen Töchter würde das wagen, aber ich weiß, dass du diesen Mut hast.«

Sie sieht ihm in die Augen und nickt. Er hat vollkommen recht, sie muss mit ihrem Vater reden.

Catalina wartet nicht lange, sie geht direkt zum Haus ihres Vaters und sucht ihn. Sarita sagt ihr, dass er im Büro in der obersten Etage mit Pepe und Luiz ist. Normalerweise würde weder Catalina noch sonst jemand da stören, wenn die drei eine Besprechung im Büro haben, doch es ist nichts mehr normal, es ist nicht mehr, wie es vorher war, deswegen läuft Catalina die Stufen hinauf und geht in das Büro ihres Vaters, ohne anzuklopfen.

Er sitzt hinter seinem Schreibtisch, Pepe neben ihm auf dem Schreibtisch und Luiz scheint beiden gerade etwas Wichtiges mitgeteilt zu haben, nun aber sehen sie alle verwundert zu Catalina. Ihr Vater setzt an etwas zu sagen, doch sie hebt die Hand.

»Ich werde Santiago Rojo heiraten!« Ein Lächeln zeichnet sich auf den Lippen ihres Vaters ab. »Das weiß ich, es ist nur die Frage gewesen, ob das alles friedlich verläuft, oder ich noch mehr Druck anwenden muss, doch offenbar hast du dich ein wenig beruhigt.« Catalina ist noch nicht fertig.

»Ich heirate ihn, gebe mein Leben auf und verzichte auf meine komplette Zukunft, doch dafür bestehe ich auf einigen Sachen ...« Herrgott, das hat wahrscheinlich noch niemals jemand zu ihrem

40

Vater gesagt, obwohl, ihre Mutter vielleicht, das würde auch das Schmunzeln erklären, was auf seinem Gesicht liegt, als er sie mit der Hand auffordert fortzufahren.

Pepe und Luiz sind ganz still, sie trauen der Situation offenbar nicht, sie wissen, dass sonst niemand so mit ihrem Vater spricht. Doch was hat Catalina noch zu verlieren, was kann er ihr noch Schlimmeres antun als das, was ihr bevorsteht? Das Einzige, was er noch tun kann, möchte sie somit verhindern und sie meint es verdammt ernst und wenn sie am Traualtar davonlaufen muss, sie wird sich nicht von diesen Punkten abbringen lassen.

»Ich bestehe darauf, dass Mama und Natia mich an diesem … schlimmsten Tag meines Lebens begleiten. Ich werde sie danach erst einmal nicht mehr sehen, doch darauf bestehe ich. Außerdem möchte ich, dass es den beiden hier gutgeht. Dass sie nicht von deiner Freundin und ihren Kindern belästigt werden und …« Ihr Vater zieht seine Augenbrauen hoch, okay, vielleicht hat sie sich jetzt ein wenig zu weit vorgewagt, doch sie hat eh nichts mehr zu verlieren.

»Diese Kinder sind deine Schwestern.« Nun zieht Catalina ihre Augenbrauen hoch, verkneift sich aber einen Kommentar. »Ich wollte nicht, dass sie zur Hochzeit kommen, weil ich Angst habe, dass ihr da unten eine Szene macht. Besonders deine Mutter ist die Einzige, der ich das wirklich zutraue und dir noch, deswegen wollte ich das verhindern. Wenn du mir dein Wort gibst, dass weder du, noch deine Mutter oder Natia etwas unternehmen, dann erlaube ich es.

Deine Mutter könnte hier den Himmel auf Erden haben, wenn sie nicht so stur wäre, sie wird auch weiterhin hier ganz normal leben können, genau wie Natia, du kannst es als ganz einfaches Prinzip verstehen. Wenn du dich bei den Rojos benimmst, haben sie ein friedliches Leben hier, ändert sich das, ändere ich ihr Leben hier auch, das ist doch nicht so schwer, oder?

Catalina schließt einen Augenblick die Augen, wie kann ein Mensch nur so berechnend sein? »Und ich will sie sehen …« Sie

41

atmet schneller, um zu verhindern, dass sie die Tränen, die sich in ihren Augen sammeln, verliert, sie möchte jetzt nicht schwach wirken. »Ich werde da völlig alleine sein, die alle werden mich hassen, so wie ich sie hasse und ich muss ab und zu Mama und Natia sehen. Wir sind es nicht gewohnt, voneinander getrennt zu sein, das musst du doch verstehen!« Catalina sieht ihrem Vater in die Augen und einen kleinen Augenblick sieht sie darin die Wärme, die er früher immer ausgestrahlt hat, wenn er sie angesehen hat.

»Ich kann dir dafür nicht mein Wort geben. Sie dürfen auf keinen Fall auf das Gebiet der Rojos, und ob und wann du uns besuchen darfst, muss dein Mann entscheiden. Niemand da unten wird sich großartig für dich interessieren, vor allem Santiago nicht. Geh nicht gleich vom Schlimmsten aus. Ein Teil unseres Deals ist es, dass dich alle da unten gut behandeln, also hör auf, dir unnötige Sorgen zu machen.«

Catalina nickt, sie wird so oft es geht herkommen und zumindest weiß sie, dass es ihrer Mutter und Natia weiter gutgehen wird hier und sie zur Hochzeit dürfen. Sie will sich schon umdrehen und gehen, da ruft ihr Vater sie zurück. »Ich wollte dir auch noch sagen, dass ich dich mit dieser Entscheidung nicht verletzen wollte. Pepe hat mir gesagt, dass du und Milo ...«

Das sollten sie nicht mehr besprechen, deswegen hebt sie dieses Mal die Hand. »Nein, das ist in Ordnung. Ich habe nicht die Wahl, mir meinen Ehemann auszusuchen, doch wenn ich sie hätte, würde ich niemals einen Mann nehmen, der sich nicht einmal traut, den Mund gegenüber meinem Vater aufzumachen, um für mich einzustehen, in meinen Augen ist das kein Mann.«

Ihr Vater lacht und sieht zu Pepe. »Da ist etwas Wahres dran, nun wirst du einen Mann heiraten, der sich gar nicht oft genug gegen mich auflehnen kann.« Catalina sieht ihrem Vater wieder in die Augen. Trotz allem, trotz all der Wut und der Enttäuschung fällt ihr das nicht schwer. »Für mich wird er nie ein Ehemann sein, nur ein Teil eines wichtigen Deals.«

42

Catalina spürt, wie ihre Lippen zittern beim Wort Ehemann, sie kann es nicht einmal richtig aussprechen, das wird der reinste Alptraum.

»Weißt du, ich habe dich nicht nur ausgewählt, weil du die älteste und schönste meiner Töchter bist. Von allen bist du zwar deiner Mutter am ähnlichsten vom Aussehen, doch du hast diese Stärke in dir, die du von mir hast. Ich wusste, dass wenn einer das aushält, dann du. Stell dir vor, ich hätte Natia gewählt … wir beide wissen, dass sie daran kaputt gegangen wäre, doch bei dir weiß ich, dass du stark genug für diese Last bist.«

Alle schweigen und sehen Catalina an, sie setzt an, noch etwas zu sagen, doch Sarita klopft an, kommt herein und klatscht in die Hände. »Die Rojos haben Leute geschickt, die dich für dein Brautkleid ausmessen sollen. Sie wurden extra aus Italien eingeflogen.«

Sie will nach Catalinas Händen greifen und sie herunterziehen, doch Catalina bleibt wie angewurzelt stehen, Ihr Vater räuspert sich. »Deine neue Familia hat darauf bestanden, die Hochzeit mit allem Drum und Dran auszurichten. Sie haben den Ruf der mächtigsten Familia und wollen dem gerecht werden … und es sind nur noch knapp zwei Wochen.«

Catalina hat das Gefühl, sich übergeben zu müssen, als Sarita sie nach unten zieht. Der ganze Alptraum beginnt und Catalina spürt, dass ihr Vater unrecht hat, sie wird daran kaputtgehen.

Kapitel 4

»Bist du bereit?«

Catalina sieht in den Spiegel, während ihr tausend Gedanken durch den Kopf rasen. Ihr Herz schlägt so sehr, dass sie Angst hat, es könnte ihr aus der Brust springen. Sie weiß, dass das der letzte Tag ihres bisherigen Lebens ist und die Aussicht auf das, was sie erwartet, ist ein einziger Alptraum.

Die letzten Tage sind nur so verflogen. Als sie von irgendwelchen italienischen Modedesignern ausgemessen und gefragt wurde, was sie sich für das Kleid wünsche, hat sie nur gesagt, dass es ihr egal ist. Natia hat den Leuten dann ein Bild von dem Kleid gegeben, welches sich Catalina irgendwann vor einigen Jahren mal aus einer Zeitung ausgeschnitten hatte, ihr absolutes Traumkleid. Das wollte sie auf ihrer Traumhochzeit tragen, sie hätte niemals gedacht, dass es so kommen könnte.

Catalina hat sich geweigert, weiter darüber nachzudenken, doch es ging nicht anders. Ständig kamen Fragen über Sarita zu ihr. Was für eine Tortenfüllung sie möchte, in welchen Farben die Dekoration sein soll, es wurden ihr sogar Bilder von Eheringen gezeigt und sie musste ihre Ringgröße angeben. Catalina hat Sarita jedes Mal rausgeworfen und ihr gesagt, dass es ihr egal ist. Sie kann auch in einem Jogginganzug in einem Kuhstall dem Anführer der Rojos das Jawort geben, es hat die gleiche Bedeutung für sie.

Dass es ernst wird, hat sie erst richtig begriffen, als sie ihre Sachen einpacken sollte. Sie wurden abgeholt und in das Haus gebracht, in dem sie nach der Hochzeit leben soll.

Sie hat nach ihrem Gespräch mit ihrem Vater in seinem Büro nicht mehr mit ihm gesprochen, auch nicht mehr mit Milo. Zweimal hat er versucht, mit ihr zu sprechen, doch Catalina hat ihn jedes Mal weggeschickt. Er hatte die Chance, etwas zu sagen und hat es nicht getan, selbst Elias hat seinen Mund aufbekommen. Jedes weitere Wort, was jetzt noch von ihm fällt, ist unbedeutend.

45

Sie hat es nicht übers Herz gebracht, Natia und ihrer Mutter zu sagen, dass ihr Vater beschlossen hat, Natia mit Milo zu verheiraten. Sie stimmt mit ihrem Vater nur sehr selten überein, aber da hat er recht. Ihre Mutter würde das jetzt nicht verkraften. Sie hat einige Tage gebaucht, um wieder auf die Beine zu kommen und seitdem versucht sie, für Catalina stark zu sein, doch Catalina sieht, wie schwer ihr das fällt.

Ihnen allen fällt es schwer, in der Nacht vor ihrem Flug nach Kuba haben Catalina, Natia und ihre Mutter in einem Bett geschlafen. Catalina hat kaum geschlafen und hat ihre Mutter immer wieder weinen gehört. Es ist schrecklich für sie zu sehen, was ihrem Kind angetan wird und nichts tun zu können. Ihr Vater ist einfach zu mächtig, sie können nichts dagegen tun.

All das ist so widersprüchlich. Die Familie und die Mitglieder der Familia, die sie begleiten, sollten in einem Luxushotel unterkommen. Die Rojos richten die gesamte Hochzeit aus. Doch ihr Vater traut ihnen nicht einmal so viel über den Weg, er hat allein ein kleines Hotel gemietet, niemand weiß, wo sie untergekommen sind. Und trotzdem verheiratet er Catalina mit seinem größten Feind. Sie wird das nie verstehen können.

Catalina hat kaum etwas gegessen in den letzten Tagen und sich heute morgen vor dem Duschen übergeben. Doch all das hilft nichts, sie sind zu dieser großen Kirche gefahren und nach oben in den Pfarrsaal gegangen, wo mehrere Visagisten und die Designer schon bereitstanden und sofort mit der Arbeit begonnen haben. Ihre Mutter und Natia sind nicht eine Minute von ihrer Seite gewichen, auch sie wurden geschminkt, doch sie haben ihre eigenen Kleider angezogen.

Neben ihrem Vater sind außerdem Sarita, Catalinas Stiefschwestern, Pepe, Luiz, Milo und Malik, Elias und fünf weitere Männer mit nach Kuba gekommen. Sie alle sind erst später zur Kirche gekommen und müssten jetzt bereits da sein, denn Catalina kann das Gemurmel von unten hören. Stimmen, es müssen viele Menschen da sein, Menschen, mit denen sie ihr ganzes Leben verbracht

46

hat und die sie ab heute für eine gewisse Zeit nicht mehr sehen wird und Menschen, die sie noch nie vorher gesehen hat und mit denen sie ab heute zusammenleben muss.

Catalinas Atem geht schnell. »Oh, no no no. Nicht Süße, nicht weinen, Sie sind perfekt und nichts darf das mehr stören.« Eine Visagistin und eine der Designerinnen stürzen sofort zu Catalina, die sich richtig im Spiegel ansieht. Ja, das ist sie sogar.

Die Designer haben es wirklich geschafft, Catalinas Traumkleid zu entwerfen. Es ist weiß mit leichter Spitze, es ist oben enganliegend, ohne Ärmel, mit Herzausschnitt, und es passt sich perfekt Catalinas Rundungen an. Um die Taille ist eine zarte Schleife gebunden und ab da fließt es etwas weiter nach unten. Es sieht klassisch, doch wegen der feinen Details sehr elegant aus und es schmeichelt Catalina überall, sie hätte sich kein schöneres Kleid vorstellen können.

Der Schleier ist sehr lang und entfächert sich, er ist an den Enden mit derselben feinen Spitze bestickt, die sich auch im Brautkleid wiederfindet. Generell haben die Leute hier wirklich gute Arbeit geleistet. Catalina trägt ihre karamellfarbenen Wellen bis an die Rippen, sie ist dezent und doch wunderschön geschminkt. Ihre hellbraunen Augen strahlen, ihre Wimpern hat sie noch nie als so lang empfunden, ihre Lippen sind mit einem leichten Gloss geschminkt und doch reicht das, um einfach nur wunderschön auszusehen. Ihre helle Haut wird nicht überschminkt, sondern unterstrichen, die Leute hier wissen, was sie tun.

Es ist perfekt, das ganze Bild, und doch lächelt niemand im Raum außer den Frauen, die dieses Werk vollbracht haben.

Ihre Mutter und Natia sind da und beide haben Tränen in den Augen, auch sie sehen wunderschön aus, doch es zählt nicht, hätte es vielleicht, würde Catalina hier heute stehen und einen Mann heiraten, den sie liebt und nicht den größten Feind ihrer Familia. Catalina atmet tief durch, doch die Worte, dass sie bereit ist, kommen ihr nicht über die Lippen, denn das ist sie nicht, wird sie niemals sein.

47

Die Tür zu ihrem Zimmer geht auf und ihr Vater tritt ein. Seit ihrem Gespräch im Büro sieht er Catalina das erste Mal wieder richtig an und hält inne. Noch nie hat Catalina ihren Vater zögern gesehen, doch in dem Moment, als er sie jetzt ansieht, stockt er, räuspert sich und sieht Catalina in die Augen. »Du bist wunderschön, meine Tochter.«

Catalina ist zu keiner Reaktion mehr fähig und das scheint er zu merken. Er wendet sich an ihre Mutter und Natia. »Es sind alle da, geht schon mal nach unten und setzt euch zu den anderen.« Ihre Mutter will etwas sagen, doch ihr Vater hebt die Hand. »Tut es einfach.« Catalina sieht den beiden noch einmal in die Augen, dann gehen sie und ihr Vater tritt zu ihr. Er hält ihr einen kleinen Strauß mit pfirsichfarbenen und weißen Rosen hin, der Strauß fällt ähnlich wie ihr Schleier und ist sicherlich auch wunderschön, doch sie achtet nicht darauf.

Sie sieht ihrem Vater in die Augen. Vielleicht hofft sie, dass er doch noch etwas sagt, dass er eingreift, doch er kommt zu ihr, küsst ihre Stirn und hebt den Schleier über ihr Gesicht, wie es Tradition ist, wird der Bräutigam den Schleier lüften. »Komm.« Er hält Catalina seinen Arm hin, sie hakt sich ein, doch ihre Füße bewegen sich nicht. Sie kann das nicht, sie muss hier weg.

Ihr Vater spürt das, ihre Hände sind eiskalt und er sieht zu ihr. »Catalina, überlege dir gut, was du jetzt tust und was für Konsequenzen das für deine Mutter und deine Schwester haben wird.« Das erste Mal scheinen auch die anderen Frauen im Raum zu spüren, dass das hier keine normale Hochzeit ist, sie beginnen sich zu unterhalten und Catalina setzt sich in Bewegung und geht mit ihrem Vater die paar Stufen hinunter, bis vor die riesige geschlossene Holztür, die in die Kirche führt.

Milo und Malik stehen davor, auch Elias und noch ein Mann. Alle sehen zu Catalina, doch so richtig kann man sie ja nicht erkennen, trotzdem scheinen auch sie von ihrer Erscheinung überrumpelt und halten einen Moment ein.

48

»Milo, Malik, als zukünftige Anführer führt ihr uns in die ...« Catalina stoppt. »Nein, niemals. Nicht Milo. Ich brauche Elias dafür, nicht Milo.« Ihr Vater flucht leise und Milo sieht wütend zu Catalina, doch das ist ihr egal. Niemals im Leben wird er sie an den Traualtar führen. »Gut, Elias und Malik, los jetzt!« Ihr Vater spürt, dass Catalinas Nerven mit ihr durchgehen und will keinen Ärger riskieren.

Elias' vertraute Augen ruhen auf ihr und schaffen es, ihren Herzschlag ein wenig zu beruhigen. Er stellt sich mit Malik vor sie, Milo und der andere Mann hinter sie. Sie klopfen, es geht Musik an und Catalina hat das Gefühl, keine Luft mehr zu bekommen. Die Kirche ist komplett voll und das Lied, was ertönt, ist ihr allerliebstes Pianostück 'River Flows In To You', gespielt von zwei Seiten auf weißen Pianos.

Elias und Malik setzen sich in Bewegung, ihr Vater wartet einen Augenblick und will los, doch Catalina bleibt stehen. Allerdings hält ihr Vater ihren Arm so fest, dass sie sich dann doch in Bewegung setzt. Alle Augen sind auf sie gerichtet. Sie sieht in einige vertraute Gesichter, es sind auch andere Familias anwesend, da diese Hochzeit überall bekannt werden soll. Sie sieht aber auch völlig fremde, hasserfüllte Gesichter, die zu ihr und ihrem Vater blicken, und sie weiß, dass das die Rojos sind.

Sie erkennt ihre Mutter und Natia ganz vorne bei Sarita, Ana und Anabel und erst dann wagt sie sich nach vorn zu sehen, wo drei Männer stehen. Alle drei tragen edle Anzüge, alle hier in der Kirche tun das, auch ihren Vater hat sie noch nie so fein gesehen. Es stehen weiter hinten ein älterer Mann und daneben ein jüngerer, das werden der Vater und der Bruder von Santiago sein.

Ganz vorn und ihr zugewandt steht Santiago, ihr zukünftiger Ehemann und der schlimmste Feind ihrer Familie und sieht ihr ohne auch nur ein Anzeichen einer Regung entgegen.

Alle, die sie gefragt hat, haben ihr das Gleiche gesagt, er ist ein Frauenschwarm, ein Playboy, feiert viel und gerne und das sieht man. Er ist ein wirklich hübscher Mann, das erkennt man auch schon von Weitem. Er ist groß und breit gebaut, hat dunkle Haare und goldbraune Haut. Man sieht, dass er ein sehr hübsches Gesicht hat, man erkennt, dass ihm dieser Frauenverschleiß sicher nicht nur nachgesagt wird, doch nicht das ist es, was Catalinas Füße immer schwerer werden lassen. Er sieht eiskalt zu ihr und das haben ihr auch alle gesagt.

Santiago Rojo ist eiskalt und noch etwas fällt ihr sofort auf. Ihr Vater, die Männer ihres Vaters haben viele Tätowierungen, sie tragen ihre Waffen immer offen, auch wenn heute alle die Waffen ablegen mussten, sie haben viele Narben und Wunden, das alles lässt einen bei ihrem Anblick Angst bekommen. Santiago jedoch nicht und auch keiner der anderen Männer, die sie gesehen hat. Sie haben all das nicht, nicht so offen, sie wirken viel edler und doch so mächtig, dass Catalina das Gefühl hat, geradewegs in die Höhle des Löwen gebracht zu werden. Sie kennt mächtige Familias, doch nur zwei Sekunden mit einigen Rojos in einem Raum und Catalina weiß sofort, was wirkliche Macht ist und das macht ihr eine ungeheure Angst.

Viel zu schnell sind sie vorn angekommen. Catalina sieht in die erste Bank, versucht Halt in den Augen ihrer Schwester und Mutter zu finden, doch beide weinen leise in ihre Taschentücher. Catalinas Vater tritt zur Seite und erst da sieht sie wieder zu Santiago, der sich vor ihr aufbaut. Catalina schließt einen winzigen Augenblick die Augen. Lass das alles nur einen Traum sein! Doch das ist es nicht. Santiago ist trotz ihrer Absätze noch einen Kopf größer als sie. Sein teures Parfüm hüllt sie ein, als er den Schleier hebt. Catalina weiß, dass sie starr vor Angst ist, sie hört ein Raunen in der Kirche, als nun alle sie komplett sehen, doch sie kann nicht aufhören, in die dunklen kalten Augen von Santiago zu blicken, die sie ein wenig überrascht ansehen.

Catalina weiß, dass sie aufgehört hat zu atmen, und einen kleinen Augenblick hat sie das Gefühl, etwas Warmes in seinem kalten Blick zu erkennen, doch genauso schnell wie es da war, ist es wieder verschwunden. Santiago ist ein wirklich schöner Mann. Er hat

50

dunkle Augen mit langen Wimpern, eine kleine Narbe zieht sich von seiner rechten Augenbraue nach oben, er hat schöne Lippen, ein hübscher Mann. Doch die Macht und Kälte, die er ausstrahlt, versetzt Catalina in Angst.

Sie ist froh, dass er zur Seite tritt und ihr Vater sich wieder vor sie stellt. Ihr Vater küsst ihre Stirn. »Ich liebe dich, Catalina.« Er sieht ihr in die Augen und stellt sich hinter sie, genau wie die anderen Männer hinter Santiago stehen, stehen hinter ihr nun ihr Vater, Elias und Malik und plötzlich sind Catalina und Santiago allein vor dem Altar.

Sie sieht hinauf zu einem Priester, Catalina weiß nicht einmal, ob der alte Mann schon die ganze Zeit hier steht, sie hat nicht die Kraft, auf all das zu achten, doch der Priester lächelt sie an und sieht dann zu Santiago. »Eine besonders schöne Braut haben sie da, wie ein Engel.« Sie spürt Santiagos Blick auf sich, doch Catalina sieht nur zur Seite, in die Augen ihres Vaters, der genau beobachtet, was sie tut.

»Lasset uns mit der Zeremonie beginnen und euch vor Gott zu Mann und Frau machen.« Catalina wird wieder schlecht, sie hört nicht richtig zu, wie der Priester darüber spricht, was wichtig in einer Ehe ist, das hier wird keine richtige Ehe sein. Sie sieht auf die vielen Zeichnungen hinter dem Mann und erst als er endet und sie fragt, ob ihnen all das bewusst ist, hört sie wieder zu. Santiago nickt und Catalina sieht den Priester nur an.

Weiß er, was hier gerade passiert oder hat er keine Ahnung? Er lächelt und holt ein weißes Tuch, dann deutet er Santiago, ihm die Hand zu geben und dann Catalina.

Er legt Catalinas Hand in die von Santiago und wieder atmet sie nicht. Seine Hand ist groß und es fühlt sich so falsch an. Der Priester legt das Tuch über ihre Hände. Catalina spürt selbst, dass ihre Hand vor Anspannung zittert, doch sie kann es nicht ändern. Auch Santiago scheint es zu spüren, denn plötzlich umfasst seine Hand die ihre komplett.

51

Catalina würde am liebsten aus der Kirche rennen, doch es ist zu spät. Der Priester spricht mehrere Gebete und segnet sie, dann sieht er beiden wieder in die Augen.

»Willst du, Santiago Rojo, Catalina Delgardo zu deiner Frau nehmen, sie ehren, schützen und lieben, bis dass der Tod euch scheidet?« Es wird ein wenig unruhig in der Kirche. Catalina schließt die Augen. Vielleicht ist er es auch, der all diesem Wahninn ein Ende setzt.

Santiago räuspert sich und Hoffnung keimt in Catalina auf, doch dann sagt er mit fester und rauer Stimme: »Ja, ich will.« Wieder Gemurmel von hinten. »Und du, Catalina Delgardo, möchtest du Santiago Rojo vor Gott zu deinem Ehemann nehmen, ihn ehren und lieben, bis zum Tode?«

Die Worte hallen zu Catalina, nein, das will sie nicht. Kann sie nicht. Sie sieht zu ihrem Vater und es wird lauter in der Kirche. »Catalina?« Alle spüren ihr Zögern, doch der Blick ihres Vaters ist eindeutig. Catalina schließt die Augen und atmet tief ein.

»Ja, ich will.« Sie weiß, was sie damit unterschrieben hat. Alle wissen es. Der Priester lächelt wieder, er spricht erneut ein Gebet und dann bekreuzigt er das Tuch, unter dem noch immer Santiago, ein völlig fremder, gefährlicher Mann ihre Hand hält. »Von nun an seid ihr vor Gott Mann und Frau!«

Catalina treten Tränen in die Augen. Ihr Unglück ist nun nicht mehr aufzuhalten.

Kapitel 5

Der Priester entfernt das Tuch und sofort zieht Catalina ihre Hand zurück. Nun weiß sie auch, dass der Priester Bescheid weiß, was genau hier gespielt wird. Er hat auf das 'Sie dürfen die Braut jetzt küssen' verzichtet.

Der Priester holt ein Samtkissen hervor, auf dem zwei schlichte, goldene Ringe platziert sind. Der für Santiago ist einfach nur gold und sonst ist nichts, während ihrer viele kleine Diamanten eingearbeitet hat, die wellenförmig um den Ring herumgehen und man bereits am Glanz erkennt, dass es echte Diamanten sein müssen. Der Ring ist wunderschön, nur ist der Anlass das nicht. Santiago nimmt ihre Hand und streicht ihr vorsichtig ihren Ring über den Finger, er passt perfekt. Catalinas Hand zittert, doch Santiago schafft es ohne Probleme und auch seiner passt wie angegossen, als Catalina ihn ihm an den Finger steckt. Sie sieht ihn dabei nicht an, sie kann einfach nicht.

Danach scheint es vorbei zu sein. Der Priester reicht ihnen beiden die Hand und gratuliert ihnen.

Catalina ist schon immer gläubig gewesen, nie fanatisch oder zu sehr, doch sie hat mit ihrer Mutter besprochen, wie sie vor Gott diesen Mann, den sie nicht kennt, heiraten soll. Es ist ja fast so, als würde sie Gott belügen, doch ihre Mutter hat ihr versichert, dass Gott weiß, in was für einer Lage sie ist und dass sie keine Wahl hat. Er kann in ihrem Herzen sehen, dass sie all das nicht möchte und allein das Wissen beruhigt sie wenigstens in dieser Sache.

Catalina wendet sich von Santiago und dem Priester weg, ein Mann tritt vor und sie beide müssen einige Papiere unterzeichnen, Catalina achtet nicht einmal darauf, was sie da unterschreibt, es macht doch im Grunde eh nichts mehr aus. Langsam erheben sich alle und wollen nach vorn, doch Santiagos jüngerer Bruder stellt sich vor sie und deutet zu einer Tür. »Die Glückwünsche und alles

53

andere werden draußen entgegengenommen.« Er dreht sich zu ihr und deutet Catalina, ihm zu folgen. Sie sieht zu ihrer Mutter und Natia, die aufstehen und in Richtung Tür gehen, doch erst halten alle ein. Catalina geht hinter Santiagos Bruder durch die Tür und da merkt sie erst, dass Santiago hinter ihr ist.

Sie betreten einen großen Garten, der wunderschön geschmückt ist, egal wie krank das alles ist, das muss sie wirklich zugeben. Es ist alles in den Farben ihres Brautstraußes geschmückt, viele Tische mit Stühlen stehen zusammen, leise Musik läuft im Hintergrund. Ein Käfig mit weißen Tauben steht in einer Ecke, es ist ein kleines Buffet aufgebaut, es gibt einen Tisch, der überladen ist mit Geschenken.

Catalina ist stehengeblieben und sieht sich alles an, da bleibt auch Santiago stehen und sieht zu ihr. Wieso tut er das? Sie blickt zu ihm und er sieht ihr in die Augen. Sie sind so dunkel und kalt. Sie sind verheiratet und haben noch kein Wort miteinander gesprochen, Santiago hebt ein wenig die Augenbrauen, und da erst wird Catalina klar, dass er ihretwegen stehengeblieben ist. Es ist ihre Hochzeit, er wartet auf sie.

Catalina geht weiter, an ihm vorbei zu dem Tisch, an dem Santiagos Bruder und auch sein Vater stehenbleiben. Sie müssen nicht einmal vorgestellt werden, man sieht es einfach. Dieser Tisch ist am schönsten geschmückt, besonders die beiden Plätze in der Mitte, wahrscheinlich werden sie sich dort hinsetzen, doch erst einmal bleiben sie beide bei dem Bruder und dem Vater stehen, Catalina steht nun in der Mitte. Erst kommt Santiago, dann sie, dann der Bruder und dann der Vater und noch nie hat sie sich so unwohl gefühlt, eingekesselt von Feinden, die sie gar nicht hier haben wollen.

Sie sieht keinen von ihnen an; 'einfach ignorieren' ist alles, was sie sich ständig in Gedanken aufsagt, doch es fällt ihr schwer. Noch bleiben alle in der Kirche, sie vier stehen als Einzige im Garten, und am liebsten würde Catalina einfach zu ihrer Mutter und ihrer Schwester gehen, doch das ist wohl vorbei.

54

»Ich möchte, dass jeder Einzelne kommt und uns gratuliert und jeder auch wirklich mitbekommt, dass wir jetzt verheiratet sind, damit sich das Ganze auch wirklich lohnt.« Nun blickt Catalina doch auf und zu Santiago, der zu seinem Bruder sieht. Er spricht so bestimmend und machtvoll, am liebsten würde sie den Kopf schütteln und ihn fragen, was er denkt, wer er ist, doch leider weiß sie ja, wer er ist und kennt diese Art von Männern nur zu gut, um sich einfach ihren Teil zu denken, doch Santiago spürt ihren Blick und sieht ihr wieder in die Augen.

Es ist merkwürdig, sie beide sprechen nicht miteinander und sehen sich so abschätzig an, als wüsste keiner genau, wie er mit dem anderen umzugehen hat. Santiago hat eine sehr raue Stimme und alles an ihm ist so kalt und berechnend, auch wenn er ein hübscher Mann ist, lässt das Catalina trotzdem eine Gänsehaut bekommen.

Catalina sieht wieder weg und richtet sich ihren Schleier, der viel zu lang und ihr im Weg ist. Ohne etwas zu sagen, tritt Santiago hinter sie, hilft ihr und richtet den Schleier so, dass er Catalina nicht mehr stört, dann stellt er sich wieder zu ihr und nickt zur Tür. »Sie können kommen.«

Und sie kommen und nicht nur einige wenige. Schon nach zehn Minuten hat Catalina genug. Es ist immer das Gleiche, Menschen, die sie noch nie gesehen hat, kommen, begrüßen sie und Santiago und drücken ihre Glückwünsche aus. Einige kennt Catalina vom Sehen, doch sie war und ist niemals in die Geschäfte ihres Vaters involviert gewesen und weiß nicht, wer wer ist.

Santiagos Vater und sein Bruder sind gleich weggegangen, nur Santiago und Catalina nehmen die Glückwünsche entgegen, und wäre all das nicht so verrückt, wäre es schon wieder lustig. Es gibt die neutralen Gratulanten, die ihnen beiden die Hand geben und ihnen gratulieren. Dann kommen immer mal wieder Leute der Rojos, sie nicken Catalina zu und umarmen Santiago.

Nur ein Einziger gibt auch Catalina die Hand. Er stellt sich als Thiago, Santiagos Cousin vor und als er Santiago auf die Schulter

55

klopft und sagt, »Hast du ja doch nochmal richtig Glück gehabt, mein Lieber, weiß gar nicht, ob du das verdient hast«, ignoriert sie auch das. Von ihrer Familie kommt zuerst ihr Vater. Er küsst Catalina auf die Stirn und nickt Santiago zu, er sagt ihm etwas wie dass er hoffe, nun kehre Ruhe ein, doch dass die beiden sich trauen oder wie Schwiegersohn und Schwiegervater sind ... niemals. Das wird sicher nicht passieren.

Milo steht irgendwann vor ihr und will ihr etwas sagen, doch Catalina ignoriert ihn komplett und spürt dabei Santiagos Blick auf sich. Erst als Elias kommt, löst sich ein klein wenig Catalinas Anspannung und sie umarmt ihren besten Freund lange. »Es wird alles gut, Süße.« Catalina schüttelt den Kopf. »Nein, das wird es nicht.« Doch es ist viel zu kurz, danach umarmt sie auch ihre Mutter und ihre Schwester und sie alle müssen sich zusammenreißen, hier nicht eine zu große Szene zu machen.

Catalina kommt all das ewig vor. Nachdem sie ihnen gratuliert haben, verteilen sich alle im Garten. Es treten zwei dunkelhaarige Schönheiten und eine ältere Frau zu ihnen. Beide haben lange schwarze Haare, die eine lockig, die andere ganz glatt. Sie tragen wunderschöne Kleider und sind perfekt gestylt, Catalina überlegt schon, wer sie sein können, da sieht sie den abfälligen Blick, den sie ihr zuwerfen.

Die etwas Kleinere umarmt Santiago. »Alles Gute, Bruderherz.« Seine Schwester, dann muss die ältere Frau, die auch zu ihm tritt und Catalina nicht einmal ansieht, seine Mutter sein.

Sie wirkt ein wenig älter als ihre Mutter, doch auch sehr hübsch und gepflegt. Sie weint, als sie Santiago umarmt, der ihr etwas zuflüstert. Auch ihre Mutter weint heute, sie alle wissen, dass das nicht richtig ist, doch besonders die Mutter scheint all das sehr mitzunehmen. Die andere Frau sieht sie mit einem so hasserfüllten Blick an, dass Catalinas Blick zu Boden geht. Sie wusste, dass die Rojos sie hassen, doch nicht wie schwer es ist, damit umzugehen.

»Ich hätte nicht gedacht, dass du das wirklich durchziehst.« Diese Worte waren sehr hart an Santiago gerichtet, der die Frau genauso

56

kalt ansieht wie alle hier, doch es war so ein merkwürdiger Unterton dabei, dass Catalina doch wieder aufsieht und zu den beiden schaut.

Das muss seine Freundin sein, oder etwas ähnliches. Santiago wendet sich Catalina zu und einen Moment sehen sie sich wieder in die Augen, da erst wird ihr richtig bewusst, dass all das ja auch für ihn sicherlich nicht einfach ist, auch er muss damit leben. Mit dieser vorgetäuschten Hochzeit, mit einer fremden Frau, die er eigentlich hasst.

Sie bricht den Augenkontakt wieder ab und würde am liebsten den Kopf schütteln, wie krank ist all das hier?

Ein weiterer Mann tritt vor und lächelt Catalina an, er gratuliert zunächst ihr, bevor er dem Mann die Hand gibt, nur die wenigstens haben das getan. Er küsst ihren Handrücken und macht eine angedeutete Verbeugung. »Ich habe nicht geahnt, was für eine wunderschöne Tochter Alvaro hat, sonst hätte ich mich um diesen Deal bemüht.« Er zwinkert Catalina zu und eigentlich war es nur ein sehr süßes Kompliment, doch Catalina steht wie unter einer Schockstarre und ist zu keiner richtigen Reaktion mehr fähig.

Der Mann scheint ein anderer Geschäftspartner zu sein, er gratuliert Santiago nochmal nachdrücklich zu solch einer hübschen Frau. Catalina bekommt das, was Santiago ihm sagt, gar nicht mehr richtig mit, denn als Letztes kommen Sarita und ihre Töchter. Sie gehen an Santiago vorbei und nicken, dann drücken sie Catalina einmal, Ana flüstert ihr 'Jackpot' ins Ohr und deutet grinsend mit den Augen zu Santiago.

Wenn dieser Wahnsinn etwas Gutes hat, dann, dass sie die drei nicht mehr ertragen muss, gleichzeitig weiß sie, dass ihre Mutter und Natia nun umso mehr einstecken müssen. Doch sie kann es nicht ändern. Als die drei an Santiagos Familie vorbeigehen, nicken sie ihnen nur zu und dann ist dieser Teil zum Glück vorbei.

Sie gehen hinter den Tisch, vor dem sie alle Glückwünsche entgegengenommen haben und setzen sich nebeneinander auf die geschmückten Stühle und den schön dekorierten Tisch, dabei muss Catalina wegen des Kleides etwas aufpassen und Santiago rückt ihren Schleier wieder über den Stuhl zurecht. Catalina hat ihn nicht darum gebeten, doch er tut es. Sie steht so neben sich, dass sie es gar nicht gemerkt hätte, würden nicht alle Augen gespannt auf ihnen liegen.

Ihr wird schlecht, sie stand noch nie gerne im Mittelpunkt und das jetzt ist kaum mehr zu überbieten. Santiago stellt sich neben sie und hebt ein Glas. Alle anderen tun es auch, selbst ihre Familie. Catalina war noch nie auf solch einer Hochzeit, bei ihnen auf der Finca gehen sie in die Kirche und danach wird getanzt, gegessen und gelacht, noch nie hat sie so eine Hochzeit erlebt. Sie hat keine Ahnung, was sie tun soll, soll sie auch aufstehen? Doch da räuspert sich Santiago schon und spricht zu allen.

»Vielen Dank, dass ihr alle gekommen seid, um bei der Hochzeit dabei zu sein. Es ist nicht nur so, dass heute Catalina und ich verbunden wurden, heute wurden auch zwei Familien aneinander gebunden, durch ein Band, was nicht stärker sein könnte. Wir alle hoffen, dass das jetzt unser aller Leben vereinfacht und die Familias in Ruhe miteinander leben können. Auf euch und auf diese Ehe.«

Gemurmel, alle heben das Glas in Santiagos Richtung und trinken, nur Catalina sitzt steif da. Das darf doch alles nicht wahr sein. Santiago setzt sich neben sie, er ist sehr nah. Catalinas Herz schlägt schneller, sie sieht stur nach vorn, versucht, seine starke Präsenz auszublenden und auch, wie nah sie bei einem ihrer schlimmsten Feinde sitzt. Er ist jetzt dein Ehemann, egal wie oft sich das Catalina aufsagt, es fühlt sich falsch an.

Sie kommt sich wie in einem falschen Film vor, als würde sie neben sich stehen und denken, die Arme, doch sie ist es, sie steckt jetzt in dieser Haut und muss damit leben. Es werden kleine Häppchen verteilt und Getränke eingeschenkt. Alle essen, trinken und unterhalten sich. Santiago redet mit seinem Bruder und seinem Vater, Catalina hört nicht zu. Sie versucht, in den Augen ihrer

58

Mutter und Natia etwas zu lesen, beide sehen sie an, doch alles, was sie darin erkennt, ist Trauer und die Machtlosigkeit, die sie alle lähmt, seit sie davon erfahren haben.

»Willst du nicht etwas essen?« Catalina wendet sich Santiago zu, der sie das erste Mal direkt anspricht. Sie sieht ihn etwas verwundert an, er deutet auf ihren Teller, der unberührt ist. »Nein danke. Ich ... mir ist ehrlich gesagt ein wenig schlecht.« Catalina merkt selbst, wie zittrig sich ihre Stimme anhört, sie dachte, sie könnte besser mit den Rojos umgehen, doch sie hat wirklich Angst.

Santiago sieht ihr in die Augen. »Keine Sorge, das ist bald vorbei.« Catalina nickt nur leicht und wendet sich wieder um, sie war schon immer ein Mensch, der versucht, in allem auch etwas Positives zu sehen, und wenn sie das hier tun würde, dann ist das einzig Positive an dieser Situation, dass Santiago weiß, wieso sie hier sind und er weiß auch, wie schwer das alles für Catalina ist. Vielleicht ist das wenigstens der Garant dafür, dass er sie in Ruhe lässt und sie getrennte Leben leben können.

Sie sieht zu ihrer Schwester, die ihren Teller auch nicht angerührt hat und weiß, dass sie versucht, ihr Mut zu machen, doch mehr als ihre aufmunternden Blicke kann sie auch nicht tun. Sie hat nicht die Macht dafür. Keiner von ihnen hat das. Catalina sieht zu dem Tisch, an dem ihr Vater sitzt, er spricht mit mehreren Männern, die Catalina alle nicht kennt, er sieht nicht einmal nach ihr. Er scheint sich auch nicht gerade zu amüsieren, Gedanken um Catalina macht er sich aber garantiert ebenfalls nicht.

Es ist heiß und Catalina trinkt Wasser, mehr bekommt sie nicht runter. Sie überlegt gerade, einfach aufzustehen und sich zu ihrer Mutter und ihrer Schwester zu setzen, sie weiß, dass man das eigentlich nicht tut, doch sie muss ja gar nicht so tun, als wäre das hier eine normale Hochzeit, aber plötzlich öffnet sich die Tür zu einem kleinen Haus, das auch auf diesem Grundstück steht, und eine riesige Torte wird herausgefahren, es sind Wunderkerzen an und einige Leute klatschen.

Santiago steht auf und hält Catalina seine Hand hin, bevor sie reagieren kann. Sie will nicht, sie will all das einfach nicht, doch was hat sie für eine Wahl? Sie legt ihre Hand in seine große und er führt sie hinter dem Tisch hervor zu der Torte. Catalina ist sich all der Blicke auf sich bewusst, doch sie sieht stur auf den Boden vor sich.

Erst als sie bei der Torte stehen, sieht sie wieder hoch. Santiago hat ihre Hand losgelassen. Die Torte ist riesig, vier Stockwerke, es sind aber auch sicherlich 200 Gäste hier. Catalina hat schon viele Torten auf Hochzeiten gesehen, doch nie so eine schöne.

Sie ist cremeweiß, mit den gleichen farbigen Blumen, die man hier überall findet. Zwei gemalte Ringe, die miteinander verbunden sind, sind auf die Torte gemalt. Einer trägt die Initialen LD, der andere LR.

Santiago greift nach einem Messer, das er ihr in die Hand gibt. Messer ist gut, es ist ein halber Dolch. Catalina umfasst es mit beiden Händen und Santiago stellt sich hinter sie. Seine Arme umfassen sie nun komplett, als er ihre Hände mit seinen umfasst, sie zusammen das Messer führen und das erste Stück Torte abschneiden.

Eine Kellnerin bringt einen Teller und eine Gabel. Dann übernehmen sie das restliche Schneiden der Torte und verteilen sie. Catalina ist froh, dass sie auf das gegenseitige Füttern, was normalerweiße dazugehört, verzichten. Santiago hält ihr den Teller hin. »Du solltest vielleicht doch etwas essen, wir müssen jetzt noch Bilder machen.« Catalina nimmt den Teller und probiert wirklich von der Torte, sie schmeckt sehr lecker, doch nach einem Bissen gibt Catalina Santiago den Teller, der ihn einer Kellnerin weiterreicht. Sie ist so aufgeregt, dass ihr Magen sofort zu rumoren beginnt.

Sie sieht in Santiagos dunkle Augen. »Bilder?« Er nickt und zeigt zu einer Frau, die an einem Brunnen steht, den Catalina vorher gar nicht wahrgenommen hat. Bilder? All der Wahnsinn soll auch noch bildlich festgehalten werden?

60

Catalina sieht zu der Frau, wenigstens kommen sie so ein wenig von all den anderen weg. Sie laufen nebeneinander und Catalina atmet laut durch und hält sich den Magen. Sie weiß nicht, ob sie sich jemals so schlecht gefühlt hat. »Geht es? Möchtest du erst einmal etwas Ruhe, oder ...?«

Catalina spürt, dass er versucht, nett zu ihr zu sein und in Anbetracht all der Umstände ist sie ihm auch dankbar dafür. Genau wie sie trägt er diese Abneigung und den Hass in sich, doch er weiß auch, dass keiner von ihnen beiden das hier wollte, sie tun das für die Familia und müssen beide damit umgehen und leben.

»Nein ... das geht doch nicht so einfach.« Er lächelt und sieht zu Catalina, die den Blick schnell wieder abwendet. »Natürlich geht das, es ist deine Hochzeit.« Catalina kann sich ein frustriertes Auflachen nicht verkneifen. »So würde ich es nicht nennen. Vielleicht ist es besser, wir bringen das alles so schnell wie nur möglich hinter uns.«

Sie geht etwas schneller und stellt sich zu der Fotografin, die sie begrüßt und ihnen erklärt, was sie sich vorstellt. Die nächste halbe Stunde wird wirklich kompliziert. Sie müssen Fotos machen, lächeln, Santiago legt die Arme um sie, dabei kennt sie diesen Mann erst ein paar Minuten. Es ist ein unwirkliches Gefühl, Santiago ist ein hübscher, gepflegter Mann, es ist nicht unangenehm, doch er ist ein Rojos und das dürfte einfach nicht sein. Doch am allerschwersten ist es zu lächeln, zu lächeln, obwohl sie innerlich das Gefühl hat, auseinanderzufallen und sich selbst zu verlieren.

Die Fotografin fordert sie immer wieder auf, sich für neue Bilder aufzustellen. Irgendwann holt sie seine Familie dazu, Catalina versucht, niemanden direkt anzusehen, sie alle machen ihr Angst. Sie steht neben Santiago in der Mitte und sieht in die Kamera, dann kommt ihre Familie und sie spürt, wie sich Santiago neben ihr ein wenig versteift, ihm ist es genauso unangenehm, mit ihrer Familia zusammmen zu sein wie ihr mit seiner. Gleich danach machen sie noch alle zusammen ein paar Fotos und dann mit allen Hochzeitsgästen.

Sie alle schweigen und machen diese Fotos, doch jeder spürt, wie angespannt die Stimmung hier ist. Diese Hochzeit soll zeigen, dass es eine Bindung zwischen den Familias gibt, die niemand mehr anzweifeln darf, das bedeutet aber nicht, dass sich die Familias jemals verstehen oder mögen werden, und das spürt man hier in jeder Minute.

Danach verabschieden sich schon die ersten Gäste und Catalina und Santiago müssen direkt zu den Tauben. Wer sich wohl dieses Programm ausgedacht hat? Sie lassen sie fliegen, eine der Tauben ist so verwirrt, dass sie gegen einen Baum fliegt. Catalina schließt die Augen, wie passend für diese Hochzeit.

Während sich alle schnell wieder entfernen, bleibt Catalina noch stehen und sieht den Tauben hinterher. Natia steht neben ihr und legt traurig ihren Kopf an Catalinas Schulter. »Wenigstens sie sind frei.«

Kapitel 6

Natia legt den Arm um sie und küsst ihre Wange.

»Es ist schrecklich, am liebsten würde ich dich hier herausbringen und wir hauen einfach ab. Diese Rojos sind einfach nur furchteinflößend, aber ich muss sagen, Santiago scheint gar nicht so schlimm zu sein, wie ich es befürchtet habe. Er sieht gut aus und er sieht immer zu dir, vielleicht achtet er auf dich, ich denke nicht, dass er dich schlecht behandeln wird.«

Catalina zeigt auf die Frau, die ständig um Santiago herumschleicht und mit ihm redet. »Das ist bestimmt seine Freundin. Ich schätze, ich darf in irgendeinem Stall schlafen und bekomme nur Dreck zu essen. Er achtet nicht auf mich, er behält mich ganz genau im Auge, er traut uns genauso wenig wie wir ihnen.« Natia lacht und will etwas sagen, doch schon wieder werden sie gerufen. Catalina soll den Brautstrauß werfen.

Wenigstens wollen alle das Programm schnell hinter sich bringen. Alle Frauen versammeln sich, alle, die noch keinen Ehemann haben. Catalina dreht sich um, mit dem Rücken zu den Frauen und die Frauen stellen sich nochmal um, dann wirft Catalina und da sie auf die Männer blicken kann, die all das beobachten, sieht sie sofort, wie sich ein zufriedenes Lächeln auf dem Gesicht ihres Vaters bildet. Oh nein, Catalina schließt die Augen und dreht sich um.

Catalina flucht leise, Natia hat den Strauß gefangen. Ihre Schwester lächelt und lässt sich beglückwünschen, sie hat keine Ahnung von dem, was ihr Vater vorhat. Sie wird nicht dabei sein, wenn ihre Schwester das erfährt. Sie war für Catalina da an den Tagen, als ihre Welt zusammengebrochen ist, doch sie hat keine Möglichkeit, für ihre Schwester da zu sein.

Wieder verabschieden sich einige Gäste. Die Feier löst sich auf. Santiago ist bei seiner Familie. Catalina setzt sich zu ihrer Mutter und ihrer Schwester, ihre Mutter hält ihre Hand, keiner sagt ein Wort, sie alle kämpfen gegen die Tränen, bis ihr Vater aufsteht und sagt, dass sie jetzt gehen werden. Nein!

Catalina kann ihre Tränen nicht mehr zurückhalten, auch ihre Mutter wischt sich welche aus ihrem Gesicht und Natia neben ihr beginnt zu zittern. Ihr Vater kommt zu ihr, auch Santiago und sein Bruder kommen zu ihnen. Santiago stellt sich zu ihr, als sich alle verabschieden kommen.

Ihr Vater kommt zu Catalina und küsst ihre Stirn. »Benimm dich, mach unserer Familia keine Schande und wenn etwas ist, ruf an. Sie müssen dich gut behandeln, denk daran.« Catalina kann nicht einmal mehr nicken, er wartet, die anderen Männer umarmen sie und besonders Elias drückt sie fest an sich. »Du schaffst das, melde dich bei mir, wenn du da bist.« Dann sieht er Santiago in die Augen.

»Sie hat mit alldem nichts zu tun. Mit unserem Krieg, dem Hass. Catalina hat damit nichts zu tun, ich hoffe, dass du daran denken wirst.« Catalina wischt sich ihre Tränen weg, sie sieht nicht zu Santiago und er sagt auch nichts dazu.

Elias geht weiter und ihr Herz zieht sich zusammen, Milo kommt und Catalina ignoriert ihn. Das Schlimmste ist der Moment, als sie Natia an sich drückt. Catalina weiß, dass sie nun für eine lange Zeit Abschied nehmen müssen. Es bricht ihr das Herz, ihre Schwester loszulassen und in den Armen ihrer Mutter lässt sie alles heraus. Immer wieder flüstert ihre Mutter, wie leid es ihr tut, wie leid es ihr tut, dass sie nichts dagegen tun kann, sie stehen eine ganze Weile da, bis ihr Vater kommt und sie beide trennt. »Kein Ärger! Los jetzt!«

Catalina sieht ihnen lange nach, sie steht in diesem Garten neben der fast völlig aufgegessenen Torte und sieht auf die Tür, durch die ihre Familie verschwunden ist. Sie spürt, dass alles um sie herum leerer wird, doch sie achtet auf nichts mehr. Sie blickt nur ihrer Famile hinterher, unfähig zu irgendeiner Reaktion.

»Wir gehen jetzt auch, komm!« Santiagos Schwester tritt neben sie und als Catalina sich daraufhin das erste Mal wieder umsieht, ist der Garten leer, fast alle sind weg, auch Santiago, sein Bruder und die meisten der Männer sind nicht mehr da.

Die Schwester begleitet Catalina zu mehreren Autos, wo schon Santiagos Mutter, seine Freundin und einige andere Frauen stehen. Keiner sagt mehr etwas zu ihr, sie hat noch immer ihr Kleid an und weiß nicht einmal, wohin sie fahren, doch sie steigt in ein Auto, dessen Tür ihr von einem Fahrer aufgehalten wird. Catalina sieht aus dem Fenster, sie wird sich daran gewöhnen müssen, dass sie nun nicht mehr die Wahl hat. Alle anderen Frauen verteilen sich auf weitere Autos.

Catalina bleibt allein in einem teuren Luxusauto, ihre Tasche, die sie mit hatte, in der sie das Nötigste verstaut hat, wird neben sie gestellt und der Fahrer startet den Motor. Catalina sieht sich unsicher um, vor und hinter ihr fahren genau die gleichen Autos, sie ist gerade mal ein paar Minuten von ihrer Familie getrennt und alles, was sie möchte, ist nur noch weg von hier. Catalina sieht auf die vollen Straßen Kubas. Als der Fahrer an einer Ampel hält, denkt sie wirklich einen Moment darüber nach, die Tür aufzustoßen und zu rennen. In die Menge, in ein kleines Café, in dem sie sich verstecken kann und dann, wenn alle aufgehört haben sie zu suchen, beginnt sie ein neues Leben, ein freies Leben.

Hier würde das gehen, in Kolumbien oder Venezuela hatten sie nie die Chance dazu, die Länder gehören ihrem Vater, jeder Zipfel, sie wären nie unentdeckt geblieben oder hätten es geschafft, das Land zu verlassen. Puerto Rico und der ganze Rest gehört den Rojos. Catalina wird keinen Schritt gehen können, ohne dass sie es erfahren, doch Kuba ist neutral. Es gehört keiner Familia und sie ist jetzt hier und hat die Chance.

Die Ampel schaltet und der Fahrer gibt Gas. Catalina wischt sich eine Träne weg. Selbst hier ist sie noch die Gefangene ihres Vaters,

65

wenn sie das tun sollte, würde er ihre Mutter und ihre Schwester dafür bestrafen und Catalina weiß genau, dass er das jeden Tag tun wird, bis sie zurückkehren würde. Sie kennt ihn, er ist in diesen Sachen ein Monster, deswegen sieht sie weiter aus dem Fenster und schweigt.

Es verwundert Catalina nicht, dass sie zum Flughafen fahren, eine kleine Hoffnung breitet sich in ihr aus, ihre Familie fliegt auch zurück, vielleicht sieht sie sie doch noch, doch statt vor den Flughafen zu fahren, nehmen sie seitlich einen Eingang. Dort halten alle Autos an einer kleinen Kontrolle. Die Leute dort sehen in die Autos und winken sie durch, dann werden sie direkt vor eine riesige silberne Maschine gefahren.

Eine der teuersten Anschaffungen, die ihr Vater für die Familia gemacht hat, ist neben der Finca, dem Haus in Venezuela und einigen Autos, ein eigenes Flugzeug. Ihr Vater braucht es, um ständig hin und her fliegen zu können. Sie hat gehört, wie teuer es war und das erste Mal, dass sie es betreten durfte, war, als er sie zu ihrer Hochzeit geflogen hat, zu der er sie gezwungen hat, natürlich immer alles zum Wohle der Familia.

Als sie jetzt aussteigt, während ihr der Fahrer die Tür aufhält, kann sie nicht glauben, was sie da betreten soll. Dagegen wirkt die Maschine ihres Vaters wie ein kleines Propellerflugzeug. Das Flugzeug ist silber mit der Fahne Puerto Rios drauf, es ist doppelt so groß und lang und furchteinflößend. »Delgardo! Du hältst uns alle auf!« Die anwesenden Frauen gehen alle die Treppen zum Flugzeug hoch, Santiagos Schwester dreht sich genervt zu ihr um und ruft nach ihr.

Der Fahrer hält Catalina die Tasche hin und hilft ihr, den Schleier hochzunehmen. »Viel Glück, Señora ... und alles Gute zur Hochzeit.« Der alte Mann ahnt, was hier vor sich geht und sieht ihr mitleidig in die Augen. Catalina nickt nur leicht und geht die Treppen nach oben. Bevor sie in den Flieger steigt, sieht sie sich noch einmal um, sie weiß, dass, wenn sie den Flieger wieder verlässt, sie auf Rojos Boden ist und dann kann sie nichts mehr ausrichten. Nicht

66

dass sie es hier könnte, doch es fühlt sich zumindest noch ein wenig danach an.

Catalina atmet tief ein und betritt das Flugzeug, falls man es so nennen kann. Fliegendes Luxushotel trifft wahrscheinlich eher zu. Hier gibt es einen riesigen Bereich mit vielen Sesseln, einem Fernseher, einer kleinen Bar und sogar einem Essenstisch. Insgesamt sind hier sechs Frauen, von denen keine Catalina beachtet. Einzig eine Stewardess bittet Catalina hinein und hilft ihr mit dem Kleid zu einem weichen Sessel.

Catalina setzt sich und sieht sich weiter unsicher um. Von hier gehen noch einige weitere Räume ab, sie erkennt mindestens zwei Schlafzimmer, doch mehr kann sie nicht sehen, nur dass es noch mehr zu sehen gäbe. Das Flugzeug startet und Catalina sieht sich die Frauen genauer an. Drei von ihnen sitzen zusammen, Santiagos Schwester, die alle Nola nennen, sie ist hübsch, genau wie auch ihre Brüder, man kann nicht sagen, dass es keine attraktive Familie ist, doch sie alle haben etwas Eiskaltes an sich. Nola weniger, doch man sieht, dass sie sehr genervt von Catalina ist, ohne dass sie überhaupt etwas zu ihr gesagt hat.

Daneben sitzt die hübsche Frau mit den langen, glatten Haaren, die ständig Kontakt zu Santiago gesucht hat und die alle Flavia rufen, die kleine etwas fülligere Frau daneben scheint eine Cousine zu sein. Santiagos Mutter und zwei ältere Frauen haben sich ins Schlafzimmer zurückgezogen und man sieht und hört nichts mehr von ihnen.

Catalina blickt aus dem Fenster in die Wolken. Die Stewardess bringt ihr etwas zu trinken und dann sogar Gebäck und gefüllte Pidetaschen. Es schmeckt gut und Catalina kann eh nichts anderes tun, als zu essen und aus dem Fenster zu sehen. Erst kurz vor der Landung baut sich auf einmal Nola vor ihrem Sessel auf. »Okay, hör mir gut zu. Wir fahren jetzt zu uns nach Hause. Wir wohnen in einer kleinen Stadt, in der nur die engsten Mitglieder der Familia wohnen. Du weißt ja sicherlich, dass ganz Puerto Rico und auch alle anderen Länder unserer Familia gehören.«

Catalina würde sie gerne verbessern und sagen, alle Länder außer Kolumbien und Venezuela, doch sie kann es sich verkneifen und sieht Nola nur an. »Also, falls ihr, du oder deine Familia, irgendetwas vorhabt, vergiss es, aber ich denke, so dumm seid ihr nicht. Ihr wisst, wie wichtig diese Ehe ist, also versuch einfach, es uns allen nicht schwer zu machen.«

Catalina nickt und räuspert sich leise. »Und die Männer? Wo sind die alle?« Nola lacht leise. »Kuba war nur bis zu den Verhandlungen und dieser komischen Eheschließung neutral, sie sorgen gerade dafür, dass es nun auch zu unseren Ländern gehört, das kann sicher ein paar Tage dauern, doch es war an der Zeit.« Sie lächelt und geht zurück zu den anderen, genau in dem Moment landet das Flugzeug und Catalina sieht hinaus und auf die Fahne Puerto Ricos, die hier am Flughafen steht und im Wind flattert.

Sie ist in der Höhle der Löwen gelandet.

Catalina bleibt sitzen und sieht weiter aus dem Fenster, hinaus auf das Land, das sie nicht kennt und von dem sie nur Schlechtes gehört hat. »Kommst du?« Wieder Nola, alle anderen sind schon draußen, offenbar hat Santiagos Schwester den Auftrag, sich um Catalina zu kümmern. Catalina folgt ihr und nimmt sich genervt, auf den Stufen des Flugzeugs hinunter, den Schleier aus den Haaren. Sie rollt ihn zusammen und behält ihn in der Hand, in der anderen trägt sie ihre Tasche, sie läuft Nola hinterher zu drei großen Geländejeeps, in denen vorne immer zwei Männer sitzen.

Catalina stockt, als Nola in einen der Jeeps einsteigt und ihr zeigt, dass sie sich zu ihrer Cousine ins Auto setzen soll. Die Männer in dem Wagen sehen vernichtend zu ihr, keiner macht Anstalten auszusteigen, ihr zu helfen, ihr die Tasche abzunehmen oder sonst irgendwie behilflich zu sein. Catalina trägt ja immer noch dieses üppige Kleid, doch das ist nun auch schon egal.

Sie schiebt die Tasche ins Auto und setzt sich neben Santiagos Cousine, die in dem Moment vom ihrem Handy aufschaut und sie leicht anlächelt.

68

Catalina sieht noch einmal hin, hat sie das richtig gesehen? Wirklich, sie lächelt und sie hilft ihr sogar, mit dem Kleid zurechtzukommen und sich zu setzen. »Geht es? Du siehst übrigens sehr schön aus, keiner hat damit gerechnet, dass eine Delgardo so aussehen könnte.« Catalina sieht der jungen Frau ins Gesicht, sie ist vielleicht ein oder zwei Jahre älter als sie und hat wunderschöne große Augen. »Ähmm, danke.«

Ein leises Lachen erklingt von vorne und gleichzeitig geht der Motor des Autos an. »Damit hat wirklich keiner gerechnet, aber Santiago war schon immer ein Glückspilz. Wie gefällt dir Puerto Rico? Bist du wirklich die Tochter von Alvaro?«

Die Männer vorn sehen sie neugierig durch den Rückspiegel an und betrachten Catalina genau, die das Gefühl hat, keine Luft mehr zu bekommen. Diese Männer der Rojos sehen unberechenbar aus, sie tragen, genau wie auch alle Männer, die auf der Hochzeit waren, ein R auf dem Hals. Catalina sieht die Waffen, die sie bei sich haben, aber nicht das ist es, was sie so furchteinflößend macht, es ist der kalte Blick, den sie ihr zuwerfen, so als wäre sie ein lästiges Nichts und im Grunde ist sie das für sie auch.

»Ja, ich bin seine älteste Tochter und ... ich habe noch nicht viel von Puerto Rico gesehen.« Ein Mann wendet seinen Blick wieder auf die Straße, der andere schüttelt nur den Kopf. »Jetzt holen wir uns freiwillig die Feinde ins Land. Ich hoffe, du hältst schön deine hübschen Füße still, es gibt genug, die darauf warten, dass du es nicht tust.« Catalina ist das bewusst, es schockiert sie auch nicht, dass ihr solch ein Hass entgegenschlägt, sie muss damit lernen zu leben.

»Lass das, Pawel, du siehst doch, wie fertig sie ist. Ich glaube nicht, dass sie sich das ausgesucht hat.« Die Cousine beugt sich zu Catalina und lächelt sie wieder an. »Hör nicht auf die. Ich bin übrigens Mariza.« Catalina zwingt sich, zurückzulächeln, doch dann sieht sie aus dem Fenster auf die an ihr vorbeiziehende Landschaft. Sie versucht durchzuatmen, ihre Hände zittern und sie kann ihren eigenen Herzschlag hören. Sie war nie sonderlich willkommen auf der Finca ihres Vaters, eher immer geduldet, doch noch nie, wirklich nie, kam sie sich so unerwünscht vor wie jetzt.

Sie fahren an Stränden vorbei, Berglandschaften, Palmen, schönen Einkaufsstraßen, über eine große Autobahn zu einer kleinen Landstraße und dann halten sie das erste Mal vor einem kleinen Wachhaus, an dem drei Männer sitzen und Karten spielen. Hier beginnt eine hohe Mauer, die Männer sehen nur kurz zu den Autos und sie fahren weiter. In den folgenden fünf Minuten kommt nichts, alles ist kahl, es gibt nur Sand und Steine und diese Straße, nicht ein Baum oder eine Palme, dann wieder ein Wachhaus und wieder eine Mauer. In dem Wachhaus sitzen zwei Männer, die sich gerade auf einem Monitor etwas ansehen.

Catalina sieht sich die Männer genau an, sie alle haben die Tätowierung, sie alle sind bewaffnet, sie alle sehen kalt zu ihr, sie alle wissen, wer sie ist, sie sitzt ja auch im Brautkleid da. Als sie dann weiterfahren, gibt es Häuser, wo mehrere Leute hin und her laufen, sie bemerkt Frauen, die Kochtöpfe tragen und Wäsche und wenn sich Catalina nicht täuscht, sind hier die Waschküchen, Kochküchen, Lager und Garagen.

Sie aber fahren weiter, und jetzt ergibt sich ein ganz anderes Bild. Sie fahren durch kleine Straßen, es stehen einige Häuser hier, es gibt ein paar Sportplätze, Spielplätze, einen Brunnen, Kinder laufen umher und überall diese gefährlichen Männer, aber auch einige Frauen sind hier zu sehen. Es wirkt fast wie eine kleine Vorstadt, sie fahren noch ein Stück weiter und wieder an einem kleinen Wachhaus vorbei. Es gibt hier zwar keine Mauern, doch man sieht, dass man hier nochmal woanders hineinfährt.

Es ist wie eine riesige Einfahrt, von der mehrere Wege abgehen, ein Auto fährt in eine andere Richtung, sie fahren den mittleren Weg weiter, an Palmen vorbei, hin zu einem großen Haus. Man erkennt als Erstes einen Parkplatz, auf dem unzählige teure Autos herumstehen. Dann sieht man das Haus richtig, es ist weiß, mit einer großen Terrasse vorne, alles ist sehr gepflegt und wirkt sehr teuer.

All das hier, auch die Häuser vorhin schon, sind niemals mit dem zu vergleichen, was Catalina kennt. Im Vergleich ist ihre Finca zuhause ein Bauernstall, doch das war ihr bewusst. Das Haus wirkt aber zum Glück gar nicht so riesig und furchteinflößend. Der Wagen hält und Catalina sieht zu Mariza. »Hier wirst du jetzt leben, ich wohne nur ein paar Häuser weiter, das wird schon.« Sie lächelt ihr aufmunternd zu, Catalina will gar nicht darüber nachdenken, wie ängstlich sie aussehen muss.

Die Männer sagen gar nichts mehr. Catalina steigt aus, aus dem anderen Auto steigt Nola ebenfalls aus und öffnet die Haustür, die nicht abgeschlossen ist. »Das ist Santiagos ... euer Haus, keine Ahnung, wie man diese kranke Sache nennen soll. Alle zwei Tage kommt eine Putzfrau, um zu kochen und zu putzen, oben sind mehrere Zimmer, in einem müssten schon deine Sachen sein, die sind wohl heute angekommen. Mein Bruder kommt in ein paar Tagen wieder, aber das ist für dich eh uninteressant. Wenn etwas ist, sag Bescheid, ansonsten denk nicht daran, irgendetwas Dummes zu tun.«

Mit diesen Worten lässt Nola Catalina im Haus zurück und schließt die Tür hinter sich. Catalina sieht ihr hinterher, bis sie die Motoren der Wagen hört und wie sie sich entfernen. Dann ist plötzlich Stille und Catalina atmet tief aus.

Catalina traut sich kaum, sich zu bewegen, sie sieht, dass es unten einiges zu sehen gibt, erkennt einen Garten mit Pool, doch sie will das alles nicht sehen. Sie geht schnell die Steintreppe nach oben, der komplette Boden hier ist mit weißem Marmor ausgelegt, auch im oberen Stockwerk.

Es ist hier genauso heiß wie in Kolumbien und als sich Catalina die Schuhe von den Füßen streift, sobald sie oben ist, spürt sie, wie wunderbar das kühlt, doch sie denkt nur daran, so schnell wie möglich das Zimmer zu finden, was für sie bestimmt ist. Sie muss unbedingt duschen und heraus aus diesem Kleid.

Es ist ganz still im Haus, sie öffnet die Tür zu einem großen Schlafzimmer, ein riesiges Bett sticht hervor, doch sie sieht nur

71

nach, ob sie irgendwo ihre Kartons findet und verlässt das Zimmer schnell wieder.

Im Flur hängt ein großes Bild, das Santiago und seinen Bruder mit vielen anderen Männern zeigt, ist sie hier wirklich im Haus von Santiago? Hätten sie ihr nicht irgendwo einen kleinen Raum abseits geben können? Von ihr aus hätte sie lieber im Stall geschlafen, als sich hier mit einem völlig Fremden ein Haus zu teilen, wenn man das so überhaupt nennen kann.

Im Zimmer daneben findet Catalina endlich Kartons ... oder was davon übrig ist. Sie starrt in den hellen Raum, in dem ein paar der Kartons stehen, die sie in Kolumbien gepackt hat. Sie sind völlig durchnässt und es sind Fußabdrücke auf dem Karton zu sehen, als wären sie umhergetreten und im Regen stehen gelassen worden.

Catalina schließt die Augen, Tränen steigen erneut in ihr hoch. Sie legt ihre Tasche und den Schleier zur Seite und sieht in das, was von den Kartons noch übrig ist. Die Bilderrahmen, die da drin waren, sind alle zerbrochen. Catalina nimmt weinend die Bilder heraus, breitet sie auf einem weißen Schreibtisch aus, damit sie trocknen können. Viele Erinnerungsstücke sind zerstört oder verschwunden. In dem Karton mit der Kleidung sind nur noch eine Handvoll Sachen da, ein bisschen Unterwäsche, zwei Shorts, drei Tops, zwei Shirts, ein Rock und zwei Paar Schuhe, das ist alles. Sie kann ein paar der Kosmetiksachen retten, ihr Schmuck ist komplett weg.

Catalina flucht leise auf, packt die Kartons zusammen und legt alles vor die Tür des Zimmers, das nun offensichtlich ihr gehört. Der letzte Karton war voll mit Büchern und alle sind nass. Catalina öffnet die Tür zu einer Terrasse und verteilt die Bücher zum Trocknen darauf. Sie sieht, dass nach ihrem Haus kein weiteres Haus kommt. Von dem Garten, auf den sie von hier schauen kann, führt ein Weg direkt zu einem wunderschönen Strand und auf der anderen Seite sind viele Felder. Ganz weit hinten erkennt man wieder diese Mauern, die all das hier eingrenzen, doch sie muss zugeben, dass das Gebiet wirklich riesig ist.

72

Catalina wischt sich die Tränen weg, wo ist sie hier nur gelandet? Sie hat das Gefühl, ein unerwünschtes Monster zu sein, sie sieht die Fußabdrücke auf dem Karton und legt auch den vor ihre Tür. Als sie die Tür dann schließt, fällt ihr wieder ein, dass sie alleine hier ist und alle sie hassen. Sie schiebt den weißen Schreibtisch vor die Tür, sodass keiner hier herein kann, ohne dass sie es mitbekommen würde. Nicht, dass sie dann etwas ausrichten könnte, doch sie weiß es wenigstens.

Catalina braucht dafür ihre letzte Kraft und lehnt sich dann erschöpft an den Tisch und blickt auf ihre Sachen, die überall zum Trocknen hängen. Alles ist zerstört und kaputt, alles, sie beginnt zu weinen und lässt alles heraus, was sich in ihr angestaut hat. Denn sie ist in ihrem persönlichen Alptraum angekommen.

Kapitel 7

Catalina hätte nicht gedacht, dass sie hier jemals ein Auge zumachen wird, doch sie hat sich aufs Bett gelegt und geweint, all das herausgelassen, was sich in ihr aufgestaut hat. Darüber muss sie eingeschlafen sein und als sie sich jetzt aufsetzt, scheint die Sonne in das Zimmer durch die Terrassentür, die sie offen gelassen hat.

Catalina sieht an sich herunter, sie hat noch immer dieses blödsinnige Hochzeitskleid an. Sie erhebt sich langsam und sieht sich das Chaos an, was hier verursacht wurde, da hört sie von unten Geräusche und stockt. Sollte Santiago nicht weg sein? Ihr Herz schlägt schneller, doch dann hört sie das Klappern von Töpfen und das Geräusch eines Staubsaugers und erinnert sich, dass ja alle zwei Tage jemand hier putzen und kochen kommt.

Catalina bewegt sich ganz leise, sie legt ihre Bücher zusammen, die inzwischen getrocknet sind, doch man sieht, dass sie durchnässt waren, sie sind völlig zerfleddert, aber sie sind noch da, was man von vielem anderen nicht mehr sagen kann. Sie stellt sie auf den Schreibtisch, die Bilder ohne Rahmen legt sie in ihre Nachttischschublade. Die vorhandenen Kleidungsstücke nimmt sie ins Bad.

Sie hört eine Tür unten zuschlagen und es ist wieder leise. Catalina atmet durch. Sie sieht sich in diesem großen Bad um, es ist dreimal so groß wie das, was sich ihre Mutter, ihre Schwester und sie geteilt haben. Es gibt eine separate Dusche und eine Badewanne. Catalina hat das letzte Mal als kleines Mädchen gebadet, sonst wird bei ihnen nur geduscht. Im Badezimmer ihres Vaters steht eine Badewanne, doch die haben sie nicht genutzt, da sie nicht extra zum Baden ins Haus ihres Vaters gegangen sind.

Jetzt lässt sich Catalina Wasser in die Badewanne einlaufen, sie ist alleine, niemand merkt es und nach diesen letzten Tagen will sie alles von sich schrubben, das ganze Make-up, allen Schweiß und die Tränen der letzten Tage. Sie zieht sich endlich das Kleid aus und bringt es auf die andere Seite des Zimmers, zu einem begehbaren Kleiderschrank mit unzähligen Bügeln darin. Catalina hängt das Kleid dort auf, geht zurück ins Bad, zieht sich auch die Unterwäsche aus und bindet sich eines der weichen Handtücher um. Sie sucht sich zwischen den vielen gut duftenden Shampoos eines aus und gibt es ins Wasser, dann legt sie sich in die Badewanne und taucht ins Wasser, es ist traumhaft, endlich kann sie ein wenig durchatmen.

Es ist ganz still im Haus, vielleicht war sie zu voreilig, vielleicht wird es gar nicht so schlimm, vielleicht ist sie hier ständig alleine und wird in Ruhe gelassen, damit könnte sie leben.

Catalina bleibt lange in der Badewanne, sie wäscht sich die Haare und all das Haarspray raus, sie kommt erst wieder heraus, als ihr Handy im Nebenzimmer klingelt. Catalina räumt alles wieder so hin, wie es war, nachdem sie sich eingecremt und in einen kuscheligen Bademantel gewickelt hat.

Sie ruft ihre Schwester per Videonachricht zurück und sieht nach zweimaligem Klingeln in Natias und Elias' neugierige Gesichter. »Oh mein Gott, sie lebt.« Catalina lacht, wie sehr sie die beiden vermisst. »Hattest du eine heiße Hochzeitsnacht, oder warum trägst du einen Bademantel?« Catalina setzt sich aufs Bett und stellt sich das Handy so hin, dass sie beide richtig ansehen kann. »Nein, ich bin alleine hier, dieser Santiago ist in Kuba geblieben. Ich bin hergekommen, habe mich schlafen gelegt und bin gerade erst wach geworden.«

Elias sieht sie besorgt an. »Und, sind alle nett zu dir?« Catalina denkt an die entweder genervte oder kalte Art, wie alle mit ihr umgegangen sind, an die zertretenen, durchnässten Boxen und lächelt leicht. »Mich beachtet kaum einer, so ist es am besten.« Natia schüttelt den Kopf. »Wie konntest du schlafen?« Ich hätte kein Auge zubekommen.« Catalina zeigt ihre Konstruktion mit dem vor die Tür geschobenen Schreibtisch und Natia und Elias lachen beide. Sie nimmt das Handy und zeigt ihr Zimmer, den Garten von der Terrasse und das Meer, das an ihrem Haus endet.

76

»Du bist im Paradies, Catalina, nutz das aus. Wieso liegst du nicht schon am Pool?« Sie wird das Zimmer nur verlassen, wenn es wirklich nötig ist, ansonsten hofft sie einfach, dass alle sie in Ruhe lassen, wenn sie sich ganz leise und unauffällig benimmt.

Natia und Elias sind vor ihrem kleinen Anbau, seit ihrer Rückkehr liegt ihr Mutter wieder im Bett, es geht ihr sehr schlecht und Catalina sagt Natia, sie soll bei ihrer Mutter bleiben und darauf achten, dass sie viel isst und trinkt. Abends werden sie nochmal telefonieren und Natia soll ihrer Mutter das Handy bringen, damit sie sehen kann, dass es ihr gut geht.

Sie legen auf und Catalina wischt sich zwei Tränen aus dem Auge. Sie wünschte, sie wäre jetzt bei ihnen, doch sie wird sich mit dieser Situation abfinden müssen. Catalina hat Hunger, sie hat seit dem Flug nichts mehr gegessen und getrunken, das macht sich langsam bemerkbar. Sie muss ihr Zimmer verlassen, aber sie hat jetzt auch wirklich schon länger nichts mehr unten gehört und es ist klar, dass sie nicht die ganze Zeit auf ihrem Zimmer bleiben kann.

Also steht sie wieder vom Bett auf, sie findet in ihren Sachen ein Top und eine kurze Shorts, die noch in Ordnung sind, den Rest nimmt sie sich auf die Arme, sie muss unten Waschmittel finden und die Sachen waschen. Catalina legt alles aufs Bett, schiebt vorsichtig den Schreibtisch zurück und öffnet leise die Tür. Sie horcht lange, erst als sie wirklich eine ganze Weile nichts gehört hat, nimmt sie sich die Sachen und geht hinaus in den Flur.

Sofort sieht Santiago von dem großen Bild auf sie herab. Catalina sieht sich das Bild genau an, gestern hat sie alles verdrängt und wollte einfach nur in ihr Zimmer, die Tür zumachen und nicht mehr herauskommen. Auf dem Bild steht Santiago neben Zayn, seinem Bruder, und einigen anderen Männern. Einige stehen, einige hocken, über ihren weht die Fahne Puerto Ricos und sie alle sehen zufrieden in die Kamera.

Catalina sieht sich die Männer genau an, alle haben das R am Hals, einige von ihnen waren mit auf der Hochzeit, Catalina blickt dem Mann ins Gesicht, der nun ihr Ehemann ist.

77

Ihr ist gestern schon aufgefallen, dass er ein sehr hübscher Mann ist, doch jetzt kann sie ihn genau betrachten. Er ist dunkler als sie, was allerdings nicht sehr schwer ist, im Vergleich zu ihrer hellen Hautfarbe. Er hat einen goldenen Braunton und ist genau wie alle Männer auf dem Bild sehr durchtrainiert. Catalina kennt das, es wird auch bei ihnen von allen Männern erwartet, dass sie regelmäßig ihren Körper und auch den Umgang mit Waffen trainieren.

Sie sieht Santiago in die Augen, sie wirken nicht so kalt wie gestern, sie glänzen dunkel, er hat schöne Augen, umrandet von dunklen vollen Wimpern, die Narbe, die von seiner rechten Augenbraue hoch zu seiner Schläfe führt, lässt seinen Blick noch viel intensiver und gefährlicher wirken, selbst hier auf dem Bild. Er lächelt, und wäre er nicht Santiago Rojo und ihr aufgezwungener Ehemann, würde Catalina auch sehen, dass er der hübscheste Mann auf dem Bild ist und dass er ihr unter anderen Umständen sicherlich als Erstes auffallen würde, doch so drückt sie nur die Wäsche mehr an sich und geht langsam die Treppen nach unten.

Catalina ist noch immer barfuß, sie sieht sich dieses Mal genau um. Im Eingangsbereich ist die Garderobe, es stehen einige Turnschuhe herum, eine Vase mit frischen Blumen steht auf einer verspiegelten Kommode mit riesigem Spiegel. Alles ist sehr hell gehalten, genau wie der Boden. Er ist aus weißem Marmor, hier im Eingangsbereich verziert aber ein großes R aus schwarzem Marmor die Mitte. Catalina umgeht es und läuft leise in den nächsten Bereich, einen großen Wohnraum.

Hier stehen graue Sessel und Sofas, ein riesiger Bildschirm hängt an der Wand, dazu ein paar weiße Regale, die aber fast leer sind, einige Bilderrahmen stehen darin. Auf dem Glastisch stehen wieder frische Blumen und ein Tablett mit Schokoriegeln und anderen Leckereien. Hier spürt man auch nichts von der Hitze, die draußen garantiert herrscht.

Catalina sieht in den Garten mit vielen Liegen, einem großen Pool, einem Whirlpool, einer Tischtennisplatte, mehreren runden Loungemöbeln, zwei großen Grills, und man kann selbst von hier

78

den Übergang zum Meer sehen. Es ist traumhaft. Sie würde gern mal nach draußen gehen, doch sie traut sich nicht, deswegen geht sie in die Küche, die am Wohnbereich liegt.

Die Küche ist purer Luxus, alles glänzt. Catalina hat noch nie solch teure Möbel gesehen. Nirgendwo steht etwas herum, trotzdem liegt ein leckerer Geruch in der Luft. Sie zieht eine Schublade heraus, öffnet den Kühlschrank und stockt.

Er ist voll, voll ist untertrieben, es ist wie ein Mini-Supermarkt, sie findet alles darin, Getränke, zwei Töpfe mit Suppen und gedünstetem Huhn mit Gemüse, Käse, Milch, Wurst, Süßigkeiten, Obst, eingepackte Fertigprodukte. Catalina würde sich am liebsten das Essen warm machen, doch sie bezweifelt, dass sie das darf und sie traut auch niemandem hier genug. Vielleicht wollen sie sie vergiften, deswegen greift sie sich erst einmal die Milch und sucht nach Brot, während sie die Kaffeemaschine einschaltet und sich einen Cappuccino macht.

Sie findet ein paar eingepackte Croissants und nimmt sich eines, dann geht sie in die Waschküche, die ein Zimmer weiter ist und sucht nach Waschmittel. Catalina überlegt hin und her, sie haben hier hochmoderne Waschmaschinen, wenn sie die jetzt anmacht, merkt das doch niemand. Schnell legt sie alle Wäsche hinein, die ist eh fast nur hell, füllt gut riechendes Waschmittel ein und startet die Maschine.

Catalina möchte so schnell wie möglich zurück in ihr Zimmer, doch sie ist auch neugierig, deswegen isst sie das Croissant und geht mit dem Cappuccino in der Hand sich den Rest des Hauses ansehen, sehr vorsichtig, jederzeit bereit, in ihr Zimmer zu schlüpfen, falls doch jemand kommt.

Im unteren Bereich gibt es noch ein kleineres Bad und einen Fitnessraum, vollgestellt mit Geräten. Catalina geht in den ersten Stock, wo auch ihr Schlafzimmer ist. Sie sieht, dass es dort fünf Schlafzimmer gibt, drei weitere, die ähnlich sind wie das, in dem sie jetzt schläft und ein noch mal etwas größeres. Nun wagt sie sich wirklich etwas und betritt es leise.

Wie sie es schon gestern gesehen hat, steht hier ein sehr großes Bett, Catalina hat noch nie solch ein Bett gesehen, es ist gigantisch. Catalina zählt über zwanzig Kissen darauf, immer in Viererreihen voreinander gestapelt. Es sieht sehr gemütlich aus. Es steht ein Notebook auf dem Schreibtisch, der würzige Geruch von Santiago hängt in der Luft, sie traut sich nicht weiter hinein, doch sie sieht ein riesiges Ankleidezimmer voller Männersachen und ein noch größeres Bad als das, was sie hat. Was tut sie hier?

Sie wendet sich schnell zum Gehen um, da bemerkt sie, dass die Decke über dem Bett verglast ist. Offenbar kann man die Decke ein- und ausfahren lassen, sie ist halb offen und man kann vom Bett direkt in den Himmel sehen, nachts muss das ein wahninniges Bild ergeben.

Catalina verlässt das Zimmer wieder und geht über eine engere Treppe am Ende des Flurs in einen kleinen Bereich, der nur die eine Hälfte des Hauses noch mit einem zweiten Stockwerk bedeckt. Es ist ein kleines Kino und eine riesige Dachterrasse, ausgestattet mit allem, was man braucht, sogar eine kleine Lagerfeuerstelle, an der mehrere Stangen für Marshmallows oder Stockbrot stehen. Auch hier ist ein Kühlschrank, vollgestellt mit Limonade und Bier.

Das Haus ist ein Traum, besser geht es nicht und doch weiß Catalina, dass es ihr persönliches Gefängnis sein wird.

Sie geht auf ihr Zimmer, legt sich aufs Bett und atmet tief ein, wie soll sie hier am besten die Zeit herumkriegen? Auch ihr Schlafzimmer hat einen Fernseher und Catalina schaltet ihn ein, doch sie fühlt sich merkwürdig, angreifbar, es ist komisch. Sie wartet, bis die Waschmaschine fertig ist, holt die Wäsche herauf, hängt sie auf die Terrasse, geht noch einmal in die Küche, macht sich zwei Brote fertig, nimmt sich Limonade und Wasser und einen Schokoriegel und geht dann zurück in ihr Zimmer, schiebt den Schreibtisch wieder vor die Tür und erst dann fühlt sie sich einigermaßen wohl.

Catalina setzt sich eine Weile auf die Terrasse und genießt den Blick aufs Meer. Von dieser Seite des Hauses kann niemand sie sehen, wenn sie sich wieder hinaus traut, muss sie mal auf der anderen Seite schauen, wie es da aussieht. Sie telefoniert mit Natia und zeigt ihr die Aussicht, dann bringt Natia das Handy zu ihrer Mutter, doch wie Catalina es vermutet hat, reagiert ihre Mutter kaum, es wird einfach einige Tage dauern, dann wird es ihr wieder besser gehen, bisher war es immer so.

Als es langsam dunkel wird, sieht sich Catalina einige Folgen einer Serie an, sie schaltet immer wieder den Fernseher leise, um zu hören, ob jemand im Haus ist, doch es bleibt alles ruhig. Catalina schreibt mit ihrer Schwester und irgendwann muss sie dabei eingeschlafen sein. Es ist merkwürdig, wie tief sie hier schläft und wie sehr ihr Körper diesen Schlaf zu brauchen scheint.

Sie schläft lange und hört erst einmal wieder, ob etwas im Haus ist, doch dieses Mal geht sie dann direkt in die Küche, isst ein Croissant, macht sich einen Cappuccino und sieht in den Garten. Heute soll die Putzfrau nicht kommen, auch Santiago ist ein paar Tage weg. Catalina spült alles ab und packt es sofort zurück in die Schränke, sie möchte nicht, dass jemand hier irgendwo etwas von ihr findet.

Sie hängt ihre Sachen in den Kleiderschrank, geht duschen, zieht sich einen Rock und ein Top an und setzt sich wieder mit einem Buch auf die Terrasse. Sie verlässt ihr Zimmer nur, um sich mittags etwas Essen zu machen. Sie wird das Essen der Haushälterin nicht anrühren, deswegen sucht sie sich etwas Gemüse heraus, nimmt sich ein klein wenig vom Fleisch, was noch im Kühlschrank ist und brät sich alles an. Aber immer nur so viel, dass auch niemand merkt, dass sie etwas genommen hat, und sobald sie fertig ist, spült sie sofort alles ab und geht schnell in ihr Zimmer.

Catalina möchte nicht auffallen, mit niemandem hier etwas zu tun haben. Die Haushälterin hat die Kartons und die zerstörten Sachen entfernt, die Catalina vor die Haustür gestellt hatte, ansonsten möchte sie nicht, dass jemand etwas von ihr mitbekommt. Sie ist hier nicht willkommen, da macht sie sich gar nichts vor.

Catalina telefoniert mit ihrer Schwester, in der Finca gibt es nichts Neues. Ihre Schwester langweilt sich ohne sie und reitet viel aus. Noch eine Sache, die sie schrecklich vermisst, Catalina ist fast jeden Tag mit Esperanza ausgeritten.

Abends legt sie sich ins Bett und sieht sich weiter diese Serie an, doch plötzlich hört sie, wie die Tür ins Schloss fällt und stockt. Sie schaltet schnell den Fernseher und das Licht aus und bleibt stocksteif liegen, als sie Santiagos Stimme durch das Haus donnern hört. Er scheint zu telefonieren, er lacht und sagt etwas von einem Meeting morgen, dann ist Ruhe. Wahrscheinlich hat er aufgelegt.

Catalina ist so ruhig, dass sie ihren eigenen Herzschlag hört. Ihr Herz hämmert gegen ihre Brust, sie wird das nicht aushalten, hier allein mit einem völlig Fremden und dann auch noch mit einem Mann, der sie und das wofür sie steht abgrundtief hasst.

Catalina hört seine Schritte, es hört sich so an, als würde er zu ihrer Tür kommen, sie hat wieder den Schreibtisch vor der Tür geschoben, die Schritte hören auf, dann entfernen sie sich wieder und Catalina hört nebenan die Dusche angehen. Nein, das kann sie nicht, es ist ein absoluter Alptraum. Sie horcht in die Nacht hinein, auf jede Bewegung aus dem Nebenzimmer, doch kurz nach dem Duschen ist schon absolute Stille, Santiago scheint direkt schlafen gegangen zu sein.

Sie kann sich nicht vorstellen einzuschlafen, hier, so, mit ihm im anderen Zimmer, doch irgendwann fallen Catalina die Augen zu und sie wird erst wieder wach, als eine Stimme laut durchs Haus tönt. »Wie kannst du das Meeting verpennen, so anstrengend war es in Kuba nun auch nicht, du wirst alt!« Catalina setzt sich verwirrt auf, hört ein Fluchen aus dem Nebenzimmer und sieht auf ihr Handy. Es ist schon Mittag. Sie verliert hier jedes Zeitgefühl. Sie hört auch den Staubsauger, offenbar muss nicht nur jemand gekommen sein, um Santiago zu wecken, auch die Haushälterin ist schon da.

Es wird laut und unruhig, sie hört Santiagos raue Stimme, die Stimme eines anderen Mannes und auch die einer älteren Frau. Sie

82

versteht nicht, worüber sie sprechen, doch Catalina bleibt einfach im Bett liegen, bis sie kurze Zeit später hört, wie die Tür zugeht und sie ausatmet, er ist wieder weg. Erst dann steht sie auf. Die Haushälterin ist unten noch am Putzen, das hört Catalina, doch sie geht trotzdem duschen und als sie dann herauskommt, sich eine Shorts und ein weites Shirt anzieht, ist es ganz still im Haus. Catalina hat Hunger und Durst, sie muss die Zeit schnell nutzen, bevor wieder jemand kommt. Sie schiebt den Schreibtisch zurück und verlässt das Zimmer, doch schon auf der Treppe stockt sie.

Die Putzfrau steht in der Küche und schneidet gerade Obst, während etwas auf dem Herd köchelt. Nein. Sie ist noch da. Catalina versucht ruhig zu bleiben, sie lebt jetzt hier, sie wird ja sicherlich etwas essen und trinken dürfen, deswegen geht sie langsam in die Küche und grüßt die ältere Frau, die sie hasserfüllt anblickt, während Catalina sich einen Cappuccino macht.

Die Frau bekreuzigt sich nur und flucht leise, Catalina versucht es zu ignorieren. Sie nimmt sich ein Croissant aus der Verpackung und nimmt beides mit hoch in ihr Zimmer. Als sie auf der Treppe ist, hört sie, wie die Haushälterin den Kopf schüttelt. »Jetzt muss ich hier noch gründlicher putzen, um den Dreck aus Kolumbien zu beseitigen.«

Catalina geht weiter und schließt die Augen. Sie weiß, dass sie hier gehasst wird, doch es verletzt sie trotzdem. Sie hat doch niemandem etwas getan, ja, sie kennt den Krieg und den Hass, aber sie ist trotz allem ein Mensch mit Gefühlen und hier kommt sie sich vor, als wäre sie ein Monster.

Sie trinkt den Cappuccino und isst das Croissant auf der Terrasse, dann liest sie und ruft Natia an. Sie erzählt ihr alles, auch das von der Haushälterin und ihre Schwester bestärkt sie, all das zu ignorieren und zu versuchen, sich unauffällig im Haus fortzubewegen. Sie hört die Haushälterin gehen, kurz danach scheint Santiago wieder da zu sein. Sie hört ihn und einen Mann reden, aber auch einige weibliche Stimmen sind dabei.

Es wird gelacht, sie riecht den leckeren Duft des Grills, hört leise Musik aus dem Garten und legt sich aufs Bett. Sie hat Hunger, wirklich Hunger, sie hat in den Tagen kaum etwas gegessen, hier und da einen Happen, mehr traut sie sich auch nicht. Es dauert einige Zeit, bis alle Personen das Haus verlassen, sie hört das Quietschen von Reifen und betet leise, dass auch wirklich alle weg sind, als sie aus der Tür tritt.

Dieses Mal hat sie Glück, sie sind alle weg. Der Garten ist ein wenig verwüstet, überall liegen Teller und Gläser herum. Catalina findet noch zwei Scheiben Steak im Kühlschrank, ein wenig vom Salat und das, was die Haushälterin zubereitet hat, eine Reispfanne, doch sie will das alles nicht essen, sie traut niemandem hier, alle hassen sie.

Deswegen sucht sie sich wieder ein wenig Gemüse und brät es an, dazu macht sie sich ein wenig Reis. Catalina beeilt sich, und als sie ihre Sachen danach abwäscht, wäscht sie auch gleich die herumstehenden Teller und Gläser ab und räumt alles weg. Als sie sich dann in ihr Bett legt, hat sie wenigstens nicht mehr solch einen Hunger, doch Catalina hat das Gefühl durchzudrehen, so kann sie nicht leben, nicht auf Dauer.

84

Kapitel 8

Sie hat versucht wach zu bleiben, um zu hören, wann Santiago zurückkommt, doch dabei muss sie eingeschlafen sein, es ist immer später geworden. Als sie am nächsten Morgen wach wird, weiß sie nicht, ob er im Haus ist oder nicht. Catalina geht duschen und zieht sich einen Rock und ein Top an, das war es dann auch mit ihrer Auswahl an Kleidung. Sie muss ihre Wäsche wieder waschen, mehr ist nicht mehr übrig. Sie packt alles zusammen und in dem Moment hört sie Santiago telefonieren. Er sagt, dass er gleich da sein wird, kurz danach fällt wieder die Tür ins Schloss, also scheint er doch im Haus gewesen zu sein.

Catalina geht nach unten, sie schaltet schnell die Waschmaschine mit ihrer Wäsche an, nimmt sich einen Orangensaft und sieht auf den Tisch, dort steht ein Teller mit Toast und noch ein paar Eiern, dann ist da noch eine leere Schüssel und der Teller mit dem vielen Obst, was die Haushälterin gestern geschnitten hat. Catalina muss etwas anderes essen, also nimmt sie sich ein paar Scheiben Ananas, ein klein wenig von der Orange und ein paar Stücke Mango, dann brät sie sich auch zwei Eier an und toastet sich Weißbrot.

Ihre Maschine braucht noch etwas und Catalina sieht sehnsüchtig in den Garten. Sie hat das Gefühl durchzudrehen, sie möchte hier nicht auffallen, am besten unsichtbar sein, doch ihr fehlt die Freiheit, sich frei bewegen zu können, in Kolumbien ist sie fast nie im Haus, sie bewegen sich immer draußen. Wie lange wird sie es aushalten, so zu leben? Wie lange kann man es aushalten? Vielleicht ist es auch nur eine Frage der Gewohnheit und sie gewöhnt sich irgendwann daran.

Catalina frühstückt, dann wäscht sie wieder alles so ab, als wäre sie gar nicht da gewesen. Da ihre Maschine immer noch etwas Zeit braucht, geht sie zurück ins obere Stockwerk und in die anderen Gästezimmer. Sie stellt sich ans Fenster und sieht von dieser Seite über das Grundstück. Von hier erkennt man zwei weitere Häuser, die in ihrer Nähe stehen, immer noch mit einem gewissen Abstand, doch man kann sie sehen. Vor einem steht Santiago und Catalinas Herz schlägt schneller, er ist gar nicht weg, er steht mit Zayn und einem weiteren Mann an zwei Autos und bespricht etwas mit ihnen. Catalina beobachtet sie eine Weile, sie bemerkt, dass Santiago hin und wieder zu seinem Haus sieht, doch Catalina achtet darauf, dass er sie nicht sehen kann.

Er wirkt so entspannt, lacht unbeschwert, wie kann es ihm mit dieser Situation so gut gehen? Sie ist doch nicht die Einzige, die gezwungen wurde zu heiraten. Auch ihm muss es doch komisch vorkommen, dass sie jetzt in seinem Haus lebt. Die Maschine piepst und sie geht vom Fenster weg. Sie muss sich beeilen, um wieder in ihr Zimmer zu kommen, doch die Maschine will nicht aufgehen, irgendetwas muss sie falsch gedrückt haben. Sie versucht sie zu öffnen, doch die Maschine piepst immer weiter. So ein verdammter Mist, alles, wirklich alles geht schief. Was hat Catalina eigentlich getan, dass sich das Leben so gegen sie stellt?

Ihr kommen die Tränen und sie wischt sie sich wieder weg, dann erst entdeckt sie den Knopf der Entrieglung, bei dem anderen Programm ging das automatisch. In dem Moment, als sie die Wäsche auf ihre Arme legt und hoch in ihr Zimmer will, geht die Haustür auf und sie läuft direkt auf Santiago und Zayn zu, die ins Haus kommen.

Beide stocken und sehen sie von oben bis unten an. Catalina weiß nicht, was sie für ein Bild abgibt, man sieht sicherlich, dass sie geweint hat und die nasse Wäsche auf ihren Armen wirkt bestimmt auch nicht gerade entspannt. »Hi, ist alles in Ordnung?« Santiago sieht ihr in die Augen, doch Catalina lässt das gar nicht zu, sie muss all diesen Leuten hier aus dem Weg gehen, deswegen geht sie einfach an den beiden Männern vorbei und nickt. »Ja, danke, alles ist gut.«

Sie hört … nichts, sie spürt die Blicke der beiden auf sich und die etwas beklemmende Stille, bis sich Santiago räuspert. »Hör mal … Catalina, wir gehen gleich Pizza holen, möchtest du auch etwas?«

86

Nun dreht sich Catalina doch noch einmal um und sieht von oben auf die beiden herab, die sie noch immer ansehen. Beide tragen Shorts und Shirts, einfach, doch man erkennt sofort, dass die Sachen mehr kosten als alles, was Catalina in Kolumbien besessen hat. Sie beide sind hübsch, beide haben Ähnlichkeit miteinander, beide haben diese mächtige Aura an sich, doch auch wenn man nichts von den Rojos wüsste, jeder würde sofort spüren, dass Santiago das Sagen hat.

Aber auch wenn er noch so mächtig wirkt, sein Blick liegt unsicher auf ihr. Natürlich, sie muss ein wirklich erbärmliches Bild abgeben. Von ihrem eigenen Vater hierher verkauft, für Frieden zwischen den Familias, von allen Leuten hier gehasst und nicht gewollt. Mal abgesehen von den paar Kleidungsstücken, die sie noch besitzt. »Nein, danke. Ich habe noch immer keinen Hunger!« Sie muss daran denken, wie er sie auf ihrer Hochzeit vor einigen Tagen gefragt hat, ob sie nicht etwas essen möchte. Sie hat das nicht traurig, nicht wütend oder sauer gesagt, es ist eine einfache Feststellung, doch als Catalina danach in ihr Zimmer geht und die Tür schließt, hört sie, dass die beiden Brüder kein Wort mehr sagen. Es ist still im Haus, bis kurze Zeit später die Tür wieder schließt und Catalina ein Auto hört.

Sie bleibt in ihrem Zimmer und ruft ihre Schwester an, dabei wird ihr mitgeteilt, dass ihr Guthaben bald verbraucht ist. Sie alle drei, ihre Mutter, ihre Schwester und sie haben immer nur ein bestimmtes Guthaben auf ihren Handys zur Verfügung, das ihrer Schwester ist durch das häufige Telefonieren mit Catalina schon verbraucht, sie hat noch etwas auf dem Handy ihrer Mutter und Catalinas Guthaben ist aber auch bald weg. Natia hat ihren Vater bereits gebeten, das Guthaben aufzuladen, doch der denkt nicht daran. Er hofft, so zu verhindern, dass sie zu viel miteinander telefonieren und so zu beschleunigen, dass Catalina sich in Puerto Rico zurechtfindet und es deswegen ihrer Mutter irgendwann wieder besser geht.

Er glaubt, es würde ihnen allen guttun, wenn sie mal ein paar Tage nichts voneinander hören. Catalina weiß, wie ihr Vater ist, doch noch immer trifft sie seine Grausamkeit. Deswegen halten sie das Gespräch nur kurz und sagen, dass sie morgen erst wieder telefonieren werden.

Als sie auflegt, bemerkt Catalina das Auto wieder. Sie hört, wie die Haustür geöffnet wird, jemand ins Haus kommt und kurz danach wieder geht. Catalina öffnet die Tür und geht zum anderen Fenster, um zu sehen, ob Santiago auch wirklich weg ist. Er läuft zum anderen Haus und geht dort hinein. Catalinas Magen zieht sich zusammen, es beginnt überall im Haus nach Pizza zu duften.

Sie beginnt, die Geräusche hier einordnen zu können und geht nach unten, um etwas zu trinken zu holen, sie wird sich einfach noch eine weitere Serie ansehen. Als sie in die Küche kommt, steht ein Pizzakarton da, auf dem ein Zettel liegt:

Falls du
doch noch
Hunger bekommst

Catalina öffnet verwundert den Karton und findet darin eine Pizza, die aus acht völlig verschiedenen Stücken besteht. Eins nur mit Käse, eins mit Salami, eins mit Gemüse, eins mit Thunfisch, er weiß ja nicht, welche Pizza sie mag. Catalina darf diesen Menschen hier nicht trauen, sie sind ihre Feinde, aber sie kann sich auch nicht vorstellen, dass Santiago sie vergiften will und der Duft der Pizza lässt ihren Magen laut knurren, Catalina möchte nicht, doch sie kann nicht anders. Sie nimmt sich erst nur das Stück Salami, doch es schmeckt so gut, dass sie gleich danach das Stück mit Käse, mit Thunfisch und noch ein Stück mit Scampis isst.

88

Das erste Mal seit Tagen ist sie richtig satt, sie schließt die Packung wieder, nimmt sich einen Schokoladenriegel vom Couchtisch, eine Dose Cola aus dem Kühlschrank und geht nach oben. Sie sieht aus dem Fenster, alle Autos, die vor dem anderen Haus standen, sind weg, sie scheinen alle weggefahren zu sein. Catalina geht etwas beruhigter zurück in ihr Zimmer, sie sieht sich ein paar Folgen einer Serie an, und als dann die Sonne untergeht, nimmt sie ihr Buch und geht wieder ans andere Fenster, noch immer sind alle Autos weg.

Catalina braucht frische Luft, deswegen geht sie die Treppe hinauf zu der riesigen, wunderschönen Dachterrasse. Sie hält den Atem an, genau über ihr geht die Sonne unter und der Himmel färbt sich rot. Catalina holt schnell ihr Handy, macht ein Foto und schickt es Natia, ihrer Mutter und Elias. Sie erinnert das himmelbettartige Rattansofa mit den Seidenschals an Bilder, die sie vorher schon aus der Karibik kannte.

Sie hat sich immer vorgestellt, wie sie in solchen gemütlichen Möbeln am Strand liegt und ihre Bücher liest, sie zieht sich ein Kissen heran und macht es sich gemütlich, blickt in den Himmel und beginnt dann, in ihrem geliebten Buch zu lesen.

Nun sie ist in Puerto Rico, am Meer, zwar ist sie nicht freiwillig hier und richtig entspannt ist sie auch nicht, aber wenn man das für eine Sekunde mal verdrängt, könnte man den Augenblick wirklich genießen. Catalina schaltet die Laternen und kleinen Lichter an, als es dunkler wird. Es ist angenehm kühl und sie ist so vertieft in ihr Buch, dass sie komplett vergisst, wo sie hier eigentlich ist.

Erst am nächsten Morgen spürt sie das wieder, als sie mit einem gehörigen Schreck aufwacht. Sie muss beim Lesen eingeschlafen sein. Catalina sieht sich um, die Sonne ist noch nicht auf der Seite des Daches, doch es muss schon später sein, sie hat eine weiche Decke umgelegt und die Lichter sind alle aus.

Santiago muss sie gestern so gefunden haben, oh nein, sie hat sich bisher immer in ihrem Zimmer eingesperrt und nun hat er sie hier schlafend gefunden. Zumindest hat Catalina jetzt den Beweis, dass er sie nicht umbringen möchte, im Gegenteil, er hat sie zugedeckt. Sie sieht, dass am anderen Ende des Rattansofas ein Kissen eingeknickt ist. Ob er sich zu ihr gelegt und sie beobachtet hat? Der summende Staubsauger, der leise ertönt, erinnert Catalina daran, dass sie dafür jetzt keine Zeit hat. Sie steht auf und geht hinunter, um in ihr Zimmer zu kommen, aus dem gerade die Putzfrau heraustritt. Sie hebt die Hand. »Ich mache keinen kolumbianischen Dreck weg.«

Catalina öffnet den Mund, am liebsten würde sie ihr etwas sagen, doch sie erinnert sich, wo sie ist, geht einfach an ihr vorbei in ihr Zimmer und schließt die Tür hinter sich, bevor sie sich unter die Dusche stellt und überlegt, ob sie sich noch an irgendetwas von gestern erinnern kann. Sie muss tief und fest geschlafen haben und das hier in diesem Haus? Sie versteht nicht, wieso ihr Körper sich so wohl zu fühlen scheint, wo ihr Verstand doch Alarm schlägt.

Catalina hat ihre Haare gewaschen und bindet sie sich nass zu einem festen geflochtenen Zopf. Ihre Mutter hat ihnen immer gesagt, dass sie ihre Haare mindestens einmal die Woche lockig tragen sollen, so brechen sie nicht so schnell ab. Catalina sieht in den Spiegel, sie sieht aus wie immer, man sieht ihr nicht an, was sich in ihrem Herzen abspielt.

Sie hört die Haustür zuschlagen und geht leise aus dem Zimmer zum anderen Fenster. Die Putzfrau geht, Catalina sieht auf der Uhr, dass es schon fast Mittag ist, auch die Pizza verliert langsam die Wirkung und sie hat wieder Hunger. Als sie an Santiagos Zimmer vorbeigeht, ist dieses offen und scheint frisch gesäubert zu sein, er ist nicht da, also kann Catalina in Ruhe frühstücken.

Sie geht nach unten, der Pizzakarton steht nicht mehr da, dafür überall frische Blumen. Catalina gießt sich Orangensaft ein und brät sich Eier an, dazu macht sie sich Toast, isst alles schnell auf und spült alles wieder ab. Sie hört, wie die Vögel draußen zwitschern und sieht in den Garten.

Diese Tage, die sie jetzt fast ausschließlich in ihrem Zimmer verbracht hat, nagen an ihr. Die Haushaltshilfe ist gegangen, Santiago

90

ist weg, er wird bestimmt noch eine Weile weg sein, er scheint generell nicht viel zu Hause zu sein, also wieso soll sie es nicht wagen? Catalina kann nicht anders, sie geht schnell nach oben und holt das Buch, das sie gerade zum sechsten Mal liest, dann nimmt sie sich noch ein Glas Orangensaft und öffnet die Terrassentür.

Warme Luft schlägt ihr entgegen, während sie auf das weiche Gras tritt. Der warme Wind weht ihr um die Nase, Catalina schließt die Augen und genießt die Sonne. Auf ihrer Terrasse hat sie das gar nicht so richtig wahrgenommen, doch man riecht von hier das Meer.

Catalina setzt sich auf einen der bequemen Loungesessel im Schatten. Sie macht es sich gemütlich und beginnt zu lesen. Für ein paar Minuten hat sie das Gefühl, wieder durchatmen zu können, aber wirklich nur für ein paar Minuten, denn plötzlich geht die Haustür wieder auf und Santiago steht im Wohnbereich und sieht durch die Terrassentür zu ihr. Oh nein. Catalinas Herz beginnt sofort zu rasen, wieso ist er so schnell zurück? Wieso ist sie nicht sofort wieder auf ihr Zimmer gegangen?

Santiago stockt einen Moment, er hat bestimmt nicht damit gerechnet, sie hier vorzufinden. Catalina steht sofort auf, doch Santiago kommt schon durch die Terrassentür auf sie zu. Er trägt eine graue Jogginghose, ein schwarzes Shirt und eine Sonnenbrille. Seine Haare sind noch ein wenig verwuschelt, wahrscheinlich ist er auch noch nicht lange wach. Jetzt, wenn er so auf sie zukommt, erkennt Catalina erst richtig, wie gut gebaut er ist, im Anzug und auf den Bildern konnte man es erahnen, nun sieht man es genau.

Catalina würde am liebsten weglaufen, als er zu ihr kommt, sie spürt trotz Sonnenbrille, wie sein Blick über ihre nackten Füße und Beine hoch zu ihrem Rock, ihrem Top und ihrem Gesicht gleitet. Sie wünschte wirklich, sie wäre einfach im Zimmer geblieben.

»Hi.«

Santiago bleibt kurz vor ihr stehen, seine Stimme ist leiser, als sie es die Tage wahrgenommen hat, fast ein wenig unsicher, ganz

91

anders als am Tag ihrer Hochzeit und die Tage zuvor, wenn er mit anderen am Handy gesprochen hat, das ist ihr gestern schon aufgefallen.

»Hi ... ich wollte gleich wieder auf das Zimmer, ich ...« Catalina klappt das Buch zu und Santiago räuspert sich. »Setz dich doch kurz, ich denke, wir sollten über das hier sprechen ... Ich wollte es eigentlich gleich als ich zurück war tun, doch ich dachte mir, dass du vielleicht erst ein wenig deine Ruhe haben möchtest, um dich mit allem zurechtzufinden.«

Santiago nimmt seine Brille ab und deutet hinter Catalina auf den großen Loungesessel, auf dem sie vorher gesessen hat. Vielleicht ist es wirklich besser, sie reden darüber. Vielleicht können sie Zeiten vereinbaren, wann sich Catalina ein wenig im Haus bewegen kann und niemand da ist, so wird sie früher oder später durchdrehen.

Sie setzt sich und sieht Santiago in seine schönen dunklen Augen. Auch wenn er der Anführer und somit der größte Feind ihrer Familia ist, erkennt Catalina sofort, dass er sie nicht so hasserfüllt ansieht wie die Haushälterin, seine Schwester oder seine Freundin.

»Ich hoffe, das Zimmer ist für dich in Ordnung, du kannst dich hier im Haus und überall hier auf dem Gebiet frei bewegen, du solltest es aber erst einmal nicht alleine verlassen, nicht bis sich das mit unserer ... Hochzeit überall herumgesprochen hat.« Catalina sieht auf ihre Beine. Ihre Hochzeit, sie hat es miterlebt, doch es hört sich viel zu surreal an. »Ich denke nicht, dass ich auf dem Gebiet herumlaufen werde.«

Santiago hat sich ihr gegenüber auf einen Rattanstuhl gesetzt und sieht sie abschätzig an. »Bist du lieber im Haus, verlasst ihr in Kolumbien nicht viel das Haus? Seit du hier bist, hast du dein Zimmer kaum verlassen.« Catalinas Herz zieht sich zusammen, als er von ihrem Zuhause spricht. »Doch, wir sind kaum im Haus, wir reiten viel und sind fast nur draußen, versteh das nicht falsch. Es ist wunderschön hier, die Gegend, das Anwesen, doch ich weiß auch, wie die Dinge hier liegen. Ich sehe, wie die Leute mich hier

92

ansehen. Ich weiß, was ich für euch bin, deswegen versuche ich, alldem einfach aus dem Weg zu gehen. Ich denke, so wird es am einfachsten sein.«

Santiago nickt leicht. »Sie werden sich daran gewöhnen, wir werden uns daran gewöhnen, für keinen von uns ist das eine leichte Situation. Wir beide mussten heiraten, jetzt lebe ich plötzlich mit einer Frau zusammen, mit der ich vor Gott verheiratet bin und ich nur weiß, dass du Catalina heißt und wer dein Vater ist.

Du wirst den Leuten nicht für immer aus dem Weg gehen können, es wird nicht leicht, aber wir bekommen das sicherlich hin, wir müssen es hinbekommen, wir haben gar keine andere Wahl und dich für immer in deinem Zimmer einsperren kannst du nicht.«

Catalina weiß natürlich, dass er recht hat. Vielleicht finden sie wirklich einen Weg, mit dem sie beide leben können, sie wird sich nicht für den Rest ihres Lebens im Zimmer einsperren können.

Santiago sieht ihr in die Augen. »Du isst nichts von dem Essen, das hier zubereitet wird, du wäschst deine Wäsche selbst, all das macht die Haushälterin, du musst dich darum nicht kümmern.« Catalina sieht an ihm vorbei in die Küche. »Lieber nicht, ich habe nicht mehr viele Sachen und die möchte ich nicht auch noch verlieren und ich koche lieber für mich selbst. Meine Mutter sagt immer, dass wenn jemand für dich kocht, der dir Schlechtes wünscht, sich all die schlechten Wünsche in deinem Inneren ausbreiten und man krank davon wird.«

Santiago sieht sie ein wenig verwundert an. »Was ist mit deinen Sachen passiert, es sollen doch mehrere Kartons gewesen sein?« Sie hebt ihr zerfleddertes Buch hoch, in dem sie gerade noch gelesen hat und legt es zur Seite. »Meine ganzen Sachen, die in den Kartons hertransportiert wurden, sind kaputt, völlig durchnässt und einiges ist weg. Wahrscheinlich haben einige ihre Wut auf meine Familia an meinen Sachen ausgelassen, ich habe jetzt nicht mehr viel und das Wenige würde ich gerne behalten, und die Haushälterin hat mir sehr deutlich gesagt, was sie von mir hält, also mache ich das lieber alles selbst, was nicht schlimm ist. Wir hatten nie Haushälterinnen, ich kann das alles auch alleine machen.«

Man sieht Santiago an, dass er davon nichts wusste. »Das tut mir leid, ich werde allen noch einmal klarmachen ... dass du jetzt meine Frau bist und sie dich respektvoll behandeln sollen. Du kannst am allerwenigstens für all das. Wir, dein Vater, ich und meine Familia haben das mit der Hochzeit beschlossen, ich kann mir denken, dass man dich nicht nach deiner Meinung gefragt hat.«

Catalina sieht ihm in die Augen, sie muss nicht antworten, er kennt die Antwort. Santiago sieht auf sein Handy. »Am besten, wir fahren dir gleich neue Sachen kaufen.« Catalina sieht ihn verwundert an. »Nein, nein, das ist nicht nötig. Ich ...« Santiago steht auf und deutet ihr, es auch zu tun. »Doch, wie gesagt, du bist jetzt meine Frau, ich bin jetzt dafür verantwortlich, dass es dir gut geht und du sollst dich hier wohlfühlen ... zumindest soweit es geht. Ich habe heute Zeit und muss eh noch ein Paket abholen, dann können wir dir gleich alles besorgen, was du hier so brauchst.«

Er dreht sich schon zum Gehen um. »Nein, wirklich. Ich brauche das nicht und mein Vater hat mir auch noch kein Geld geschickt.« Santiago lacht leise und Catalina mag das Geräusch, Santiago ist so am hübschesten, er hat ein schönes Lächeln und es lässt Catalina vergessen, wer er ist und macht ihn so viel menschlicher.

»Wir sind jetzt verheiratet, ich komme jetzt für dich auf und ich möchte das wieder gutmachen, also das, was ich gutmachen kann. Ich weiß, dass das alles nicht leicht ist, Catalina und dass du es nicht wolltest und wahrscheinlich auch niemals akzeptieren wirst, doch zumindest kann ich dir zeigen ... dass ich dir nichts Böses möchte, egal aus welcher Familia du kommst. Wir haben diese Hochzeit beschlossen, deswegen sollten wir versuchen, das Beste daraus zu machen, also los. Musst du dich noch fertig machen?« Als Catalina immer noch stockt, setzt sich wieder dieses schöne Lächeln in sein Gesicht.

»Sieh es doch so, du leistest sehr viele Opfer für all das, versuche doch wenigstens, die positive Seite daran, meine Ehefrau zu sein, zu genießen. Ich tue dir nichts, auch wenn es dir ein Leben lang eingetrichtert wurde. Ich bin zwar der Anführer der Los Rojos, doch ich habe mein Wort gegeben, dich gut zu behandeln und das werde ich tun.« Catalina atmet tief ein, er hat recht, sie muss versuchen, aus allem hier zumindest ein wenig Gutes herauszuholen.

Vielleicht können sie lernen, miteinander als Freunde zu leben, oder zumindest nicht wie Feinde und sie kann wirklich neue Sachen gebrauchen, Geld haben die Rojos sicher genug. Er ist ja im Grunde auch der Einzige, mit dem Catalina zurechtkommen muss und er geht auf sie zu, wieso sollte sie ihm nicht die Hand reichen und versuchen, eine Lösung zu finden?

Also lächelt sie, auch wenn sie weiß, dass es sehr zaghaft ist.

Kapitel 9

Catalina öffnet sich den Zopf, ihre Haare sind jetzt schön durchgelockt, sie bindet sich die obere Partie locker nach hinten und steckt sich die kleinen Creolen, die sie noch in ihrer Tasche gefunden hat, an die Ohren, tuscht ihre Wimpern, zieht sich einen Eyelinerstrich, trägt etwas Rouge auf und sieht noch einmal in den Spiegel. Sie trägt den beigen Rock, ein schwarzes Top und schwarze Ballerinas, sehr klassisch, doch sie hat nichts anderes, also nimmt sie ihr Handy, steckt es in die einzige Handtasche, die sie hier hat und geht wieder hinunter, wo Santiago im Flur auf sie wartet und das Handy wegsteckt, sobald sie auf der Treppe erscheint.

»Bereit?« Er lächelt, als Catalina unsicher nickt. Nein, ist sie eigentlich nicht, doch es bringt auf Dauer nichts. Sie kann sich nicht ein Leben lang verstecken. Sie wird sich sehr zurücknehmen, überwiegend im Haus bleiben, doch wenn sie hin und wieder etwas hinaus kann, wieso nicht? Santiago ist der Anführer, alle hier müssen auf ihn hören und solange er dafür sorgt, dass ihr nichts passiert, müssen alle seine Anweisungen befolgen.

Trotzdem fühlt es sich merkwürdig an, als sie zusammen aus dem Haus gehen. Santiago öffnet die Garage, auch wenn einige Autos davor stehen und lässt einen schwarzen Porsche aufpiepen. Nach einem guten Deal hat sich ihr Vater einen ähnlichen geleistet, einen, und den teilen sich alle Männer der Familia, zumindest die engsten, hier stehen um die fünfzehn solcher Autos und gestern bei Zayn hat sie nochmal so viele gesehen.

Santiago hält ihr die Beifahrertür auf und setzt sich dann neben sie. Sofort nimmt sie seinen angenehm männlichen Duft wahr, er gibt Gas und sie fahren aus dem Grundstück. »Hat dir jemand gesagt, was das hier alles ist?« Catalina sieht aus dem Fenster. »Nein.« Er deutet nach hinten. »Dort, wo wir wohnen, leben noch meine Eltern, Zayn und meine Onkel und Cousins, die engste Familia, hier leben die engeren Kreise mit ihren Familien, niemand

97

der nicht zur Familia oder den Angestellten gehört, hat hier Zutritt, es sei denn, wir haben die Erlaubnis gegeben, das gesamte Grundstück wird durch Mauern und Männer bewacht und geschützt. Du bist hier also absolut sicher, selbst das Meer bei unserem Haus ist geschützt und mit Alarmmeldern bestückt, du bist also wirklich sicher hier.«

Catalina sieht auf die Straßen, die sie schon durchquert hat, an dem Tag, als sie gekommen ist, sie fahren durch die ersten Schranken und sie sieht zu ihm. »Ich fürchte, die Leute, die eine Gefahr sind, leben innerhalb dieser Mauern.« Sie versucht, es nicht zu ernst zu sagen, auch wenn die Worte absolut ernst gemeint sind. »Nein, auch wenn sie … dich vielleicht nicht umarmen und willkommen heißen, sind sie keine Gefahr. Vertrau mir, niemand würde sich an dich heranwagen.

Hier sind die Lagerräume und Räume für Besprechungen, Feste, die Angestellten machen hier Pause und alles weitere.«

In dem Moment laufen einige Frauen in Richtung Ausgang, Catalina erkennt die Haushaltshilfe, die bei Santiago arbeitet. »Was genau hat sie zu dir gesagt? Die Haushaltshilfen bekommen natürlich viel mit von den Gerüchten und was hier so erzählt wird.« Catalina sieht zu Santiago, er hat eine Sonnenbrille auf, sie betrachtet das R auf seinem Hals. »Sie hat mir nur zu verstehen gegeben, dass sie sich nicht um den kolumbianischen Dreck kümmern wird.«

Santiago sieht zu ihr, Catalina weicht seinem Blick nicht aus, auch wenn er eine Sonnenbrille aufhat. Sie halten in dem Moment aber am letzten Wachhaus und einer der Männer kommt zu ihrem Wagen. Er sieht erst ein wenig verwundert zu Catalina, doch dann lächelt er, Santiago lässt Catalinas Fenster herunter und der Mann sieht hinein. Er trägt das R auf seiner Glatze und strahlt Catalina an. »Es hat sich ja schon rumgesprochen, wie hübsch deine Frau ist, doch das haut mich nun wirklich um.«

Catalina muss schmunzeln, sie spürt, dass der Mann seine Worte ernst meint. Ihn scheint es nicht zu stören, wer sie ist, oder er zeigt es zumindest nicht. Santiago stellt den Mann als Marco vor und er gibt Catalina sogar die Hand. »Zayn hat angerufen, dass irgendetwas unterwegs ist.« Marco nickt. »Ja, der Container aus Kuba mit den ganzen Hochzeitsgeschenken und auch den Hochzeitsbildern und allem muss jeden Augenblick kommen.« Catalina erinnert sich, dass bei der Hochzeit Unmengen an Geschenken waren. »Das habe ich ganz vergessen, ladet das ins Haus.« Marco nickt und klopft noch einmal aufs Dach, bevor Santiago weiterfährt.

»Sind es so viele?« Santiago biegt ab und fährt auf die Schnellstraße, auf der sie auch hergekommen sind. »Ja, es sind von überall auf der Welt noch welche dazugekommen. Auf der Hochzeit waren nur ein paar Familias, doch Geschenke haben alle geschickt, um mir ... uns Respekt zu zeigen und dass sie diese Verbindung ... verstanden haben.« Catalina nickt und sieht wieder aus dem Fenster, sie möchte gar nicht mehr an den Tag denken, der ihr ganzes Leben geändert hat.

»Was genau brauchst du außer neuen Anziehsachen und Büchern noch?« Sie spürt, dass Santiago sich Mühe gibt und ist ihm dankbar dafür, er müsste das nicht machen, ihr Vater würde so etwas nie, niemals tun und obwohl er der Anführer ist und ihr Feind, gibt Santiago sich solche Mühe, dass sie ihre Angst verliert. »Eigentlich nichts weiter, vielleicht noch Guthaben, um mein Handy aufzuladen. Ich würde gerne mehr mit meiner Familie sprechen, also meiner Schwester und meiner Mutter, sie fehlen mir sehr und mein Vater lädt unsere Guthaben nicht auf, da er denkt, das macht die Situation nur schwerer.«

Santiago fährt bereits in eine Stadt ein. »Ihr habt Handys mit Guthaben?« Catalina zieht ihres aus der Tasche und zeigt es ihm. »Ja, mein Vater kontrolliert immer alles sehr gerne.« Sie sollte nicht zu viel von ihrer Familie reden. »Okay, und was ist mit Taschen, Schminksachen, brauchst du noch Möbel für dein Zimmer, oder möchtest du im Haus etwas verändern?«

Er fährt in ein Parkhaus und Catalina wendet sich erneut zu ihm. »Es ist dein Haus, was sollte ich da ändern wollen? Zwei meiner

99

Taschen musste ich wegschmeißen, aber ich habe die eine hier noch, die reicht fürs Erste.« Santiago hält und nimmt seine Sonnenbrille ab. Es ist nicht so gut beleuchtet im Parkhaus und doch kann Catalina ihm in die dunklen Augen sehen. »Es ist jetzt auch dein Haus, Catalina. Ich weiß, dass es seine Zeit dauern wird, bis du dich an diesen Gedanken gewöhnst, aber das ist jetzt dein Zuhause und wenn du etwas verändern möchtest oder etwas brauchst, dann mach das. Ich kümmere mich nicht darum, die Häuser wurden erstellt und ein Inneneinrichter hat alle Möbel besorgt, mir ist so etwas nicht wichtig.«

Catalina sieht in sein hübsches Gesicht, wie kann ein Mann so hübsch und gleichzeitig so gefährlich wirken? »Du hast gesagt, du weißt nicht viel von mir ... weißt du, wie wir gelebt haben? Wo ich gewohnt habe?« Er verneint und Catalina lächelt. »Für mich ist das Haus wie ein Palast, ich wüsste nicht, was man da ändern sollte.« Und so ist es, alles in Santiagos Haus ist perfekt aufeinander abgestimmt, selbst jede einzelne Blume, was sollte man daran noch ändern?

Santiago erklärt trotzdem noch einmal, dass sie es sagen soll, wenn sie etwas haben oder ändern möchte. Sie steigen aus und laufen nebeneinander in eine riesige Shoppingmall hinein. Es ist nicht sehr voll, doch jeder, der ihnen begegnet, sieht Santiago an und nickt respektvoll, grüßt, sieht zu ihr. Sie kennt das von ihrem Vater, auch ihn kennen alle Menschen in Kolumbien und Venezuela, doch sie war nie mit ihm in einem Shoppingcenter, sie wusste nicht, wie komisch dieses Gefühl ist. In Kolumbien kennt man auch Catalinas Mutter, Catalina und Natia und auch sie grüßt man, doch das hier ist noch einmal viel intensiver.

Catalina läuft automatisch etwas dichter bei Santiago, der höchstens mal leicht zurück nickt. Als Erstes gehen sie in einen Buchladen und Catalina sieht sich fasziniert um. Sie war immer bei sich in der Stadt in einem kleinen, verramschten Buchladen, das hier ist der Wahnsinn. Sofort ist eine Verkäuferin bei ihnen und Catalina sagt ihr, welche Reihe sie liest. Sie bringt sie zu einem Regal, wo es

100

die Bücher einzeln gibt, aber auch in einer speziellen Fassung, mit wunderschönen Buchrücken, die zusammen ein Bild mit dem Schriftzug der Serie ergibt. In dieser Sonderfassung sind alle Bücher, die Catalina kennt, außerdem die Bücher, die sie nicht gelesen hat und auch noch zwei Sonderausgaben. Ehrfürchtig streicht Catalina über die Buchrücken.

»Die nehmen wir.« Catalina sieht sich zu Santiago um, der sich bisher komplett zurückgehalten hat. »Nein, das ist viel zu teuer, ich habe die ersten Bücher schon und ...« Santiago zuckt nur mit den Schultern. »Die alten sind nass und es gefällt dir doch.« Die Verkäuferin spürt, dass sie hier eine Chance auf einen guten Verkauf hat und stellt Catalina gleich noch eine Buchreihe vor, die auch sehr gut sein soll. Santiago sagt, dass sie auch diese mitnehmen, nachdem Catalina Interesse zeigt. Sie wird aufpassen müssen, was sie in den nächsten Geschäften sagt, nicht dass er alles einpacken lässt, was sie sich ansieht.

Catalina versteht es ein wenig, denn Santiago hat sein Wort gegeben, dass er sich um sie kümmern wird. Er ist ein Mann, der zu seinem Wort steht und vielleicht tut es ihm wirklich leid, wie alle hier auf sie reagieren, auch wenn es zu erwarten war. Wahrscheinlich möchte er das Ganze mit ihren Kartons so wieder gutmachen.

Santiago erklärt, dass sie alle Einkäufe von ihnen einpacken und zu einem Fahrer nach draußen bringen, der sie dann, wenn sie fertig sind, direkt zu ihnen nach Hause fährt, wo die Haushälterinnen alles wegräumen. Catalina weiß noch nicht einmal, was sie zu so etwas sagen soll, sie kennt solchen Luxus gar nicht.

Catalina ist in Gedanken schon auf der Terrasse dabei, endlich weiterzulesen, doch Santiago bringt sie zunächst in ein riesiges Bekleidungsgeschäft. »Hier kaufen meine Schwester und die meisten Frauen immer ein.« Zwei Verkäuferinnen kommen zu ihnen und Santiago sieht sich um. »Ihr ist fast alles an Anziehsachen, was sie hat ... abhanden gekommen. Sie braucht quasi alles neu.« Die Verkäuferinnen sehen zufrieden zu Catalina und sie bekommt fast schon Angst, was nun auf sie zukommt, vor allem als Santiago

101

sagt, dass er das Paket abholen und noch zwei drei andere Sachen besorgen geht.

Plötzlich ist sie mit den Frauen alleine und die haben so einiges vor. Catalina sagt ihnen, dass sie eher schlichte Sachen mag, wenn, dann höchstens eine auffallende Sache, manchmal sexy aber nie billig und schon sind die Frauen verschwunden, während Catalina etwas zu trinken bekommt. Nach und nach bringen sie Catalina Kleidung: Jeans, Shorts, Hosen, Röcke, Kleider, Oberteile, Bikinis, Schuhe ... es gibt hier alles, sogar Unterwäsche holen sie ihr auf einer Stange in die Anprobe.

Catalina zieht sich gar nicht erst wieder an. Sie probiert alles an und es sind wirklich wahnsinnig schöne Sachen dabei, sie sortiert nach zwei Kategorien aus: 'Auf keinen Fall' und 'Gefällt mir'. Auf den 'Gefällt mir'-Stangen, die wirklich voll bestückt sind, wird sie danach auswählen, was sie wirklich nehmen möchte.

Nur die Unterwäsche probiert sie nicht an und als Santiago wiederkommt, hat sie gerade ihre Sachen wieder angezogen und sieht auf fast vier vollgehängte Kleiderstangen, aus denen sie noch auswählen muss. Es sind um die zehn paar Schuhe dabei, Turnschuhe, Sandalen, Pumps, es gibt so viele schöne hier, es ist wirklich alles dabei, sogar ein Schuhkarton voll mit Schmuck.

Catalina erklärt Santiago ihre Kategorien und sofort erklärt er, dass die Frauen alles einpacken sollen, was auf den 'Gefällt mir'-Stangen ist. Catalina möchte das nicht, es ist zu viel, so viele Sachen sind von ihr nicht zerstört worden, doch Santiago reagiert gar nicht richtig auf ihren Protest, er sucht ein Bild auf seinem Handy heraus und zeigt ihr ein Set aus Handtaschen, einmal in braun und in schwarz und fragt Catalina, ob es ihr gefällt, es hat es seiner Schwester gerade zu ihrem Geburtstag geschenkt, weil es ihr so gefallen hat.

Catalina gefallen die Handtaschen, sie kennt sie. Es sind sehr teure Designerhandtaschen, ihr Vater hat Ana eine zu ihrem Geburtstag geschenkt und sie konnte gar nicht aufhören, damit anzugeben. Catalina sagt ihm, dass ihr das schwarze Set besser gefällt, Santiago

102

zeigt das Bild der Verkäuferin, gibt ihr eine Kreditkarte und hält Catalina auch eine hin. All das geht so schnell, dass sie gar nicht mit einer Sache abschließen kann. Als wolle er all das schnell hinter sich bringen.

»Was ist das?« Sie sieht darauf. Catalina Rojo/Delgardo.

»Catalina Rojo. Trage ich jetzt deinen Namen?« Sie weiß, dass sie ihn schockiert ansieht, damit hat sie nicht gerechnet, nicht darüber nachgedacht. Santiago sieht das und räuspert sich. »Du bist jetzt meine Frau, natürlich trägst du meinen Namen, dein Vater hat allerdings darauf bestanden, dass du ihren Familiennamen auch weiter behältst, eigentlich ist das nicht üblich, aber wir haben in der Sache zugestimmt.« Catalina sieht auf die Karte, sie kann es nicht fassen, nicht fassen, dass ihr Vater das zugelassen hat.

Natürlich ist ihr klar, dass bei ihnen die Frau den Namen des Mannes annimmt, aber bei ihnen liegt doch ein anderer Fall vor, sie ist jetzt eine Rojo. Niemals, das wird sie niemals sein, das ändert auch nicht der Name, der auf der schwarzen Plastikkarte steht. »Was soll ich mit dieser Karte machen?« Sie sieht Santiago nicht an. »Die ist für dich, damit du immer über Geld verfügst. Hast du Hunger? Ich muss langsam etwas essen.«

Catalina kommt sich gerade vor wie in einem falschen Film, als sie mit Santiago das Geschäft wieder verlässt, nachdem er die Karte zurückbekommen hat. Gerade war sie noch in einem Zimmer versteckt und jetzt heißt sie Rojo und wird mit Geschenken überschüttet. »Du kennst mich doch gar nicht und vertraust mir deine Konten an? Ich meine, klar, wir sind verheiratet, doch nicht, weil wir uns jahrelang kennen und das zusammen beschlossen haben.«

Santiago lacht leise und sieht zu ihr. »Das ist nur eine Karte mit Guthaben drauf, Catalina, und es heißt ja auch nicht, dass du sie benutzen musst, nur falls du etwas brauchst, hast du da Geld drauf. Glaub mir, ich weiß, wieso wir hier stehen und dass das nichts ist ... was du in deinen Büchern lesen wirst, doch ich möchte auch keine Gefangene halten. Ich denke, wir wissen beide, was von dieser Übereinkunft zwischen uns abhängt, und wenn wir versuchen, friedlich mit alldem umzugehen und uns zu verstehen, ist es doch einfacher, als wenn du nachts ängstlich in deinem Zimmer schläfst und du den Schreibtisch vor die Tür schieben musst.« Catalina stockt erneut. ... Woher? Er beantwortet es, bevor sie fragen kann. »Man sieht die Spuren vom Verschieben, die Putzfrau hat das sofort gemeldet.«

Catalina seufzt leise aus. Das alles ist zu viel für sie. Zu viel Informationen, zu viel Neues, vielleicht hätte sie lieber doch nicht mitgehen sollen. All das ging so schnell, dass sie noch nicht einmal weiß, was jetzt alles gekauft wurde und was nicht und wieso überhaupt und ... Santiago ist ein Mann, der schnell handelt, sie kommt gar nicht hinterher. »Das wollte ich nicht, es ist nur so, dass ich nachts, wenn ich schlafe ... ich meine, es ist doch klar, dass ich hier nicht wirklich sicher bin.«

Sie sind bei seinem Auto angekommen und er sieht ihr in die Augen, bevor er einsteigt. »Doch, das bist du, aber ich weiß, dass es dauern wird, bist du das glaubst und verstehst und es ist in Ordnung. Lass uns etwas essen gehen.« Wieder wechselt er so schnell von einem Thema zum anderen und Catalina beschließt, das alles gar nicht zu sehr an sich heranzulassen, er hat recht, sie müssen versuchen, das Beste aus der Situation zu machen, das bedeutet aber nicht, dass sie Santiago wirklich verstehen muss.

Sie fahren wieder aus dem Parkhaus hinaus, Santiago hat einen Anruf bekommen und wieder merkt Catalina schnell, was für verschiedene Facetten er an sich hat. Er spricht viel härter und kälter, wenn es um das Geschäft geht, es erinnert sie an den Tag ihrer Hochzeit, so wie er heute zu ihr ist, ist kein Vergleich. Er ist immer noch kühl, aber er gibt sich Mühe und Catalina merkt auch, dass es ihm wichtig ist, dass sie sich wohlfühlt und nicht mehr solch eine Angst vor allem hier hat.

Sie fahren auch gar nicht lange, da halten sie an einem Restaurant. Sie steigen aus und werden auf eine Terrasse geführt. Von hier aus kann man auf die berühmte Bucht sehen. »Das ist Puerto Rico.« Jedes Mal wenn Catalina das Land, in dem sie leben wird, gegoogelt hat, hat sie dieses Bild zu sehen bekommen. Auf Santiagos Lippen legt sich ein leichtes Lächeln.

Sie setzen sich und bestellen beide etwas. Catalina will nicht noch mehr von seinem Geld ausgeben, doch sie hat bei anderen Gästen auf den Tellern Steak gesehen und gemerkt, dass sie nach all den Tagen mal wieder richtig Appetit auf Fleisch hat. Also bestellt sie eins und Santiago auch gleich.

Als der Kellner, der sehr nervös wirkt, wieder weg ist, sieht Santiago ihr in die Augen. Catalinas Magen rumort sofort nervös, sie sitzen sich sehr nah gegenüber, hier ist nichts, was sie ablenken kann und sie erkennt, dass Santiago das nutzen möchte. »Und nun würde ich gerne ein wenig mehr erfahren als deinen Namen.«

Kapitel 10

Catalina lehnt sich ein wenig zurück und ist gespannt, was jetzt kommen wird. »Ich bin zwanzig.« Auch wenn das alles für sie total irreal und merkwürdig ist, muss sie lächeln, natürlich weiß sie, dass das nicht alles ist, was Santiago erfahren möchte, auch er lächelt über ihre Antwort und da spürt Catalina, dass sie keine Angst mehr hat. Sie hatte in den ersten Tagen wirklich Angst, sie hat sich nicht wohlgefühlt und das Gefühl gehabt, zu ersticken, sie hat auf jedes Geräusch gehört, doch jetzt spürt sie diese nicht mehr.

Sie kann all das noch nicht begreifen, sie würde am liebsten sofort in ein Flugzeug steigen und nach Hause fliegen, doch es fühlt sich trotzdem anders an als noch heute Morgen, Santiago hat es tatsächlich geschafft, ihr die Angst vor ihm zu nehmen. »Damit bist du drei Jahre jünger als ich. Ich weiß, dass dir sicher gesagt wurde, dass du mit mir nicht über eure Familia sprechen sollst und das möchte ich auch gar nicht. Denk nicht, dass ich hier versuchen möchte, geheime Informationen zu bekommen, ich möchte nur verstehen, wieso genau du hier bist und wie dein Leben bisher aussah.«

Catalina sieht ihm in die Augen. »Was weißt du eigentlich von unserer Familie? Das ... also, ich könnte dir gar keine Informationen geben, ich habe keine. Meine Mutter, meine Schwester und ich leben nicht bei meinem Vater. Ich bekomme nie etwas mit, ein paar Sachen vielleicht, aber nichts von Bedeutung.« Ihnen wird das Essen gebracht und es duftet köstlich. »Sind deine Eltern geschieden?« Catalina sieht wieder vom Essen hoch. »Scheidung? Das gibt es bei uns nicht.« Sie lacht leise auf, wenn es das so einfach geben würde, hätten sie ein paar Probleme weniger und Catalina wäre nicht hier.

Sie erzählt Santiago von ihrer Mutter und ihrem Vater, von ihrer Liebe, auch wie sehr er ihre Schwester und sie am Anfang vergöttert hat und wie sein Wunsch nach Söhnen all das zerstört hat. Sie

107

erzählt von Sarita und wie ihre Mutter erst abhauen wollte, sich dann aber räumlich von ihm getrennt hat und dass sie ihm das bis heute nicht verziehen hat.

»Und wieso ist sie nicht ganz von ihm weg?« Catalina zuckt die Schultern. »Sie hat es probiert, doch jeder in Kolumbien kennt meinen Vater und uns auch, niemand würde sich gegen ihn stellen. Er hat uns gefunden und würde uns immer finden. Er weiß, dass er uns alle drei in der Hand hat, jeden von uns, durch die anderen beiden. Wenn wir nicht machen, was er sagt, rächt er sich an den anderen beiden, das war schon immer so. Sarita bedeutet ihm nichts, er liebt meine Mutter bis heute über alles, manchmal sieht man das und ich wette, wenn sie ihm verzeihen würde, wäre er überglücklich, auch wenn er es nie zugeben würde.«

Santiago hat seinen Teller fast aufgegessen und lehnt sich zurück. »So langsam verstehe ich das, ich habe gehört, dass er mehrere Frauen hat, doch so ganz genau wussten wir es nicht. Was ich mich frage, wieso hat er dich ausgewählt? Von seinen vier Töchtern, wieso dich? Wenn ich an seiner Stelle wäre, hätte ich die hässlichste und unnützeste Tochter zu meinen allergrößten Feinden geschickt. Es wird viel von Alvaros Töchtern gesprochen. Mir wurden sie genau beschrieben, als ich bereit war zu dieser Hochzeit. Ich hatte eine deiner Stiefschwestern erwartet und als ich den Schleier hochgehoben habe … war ich wirklich verwundert, du bist wunderschön, ich hatte etwas ganz anderes erwartet … Ich habe noch nie so schöne große, helle Augen gesehen, doch ich habe auch deine Angst darin gesehen, du hast mich in dem Moment an ein scheues Reh erinnert, wie Bambi.«

Santiago lächelt und Catalina spürt, wie sie rot wird, doch er sagt das nicht, um zu flirten, er sagt das alles ganz sachlich, als würde er von einem Geschäft berichten. Im Grunde ist es ja ein Geschäft, worüber er spricht, ihre Hochzeit ist ein Geschäft gewesen, nicht mehr und nicht weniger.

»Ich meine, wieso nimmt er dich? Du bist die Schönste seiner Töchter, du bist ganz besonders, deine Stiefschwestern waren nicht so abgeneigt wie du, sie haben mich immer wieder angelächelt und probiert, mit Zayn zu flirten, ich als Vater hätte dich niemals aus den Augen gelassen.« Catalina senkt den Blick, sie hat gesehen, dass er überrascht war, als er den Schleier gelüftet hat, doch damit hat sie nicht gerechnet.

»Ja, Ana und Anabel würden das alles wahrscheinlich auch besser mitmachen. Sie wissen natürlich auch, dass ihr unsere Feinde seid, doch der Pool und das Haus hätten das wieder gutgemacht. Mein Vater sagt, dass ich die Stärkste seiner Töchter bin, dass ich es aushalten kann, doch ich glaube, dass es im Grunde deswegen ist, weil er mich am meisten von allen in der Hand hat.«

Sie sieht Santiago in die Augen und spürt, dass ihr bei all der Wut, die in diesem Moment wieder in ihr aufsteigt, Tränen in ihre Augen fließen. »Ich wollte das nicht. Man hat mich nicht gefragt, mein Vater hat mich zu sich gerufen und mir gesagt, dass ich dich in ein paar Tagen heiraten werde. Bis dahin habe ich immer nur gehört, wie schlimm ihr seid, was ihr alles unserer Familia angetan habt, wenn es für uns lebendige Teufel gibt, seid ihr es, und plötzlich steht mein Vater da und sagt mir, dass ich dich heiraten soll.

Es war ... ich kann es gar nicht beschreiben, aber am Ende vom Tag bin ich jetzt hier und ich werde mich benehmen, versuchen, keinen Ärger zu machen und mich dem fügen, was für die Familia am besten ist, und ich denke, dass ist es auch, warum er mich gewählt hat, Ana und Anabel denken nicht an die anderen. Sie kann er nicht so leicht manipulieren, ihnen ist es egal, womit er droht. Und Natia ist ganz anders als ich, sie wäre an alldem zerbrochen und hätte es nicht mitgemacht, ich aber weiß, was er meiner Mutter und meiner Schwester antun wird, wenn ich nicht das tue, was er möchte und deswegen hat er mich gewählt, aus keinem anderen Grund.«

Santiago sieht ihr fest in die Augen, er bricht den Augenkontakt nicht ab, Catalina auch nicht, es ist wichtig, dass er das alles weiß und versteht, sie ist nur hier wegen ihrer Mutter und ihrer Schwester und sie möchte keinen Ärger. »Das ist wirklich hart, ich meine, ich kann mir nicht vorstellen, dass mein Vater meine Schwester ... niemals. Geht es deiner Schwester und deiner Mutter denn jetzt gut? Sie sahen auf der Hochzeit sehr fertig aus.«

Catalina legt das Besteck auf den Teller, sie kann nicht mehr. »Meiner Schwester geht es ganz gut, wir vermissen uns sehr. Wir sind noch nie voneinander getrennt gewesen. Meiner Mutter geht es hingegen nicht gut, gar nicht gut, aber ich kann gerade nichts für sie tun. Weißt du, Santiago, ich weiß wirklich nicht viel über euch, über die Geschäfte meines Vaters, doch das ist es, was ihn so mächtig macht, so mächtig, dass eure Familia, obwohl ihr so viel reicher, so viel mächtiger und größer seid, nicht gegen ihn gewinnen konntet. Er setzt seine Familia über alles, auch über seine Familie, es gibt nichts Wichtigeres.

Nur für einen Sohn hat er die Frau verraten, die er über alles liebt, nur wegen seines Ansehens sieht er meine Schwester und mich kaum noch an, obwohl er uns so sehr geliebt hat, wenn ich dafür geopfert werden muss, um seine Familia weiterzubringen, ist es so. Das ist mein Vater, so ist er, aber du denkst ja auch ähnlich, oder?«

Es werden ihnen noch zwei kleine Törtchen gebracht. Catalina probiert sie und sie sind sehr lecker, leichter Zitronengeschmack, cremig, einfach zu lecker. »Na ja, dein Vater ist wirklich sehr einflussreich in Kolumbien, aber wir hatten auch nie ein richtiges Interesse an dem Land, es ist arm und wir brauchen es nicht. Die Sache mit Venezuela sieht da anders aus, doch in meiner Position musst du auch abwägen. Lohnt sich ein Kampf um das Land? Es gab schon so viele Tote und solch ein Kampf würde die Zahl ganz schnell verdreifachen.

Dein Vater ist hartnäckig, wirklich ein schwerer Gegner, doch wenn wir es wirklich gewollt hätten, hätten wir uns alles holen können, uns war einfach der Preis zu hoch, zu hoch für das, was die Länder am Ende einbringen. Er kann sie haben, doch wir müssen auch unseren Nutzen daraus ziehen und deswegen diese Vereinbarungen, die mit dieser Hochzeit ... besiegelt wurden. Doch es

110

gibt Grenzen, ich stelle meine Familia auch sehr hoch, so ist unser Leben, doch ich würde meine Tochter nicht in die Hände meiner Feinde geben.« Catalina hebt ihre Hand und zeigt ihren Ehering, dabei sieht sie, dass Santiago seinen gar nicht mehr trägt. Wieso hat sie ihren nicht abgemacht? Das ist doch eigentlich wirklich lächerlich. »Aber du hast auf dein Glück verzichtet und deine Feindin geheiratet, ich meine, ein größeres Opfer gibt es ja wohl kaum.«

Santiago sieht auf ihren Ring und räuspert sich, als er ihrem Blick zu seiner Hand folgt.

»Ich habe ihn nach der Hochzeit abgenommen, es ist ein komisches Gefühl, einen Ring zu tragen, aber ich werde mich sicherlich daran gewöhnen. Ich sehe dich nicht als meine Feindin und ich denke, dass es mit der Zeit auch der Rest meiner Familie so sehen wird. Dein Vater ist es und wir haben jetzt einen Waffenstillstand. Für mich war das nicht so schwer wie für dich, es ist auch nicht solch ein Einschnitt in mein Leben, es läuft eigentlich weiter wie bisher, außer dass du jetzt bei mir lebst. Ich meine, du musstest mehr aufgeben. Für mich war es nicht so ein großes Opfer und ich habe damit unseren beiden Familias weitergeholfen und weitere Tote verhindert.«

Catalina nickt, er hat recht, für ihn ist es wirklich nicht solch eine Umstellung wie für sie, im Grunde gar nicht, er hat ja sogar noch seine Freundin und sie alle wissen ja, dass diese Hochzeit nur den Familias dient. »Du hast recht, für dich ist es nicht so schlimm. Wir versuchen einfach, das Beste aus allem zu machen, ich denke, wir werden uns schon bei allem einigen und damit leben lernen ... irgendwie. Du musst den Ring nicht tragen, ich weiß auch nicht, wieso ich ihn anbehalten habe, es ist doch unsinnig.« Catalina nimmt den Ring vom Finger und gibt ihn Santiago, doch der schüttelt mit dem Kopf. »Nein, es ist dein Ring. Es ist alles neu und durcheinander, doch ich denke, die Zeit wird einiges klären.«

Catalina stimmt zu, sie hofft es, zumindest sind ihr mit diesem Gespräch einige Steine vom Herzen gefallen. Santiago zahlt und sie machen sich auf den Weg zurück. Sie ist ihm wirklich dankbar dafür, dass er auf sie zugekommen ist und sie das alles geklärt haben, nun fühlt es sich nicht mehr so beängstigend an, noch immer fremd und falsch, aber Catalina kann wieder ein wenig mehr atmen.

Im Radio läuft das neue Lied 'Baila Me' von einem bekannten kolumbianischen Sänger und Catalina lächelt, als Santiago es etwas lauter stellt. »Zumindest hört ihr kolumbianische Musik.« Santiago lacht und will etwas sagen, doch Catalinas Handy klingelt und er stellt die Musik wieder leiser. Es ist Natia vom Handy ihrer Mutter, sie ist ganz aufgewühlt. »Was ist los?« Catalina ahnt sofort, dass etwas nicht stimmt.« Sie hört, dass Natia weint. »Es ist ... Esperanza. Ana hat sich ein neues Pferd gewünscht und es kommt die nächsten Tage an und weil sie der Meinung ist, es wird zu eng, hat Papa gesagt, sie sollen Esperanza zum Schlachter bringen, sie ist zu alt und kostet sie nur unnötiges Geld.«

Catalina schließt die Augen und reibt sich über die Stirn. »Nein, das kann er doch nicht machen. Natia, das müsst ihr verhindern, sag Mama, dass sie mit ihm reden soll.« Natia atmet tief aus, sie hört, dass sie in einem Auto unterwegs sind. »Das habe ich. Selbst Mama ist aus dem Bett gekommen und zu ihm gegangen, er hat uns nur ausgelacht und gefragt, was wir mit dem alten Pferd wollen, sie ist nur an dich gewöhnt und du bist nicht mehr da. Sie isst weniger, seit du weg bist, er sagt, es ist besser für sie. Mama ist zusammengebrochen und er hat Elias und mich mit ihr zum Arzt geschickt. Wir fahren gerade zu ihm, wenn ich wieder da bin, werde ich nochmal mit Papa sprechen. Elias sagt, er kommt mit und findet eine Lösung. »Vielleicht solltest du noch einmal mit ihm reden.«

Catalina kann das nicht glauben, selbst von so weit weg quält ihre bescheuerte Stiefschwester sie noch weiter und ihr Vater tut alles, um eine Reaktion zu bekommen, seine Mutter reagiert nicht mehr auf ihn, gar nicht, außer er macht solche Sachen, dann reagiert sie und offenbar genießt er selbst diese Aufmerksamkeit. »Das ist doch alles krank. Du kennst ihn doch, er wird bei mir nicht rangehen, erst wenn er getan hat, was er vorhat, wird er wieder mit mir sprechen, dann, wenn es nicht mehr rückgängig zu machen geht.«

Es wird lauter bei ihrer Schwester. »Ich muss Schluss machen, Catalina, ich rufe dich später an, wenn wir zuhause sind und nochmal mit ihm gesprochen haben.« Catalina hasst all das so sehr. »Okay, und sag dem Arzt auch, dass er Mamas Blut untersuchen soll, du weißt, dass er es immer nicht macht.« Catalina legt auf und atmet tief ein. Es ist ein schreckliches Gefühl, sie kennt diese Dramen, die die Entscheidungen ihres Vaters regelmäßig auslösen, doch bisher war sie immer dabei und konnte handeln, eingreifen, nun sitzt sie hier im Auto in Puerto Rico und fährt auf das Grundstück der Rojos und kann nichts tun.

»Ist alles in Ordnung? Was ist passiert?« Sie hat Santiago komplett vergessen und räuspert sich leise. »Mein Vater will mein Pferd schlachten lassen. Sie heißt Esperanza, ich habe sie zu meiner Geburt geschenkt bekommen, da war sie zwei, von meinem Patenonkel. Sie ... war immer an meiner Seite, ich bin früher jeden Tag auf ihr geritten. Jetzt ist sie 22 und der Arzt sagt, dass sie noch fit, aber eben schon alt ist. Sie kann nicht mehr jeden Tag geritten werden und braucht viel Platz und Ruhe, doch sie ist noch so glücklich und hängt so sehr an mir. Ich wusste, dass es schwer für sie ohne mich wird, doch weil meine Stiefschwester jetzt beschlossen hat, sich noch ein Pferd zu holen und der Stall langsam zu klein wird ...« Catalina kann es gar nicht aussprechen, sie wischt sich eine Träne weg, die ihr aus den Augen entwischt ist.

Santiago sieht zu ihr. »Ich habe deinen Vater noch nie sehr gemocht, doch es ist wirklich merkwürdig zu sehen, wie er euch behandelt.« Catalina sieht aus dem Fenster. »Solange seine Handlungen meine Mutter verletzen, ist ihm alles andere egal.« Santiago fährt durch die Straßen, wo die Männer seiner Familia leben. »Das begreife ich noch weniger, wenn er sie doch so sehr liebt, wieso verletzt er sie dann bewusst?« Wie soll ein Mensch, der all das nicht kennt, den Wahnsinn verstehen, mit dem sie aufgewachsen ist? »Manchmal liegen Hass und Liebe sehr dicht beieinander.«

Santiago fährt in diesem Moment vor sein Haus, doch statt in die Garage zu fahren, hält er vor der Tür, vor der seine Schwester Nola und Flavia warten. »Wo wart ihr? Wir wollten gerade zu dir.« Santiago und Catalina steigen aus, Nola sieht sie nicht einmal an, Flavia hingegen tötet sie fast mit ihren Blicken. »Wir haben ein paar Sachen erledigt, gibt es etwas Bestimmtes?« Er küsst seine Schwester auf die Wange, die ihn anstrahlt.

Catalina entweicht Flavias Blick und geht schon mal zur Haustür. »Wir haben gesehen, wie viel Sachen die Haushälterinnen hier reingetragen haben, sie mussten zu fünft kommen. Großzügig wie immer, mein Bruder. Sergio und seine Männer sind da, sie haben mit Zayn heute einen Deal abgeschlossen ... das weißt du natürlich, aber sie möchten heute Abend im Pearl feiern, ich bestelle die Lounge, du kommst doch mit?«

Santiago holt den Karton aus dem Auto, den er abgeholt haben muss. Er hat all ihre Sachen herbringen lassen, doch diesen Karton hat er selbst abgeholt und nicht jemand anderem anvertraut. »Ja, klar komme ich. Gib den anderen auch Bescheid.« Seine Schwester stellt sich auf Zehenspitzen und küsst seine Wange. Sie ist wirklich wunderschön, die Geschwister sind alle sehr hübsch. »Bis später.«

Ohne Catalina auch nur zu beachten, geht sie wieder, Flavia aber bleibt bei Santiago stehen und flüstert ihm etwas zu. Catalina geht schon mal ins Haus, sie will die beiden nicht stören, es muss hart für Flavia sein, dass ihr Freund plötzlich verheiratet ist.

114

Kapitel 11

Catalina stockt, als sie in den Wohnbereich tritt, sie zieht die Schuhe aus und sieht auf eine riesige Menge an Paketen, große und kleine, die überall herumstehen. »Na, das kann ja was werden.« Plötzlich steht Santiago hinter ihr. »Was ist das alles?« Catalina sieht sich fasziniert um. »Unsere Hochzeitsgeschenke, nicht nur von den Gästen, die da waren, viele haben uns Geschenke zukommen lassen, um zu zeigen, dass sie diese Ehe mitbekommen haben und respektieren. Endlich sind die Regale mal gefüllt.« Er deutet zu seinen Regalen, die so leer waren und wo jetzt die Buchreihen stehen, die sie gekauft haben, die Haushälterinnen müssen sie eingeordnet haben. Es sieht wirklich fantastisch aus. Catalina hätte sie in ihr Zimmer mitgenommen, doch da passen sie wirklich gut hin. Sie sieht wieder auf die vielen Päckchen. »Ich liebe es, Geschenke auszupacken. Schon immer, das Schönste ist immer das Auspacken.«

Santiago legt sein Paket auf den Esstisch, wo noch zwei weitere liegen. »Dann tob dich aus, es sind deine Geschenke.« Sie lächelt und sieht zu ihm. »Unsere.« Er sieht ihr einen Augenblick in die Augen. »Kommst du heute Abend mit? So kannst du gleich alle besser kennenlernen und ...« Catalina schüttelt sofort den Kopf. »Nein, auf keinen Fall. Deine Freundin hat mich gerade fast getötet mit ihren Blicken und das heute war wirklich schön ... aber weiter möchte ich noch nicht in diese Welt eintauchen ... wenn du weißt, was ich meine. Ich bleibe hier und packe Geschenke aus.«

Santiago nickt. »Na gut, aber du kannst mitkommen, das solltest du wissen. Außerdem habe ich keine Freundin.« Catalina entdeckt auf dem verspiegelten Sideboard Bilder und geht dorthin. »Ich habe angenommen, diese Flavia ist deine Freundin.« Es sind ihre Hochzeitsbilder. Sie stellt das größte davon an die Wand, es ist wunderschön, es zeigt Catalina und Santiago bei den Brunnen. Er hat beide Arme um sie gelegt, beide lächeln, man würde nicht

115

erkennen, was für ein schrecklicher Tag das war, wenn man nicht dabei war. Santiago tritt wieder hinter sie, er hebt einige der Bilder hoch und sieht sie sich an, alle sind wunderschön. Sie muss zugeben, sie passen gut zusammen und man sieht den Bildern nicht an, wie schwer es war, sie zu machen.

»Wie gesagt, ich habe keine Freundin. Sie ist Noras Freundin und ich habe hin und wieder meinen Spaß mit ihr, mehr ist da nicht. Wie du auf den Bildern sehen kannst, habe ich eine Frau.« Er grinst frech und legt die Bilder zurück auf das Sideboard. Catalina sieht sie sich noch einmal an und lässt das größte und schönste Bild auf dem Sideboard an der Wand stehen. Was machen sie jetzt mit den Bildern, packen sie sie einfach weg oder hängen sie sogar eins auf? Diese Entscheidung würde viel aussagen, sodass beide sich schnell vom Sideboard entfernen und die Bilder so lassen, wie sie sie vorgefunden haben.

»Ich ziehe mich um und mache mich mal ans Auspacken. Das lenkt mich wenigstens ein wenig ab, bis meine Schwester noch etwas wegen Esperanza erreichen kann.« Catalina geht nach oben in ihr Zimmer. Sie sieht in den Kleiderschrank, der nun nicht mehr leer ist. Die vorderen Reihen sind alle voll, die Schubladen sind mit Unterwäsche und Bikinis gefüllt, erst hier bemerkt Catalina, wie viel sie wirklich ausgesucht hat. Ein ganzes Regal ist bestückt mit den teuren Taschen. Sie zieht sich ihre Sachen aus, eine kurze schwarze, flauschige Shorts über und ein rotes T-Shirt mit V-Ausschnitt, bei dem der Ausschnitt verboten sexy wirkt, bindet sich einen hohen Pferdeschwanz und geht barfuß ins Bad. Sie hört Santiago im Garten telefonieren, doch sie kann nicht verstehen, was er sagt.

Im Bad findet sie neben dem vielen Schmuck auch eine komplett gefüllte Schublade mit Schminkpaletten, Wimperntusche, Rouge, Make-up, sie hat das niemals bestellt, aber irgendwer muss es getan haben. Catalina holt ihren Ehering und legt ihn zum Schmuck, doch man sieht sofort, dass es etwas anderes als der Modeschmuck ist, den sie besitzt und legt den Ring deswegen etwas daneben.

Sie sieht in den Spiegel und atmet tief ein. Natia muss das mit Esperanza schaffen, sie nimmt ihr Handy und versucht, ihren Vater zu erreichen, doch wie es zu erwarten war, nimmt er nicht ab. Catalina kennt ihn gut genug, er wird erst mit ihr reden, wenn ihr Pferd nicht mehr da ist und daran nichts mehr zu ändern ist. Elias muss etwas erreichen, er muss einfach. Sie verlässt ihr Zimmer wieder und merkt, wie leicht es ihr plötzlich fällt, sich durch das Haus zu bewegen.

Santiago sitzt am Tisch, er hat eine kalte Cola neben sich stehen und öffnet die Pakete, Catalina holt sich auch etwas zu trinken und spürt Santiagos Blick auf sich. Sie setzt sich auf den Boden vor die vielen Päckchen und nimmt das erste in die Hand. Eigentlich könnte sie nichts davon abhalten, ihre Buchserie weiterzulesen, nichts außer Geschenke auszupacken. Sie sieht sich das Geschenk an und zu Santiago, der sie beobachtet und leise auflacht. »Deine Augen strahlen ja richtig.« Catalina muss auch lachen. »Ich liebe es!«

Und dann fängt sie an, das erste Paket zu öffnen. Es ist ein großes Set aus Tellern, sie liest die Karte und sagt Santiago, dass es von einer Familia aus Puerto Rico kommt, er erklärt ihr, dass es hier auch noch andere kleinere Familias gibt, die aber alle auf die Rojos zu hören haben. Die Teller sind sehr edel, sie sind weiß und haben eine eckige Form, an den Ecken haben sie einen schwarzen und einen goldenen Streifen, die beide zusammentreffen und die Buchstaben S und C in die Ecke schreiben. Wow, jeder einzelne Teller ist so verziert. Catalina steht auf und zeigt sie Santiago, der an einem Laptop sitzt.

Er ist nicht ganz so begeistert wie Catalina, doch sie fragt ihn, ob die Rojos und die Familia sich verstehen, Santiago grinst und sagt, dass es schon bessere Zeiten zwischen ihnen gab. »Dann solltest du das nochmal überdenken, wer solche Teller verschenkt, meint es gut.« Santiago lacht leise und gibt weiter etwas in seinen Laptop ein, während Catalina die Teller in die Geschirrspülmaschine einsortiert und diese gleich startet. Santiago sagt ihr, sie soll das die

117

Haushälterin machen lassen, doch Catalina antwortet ihm, dass ihre Mutter ihr den Hals umdrehen würde, wenn sie wüsste, dass sie so etwas nicht alleine erledigt, was Santiago wieder lächeln lässt. Sie mag ihn, wenn er sich nicht verstellt und wirklich so entspannt ist, wie er sich gerade gibt, werden sie sich sicherlich gut verstehen. Santiago hat Macht, das strahlt er in jeder Minute aus, er ist der mächtigste Mann in Lateinamerika, doch jetzt und hier spürt man das nicht. Er ist sehr aufmerksam und hat eine Gelassenheit an sich, die man nur haben kann, wenn man schon einiges erreicht und erlebt hat. Diese Gelassenheit überträgt sich auf Catalina und lässt auch sie etwas ruhiger mit der Situation umgehen.

Sie packt weitere Geschenke aus, Bilderrahmen, Vasen, sehr viel Schmuck für sie. Catalina erzählt Santiago immer, von wem was kommt und räumt die Sachen gleich weg. Sie öffnet wieder eine Box und eine Waffe liegt darin. »Was für ein Hochzeitsgeschenk.« Catalina muss lachen und Santiago sieht auf. Sie steht auf, bringt Santiago die Box, der die Waffe in die Hand nimmt und sagt, dass sie sehr gut ist.

Er lässt sie gleich neben sich und Catalina geht zurück zu den Geschenken, so scheint es auf den Hochzeiten der Familias üblich zu sein, die Braut bekommt Schmuck, der Bräutigam Waffen. Die nächste Box enthält ein Armband. Als Catalina aber sagt, von welcher Familia das ist, bittet Santiago sie, das direkt in den Müll zu werfen, er möchte nichts von dieser Familia annehmen.

Catalina hat immer gedacht, sie würde nie müde werden, Geschenke auszupacken, doch als Santiago einen Anruf bekommt und aufsteht, um sich fertig zu machen, da er ja noch weggehen will, hat sie bereits keine Lust mehr Geschenke auszupacken. Er ruft sie zu sich und erklärt ihr am Laptop, wie sie von da jemanden anrufen und Videokonferenzen halten kann.

Dann gibt er ihr ein neues Handy und bittet sie um die Karte ihres alten. Er steckt sie in das neue Handy und gibt ein paar Sachen ein, dabei erklärt er ihr, dass der Laptop und das Handy nun ihr gehören, sie hat eine neue Nummer, doch die alten Kontakte, die alle automatisch eine Nachricht mit Catalinas neuer Nummer bekommen, bleiben ihr erhalten. Er wechselt die Karten wieder und gibt ihr das Handy.

»Du kannst immer telefonieren und deine Mutter und Schwester jederzeit anrufen, ganz normal oder mit Video. Ich habe dir auch meine und die Nummer von Zayn eingespeichert, wenn etwas ist, melde dich einfach.«

Catalina sieht auf das nagelneue Handy und den Laptop. »Danke, das alles ist viel zu viel. Ich weiß gar nicht ...« Sein Handy klingelt wieder und unterbricht sie. »Du brauchst dich nicht ständig zu bedanken, es ist das Mindeste, immerhin musstest du für all das, womit du am wenigsten zu tun hast, am meisten aufgeben.«

Catalina nickt nur leicht und geht wieder zu den Geschenken, während Santiago nach oben geht, sie kann ihm da nicht einmal widersprechen. Langsam hat sie wirklich keine Lust mehr auszupacken, die Hälfte hat sie aber schon geschafft, sie stapelt die leeren Kartons und Papiere in eine Ecke und überlegt, wo sie die Vasen und anderen Sachen unterbringen kann. Zum Glück findet sie neben dem Raum für die Wäsche noch eine kleine Abstellkammer mit leeren Regalen, darin ordnet sie erst einmal alles ein. Sie nimmt sich das nächste Buch, was sie lesen muss, aus dem Regal, ihr Handy und ihren Laptop und die Box, in die sie all den Schmuck gelegt hat, den sie bisher bekommen hat.

Sie steigt die Treppen hinauf, genau in dem Moment kommt Santiago herunter. Er bleibt eine Stufe über ihr stehen und sieht ihr in die Augen. Er trägt eine hellblaue Jeans und ein weißes Shirt mit V-Ausschnitt. Man sieht ein wenig mehr von seiner goldbraunen, durchtrainierten Brust und dass er noch etwas dort tätowiert hat, was, erkennt man nicht. Santiagos Augen sehen forschend in ihre, er ist ein wirklich hübscher Mann und Catalina versteht, wieso Flavia so um ihn zu kämpfen scheint.

Er trägt Aftershave, das sehr anziehend duftet und steckt sich gerade die neue Waffe in den Hosenbund und sein Handy in die vordere Jeanstasche, dabei lässt er sie nicht aus den Augen. »Bist du sicher, dass du nicht mitkommen möchtest?«

Catalina räuspert sich, sie himmelt hier gerade Santiago Rojo an, den größten Feind ihrer Familia, ihren Ehemann, den sie gezwungen war zu heiraten, sie sollte sich ein wenig mehr danach richten. »Ja, ich bleibe hier. Viel Spaß dir ...« Sie lächelt und geht an ihm vorbei in ihr Zimmer. Sie hört, dass er noch eine Sekunde einhält und zögert, doch dann geht er die Treppen hinunter und schließt die Tür. Catalina hört ein Auto starten und legt den Laptop auf den Schreibtisch, bringt den Schmuck ins Badezimmer und versucht, eine Videoverbindung zu ihrer Schwester hinzubekommen, was auch wirklich funktioniert.

Natia liegt bereits in ihrem Bett. Catalina fragt nach Esperanza und ihre Schwester gesteht ihr leise, dass sie nichts mehr tun konnten, als sie kamen war sie schon weg und die Männer haben nur gesagt, dass sie sie zum Hafen gebracht haben. Catalina kann ihre Tränen nicht zurückhalten, auch Natia verliert einige Tränen. Sie möchte wissen, was Catalina alles gemacht hat, doch sie kann jetzt nicht reden. Sie verspricht, morgen wieder anzurufen, schaltet alles aus und legt sich ins Bett. Sie liest nicht einmal in ihrem Buch, doch sie lässt die Tür zu ihrem Zimmer einen Minispalt auf.

Santiago ist heute auf sie zugekommen, sie legt den Türstopper so hin, dass sie trotzdem merkt, wenn jemand hereinkommt, doch sie verschließt die Tür nicht, sie wird auch kleine Schritte auf ihn zugehen.

Catalina schließt die Augen und kann nicht glauben, wie grausam ihr Vater sein kann und dass er, auch wenn sie jetzt so weit weg ist, noch immer so viel Macht über sie hat.

Catalina schläft sehr unruhig. Sie träumt von ihrem Vater, Pferden, und irgendwann kommen auch Santiago und Flavia in ihren Träumen vor. Obwohl sie bis zum Vormittag schläft, fühlt sich Catalina nicht wirklich ausgeruht, als sie aufsteht und direkt duschen geht. Sie zieht sich ein hellblaues trägerloses Sommerkleid an, was sie sich gestern gekauft hat, bindet sich ihre Haare zu einem Dutt nach oben, steckt sich kleine Perlenohrringe an die Ohren und bindet sich zwei goldene Armbänder um, die sie zur Hochzeit bekommen hat. Diese Hochzeit hat für sie alles verändert, sie würde jetzt am liebsten aus ihrem Haus gehen, mit Elias im Baumhaus frühstücken, mit Esperanza ausreiten und danach auf ihrem Hügel lesen oder mit Natia etwas unternehmen. Das alles kann sie nun nicht mehr, Santiago hat recht, sie sollte wenigstens versuchen, das Beste aus allem zu machen, ändern kann sie es nicht.

Sie sieht, dass viele ihr geschrieben haben, warum sie eine neue Nummer hat und ob alles in Ordnung ist. Leider wurde die Nachricht an all ihre Kontakte geschickt, also auch an ihre Stiefschwestern, die natürlich gleich alles genau wissen wollen, aber auch Elias und einige andere fragen nach. Catalina antwortet knapp, dass sie ein neues Handy hat und deswegen eine neue Nummer und dass alles in Ordnung ist. Sie kopiert die Nachricht und schickt sie allen, dann legt sie ihr Handy weg und geht nach unten, um zu frühstücken.

Im Nebenzimmer ist die Tür zu Santiagos Schlafzimmer auch einen Spalt offen, sie sieht nicht nach, aber er wird sicherlich noch schlafen. Catalina geht nach unten und macht sich einen Kaffee. Heute kommt keine Haushälterin und sie schneidet ein wenig Obst auf einen Teller, ein wenig Gurke und Tomaten, toastet Weißbrot und brät Eier mit einer leckeren Salami, Kräutern und ein wenig Speck an.

Ihre Mutter macht die Eier immer so und sie schmecken am besten, sie findet noch Oliven und Schafskäse und stellt alles auf die Küchentheke. Sie hat ihr Buch dabei, trinkt ihren Kaffee und frühstückt, als plötzlich die Haustür aufgeht und Santiagos jüngerer Bruder Zayn hereinkommt. Er stockt einen Moment, als er auf sie blickt, so als würde er denken 'was macht sie hier?' und dann fällt ihm ein, stimmt ja, das ist ja jetzt Santiagos Ehefrau. Man sieht ihm diese Gedankenreihenfolge richtig an, als er lächelt, lächelt Catalina zurück.

121

»Guten Morgen. Ist er schlafen gegangen?« Catalina versteht nicht ganz. »Santiago? Ich schätze, dass er oben schläft. Wieso sollte er nicht schlafen gehen?« Zayn reibt sich müde die Augen. »Wir sind erst vor zwei Stunden nach Hause gekommen. Ich bleibe dann lieber wach, wir haben jetzt einen Termin, ich habe ihm gesagt, er soll lieber nicht schlafen gehen. Ich wecke ihn mal.« Er geht nach oben.

Catalina hört Stimmen, dann kommt Zayn wieder herunter und hat ein freches Grinsen im Gesicht. »Mein Bruder ist kein Morgenmensch.« Er kommt zu ihr in die Küche und Catalina ist dankbar, dass er ähnlich offen mit ihr umgeht wie Santiago und ihr nicht zeigt, wie tief die Kluft zwischen ihnen eigentlich ist. Sie wissen es ja alle, aber Santiago und Zayn lassen es Catalina nicht in jedem Wort und Blick spüren und sie ist unendlich dankbar dafür. Sie weiß, dass die Männer aus ihrer Familia nicht unbedingt so handeln würden.

Zayn macht sich auch einen Kaffee. »Möchtest du auch etwas essen?« Catalina deutet auf die Eier und Zayn sieht neugierig in die Pfanne. »Was ist das genau?« Catalina holt einen Teller aus dem Schrank und gibt ihn Zayn. »Kolumbianische Eier. Probiere sie mal, auch wenn ihr die Kolumbianer nicht so mögt, das Essen ist gut.« Sie kann sich das nicht verkneifen. Zayn lächelt sie an, probiert und nimmt sich gleich eine größere Portion. »Also, ich habe keine Probleme mit Kolumbianern, nur mit deiner Familia. Aber die Eier sind sehr, sehr gut.« Er sieht auf die Teller, die Catalina gestern noch aus der Geschirrspülmaschine ausgeräumt hat und auf die Verzierung. »S und C … wer kommt denn auf so etwas?«

Catalina deutet auf die vielen Pakete, die noch da sind. »Da gibt es noch einiges von.« In dem Moment kommt Santiago herunter. Er hat eine graue Sportshorts an, die ihm bis zu den Knien geht. Er trägt beim Herunterlaufen der Treppe ein schwarzes Shirt in der Hand und Catalina kann auf seinen nackten Oberkörper sehen. Natürlich sieht man auch, wenn er ein Shirt trägt, dass er durchtrainiert ist, doch nun kann sie sich davon komplett überzeugen.

122

Er muss viel trainieren, doch es sieht noch sexy aus, nicht zu viel, wie bei manchen Männern aus ihrer Familia, wo die Muskeln einfach zu ausgeprägt sind, bei ihm sieht das perfekt aus.

Seine Haut hat einen wunderschönen goldenen Schimmer, ein kleiner dunkler Flaum geht von seinem Bauchnabel in die Shorts, an seiner Brust ist ein Schriftzug mit drei Streifen eintätowiert, Catalina will nicht starren, sie kann nicht erkennen, was da steht und sieht weg. Santiago kommt zu ihnen und zieht sich das Shirt über.

»Wir sollten genau vor zehn Minuten da sein.« Zayn sieht zu den Geschenken, während Santiago Catalina leise einen guten Morgen wünscht. Er sieht noch sehr müde aus und macht sich einen Kaffee. »Probiere die kolumbianischen Eier, die sind gut.« Santiago wirft Zayn einen müden Blick zu, sieht aber in die Pfanne und probiert mit einer Gabel. »Die sind wirklich gut.« Catalina muss lächeln, wie verwundert sie die Tatsache macht, dass ihnen kolumbianisches Essen schmeckt. »Nehmt euch, hier ist auch noch Obst und Toast.«

Santiago tut sich auf und setzt sich zu Catalina, er nimmt sich einen Toast. »Ich esse nur etwas, dann fahren wir.« Zayn sieht immer noch auf die vielen Pakete und steht plötzlich auf. »Was ist das denn?« Er zieht ein großes Bild in einem goldenen Rahmen aus dem Haufen von noch ungeöffneten Paketen und lacht. »Die Acunas, wollen sie, dass ihr euch das ins Schlafzimmer hängt?« Er bringt das Bild zu ihnen und legt es vor Catalina und Santiago.

Auf dem Bild ist eine Familia, mehrere Männer stehen zusammen, ähnlich wie das Bild oben von Santiago und seinen Männern und auch sein Vater hat solch ein Bild von ihnen und den engsten Mitgliedern. Die Männer sehen ziemlich wild aus, alle sind dunkler und … Catalina sieht auf den Mann in der Mitte, dessen eine Gesichtshälfte komplett als Skelett tätowiert ist. Catalina wird sofort schlecht, sie schiebt das Bild reflexartig von sich. »Ihr kennt diese …« Sie spricht das Schimpfwort nicht aus. Santiago sieht zu ihr. »Ja, wir haben einige Geschäfte mit ihnen am Laufen, sie sind eine größere Familia aus Chile ...«

Catalina dreht das Bild um, sie will nie wieder in das Gesicht dieses Mannes sehen. »Ich weiß, wer sie sind!« Das war wohl etwas scharf. Zayn legt den Kopf ein wenig schief. »Stimmt, ich erinnere mich. Dein Vater hat Hermando, dem Anführer, drei seiner Finger abschneiden lassen, weil er nicht auf die Bedingungen deines Vaters eingehen wollte.« Catalina sieht Zayn in die Augen. »Das erzählt er? Im Ernst?«

Zayn will etwas sagen, doch sein Handy klingelt und er sieht zu Santiago. »Diego ist schon da, wir müssen los.« Santiago nickt und nimmt noch einen Schluck. Auch Zayn trinkt schnell aus, beide verabschieden sich. »Wenn etwas ist, ruf an.« Catalina nickt, sie hört die Tür ins Schloss fallen, einen Motor starten und sieht auf das Bild, was umgedreht vor ihr liegt.

Ohne es noch einmal umzuwenden, trägt sie es in die Kammer und legt es in die hinterste Ecke, sodass sie es nicht sehen muss, wenn sie hereinkommt. Sie ist froh, dass sie unterbrochen wurden, sie darf mit den Leuten hier nicht über ihre Familia und all das sprechen, wenn sie einigermaßen in Frieden leben möchte, muss sie diese Themen vermeiden.

Catalina isst noch ein wenig, dann räumt sie alles weg, geht nach oben und ruft Natia an. Sie nimmt ab, Elias ist gerade bei ihr und Catalinas Herz zieht sich vor Sehnsucht zusammen. Einer der Hunde der Finca hat heute Nacht Babys bekommen, Natia zeigt sie Catalina. Ihrer Mutter geht es auch nach dem Arztbesuch noch nicht besser, auf Anweisung ihres Vaters hat sie jetzt noch eine höhere Dosis ihrer Tabletten bekommen. Als würde er sie mit Drogen ruhigstellen wollen.

Catalina macht es traurig, nicht bei ihnen allen sein zu können. Auch wenn sie es wäre, könnte sie kaum etwas ausrichten, doch sie wäre wenigstens da. Sie schafft es nicht, über Esperanza zu sprechen, der Gedanke, wie ihr treues Pferd den Tod gefunden hat und das nur, weil sie jetzt hier ist, treibt ihr sofort Tränen in die

124

Augen. Sie bittet Natia nur, sich an ihren Stiefschwestern dafür zu rächen und Natia verspricht es ihr. Sie haben es über die Jahre gelernt, sich zu rächen.

Natia und Catalina haben sich so viel einfallen lassen, sie haben Motten gesammelt und in ihren Kleiderschränken ausgesetzt. Sie haben läufige Hundedamen unter ihr Fenster pinkeln lassen, sodass alle Rüden ständig darübergepinkelt haben und es bald so bestialisch gestunken hat, dass sie eine ganze Weile nicht mehr in dem Zimmer schlafen konnten.

Es gab einiges, was sie getan haben und jedes Mal so geschickt, dass sie nie erwischt wurden. Ihre Stiefschwestern haben sie immer wieder bei ihrem Vater verpetzt, er hat sie immer streng angesehen, sie dann aber laufen lassen. Jetzt sind sie eigentlich zu alt für solche Aktionen, doch sie sollen den Tod von Esperanza büßen.

Es klopft an der Haustür und Catalina beendet schnell das Gespräch. Sie geht leise die Treppen nach unten. Santiago oder sein Bruder würden nicht klopfen, wer kann das sein? Catalina zögert auf den Treppen, es ist wahrscheinlich besser, nicht zu reagieren, doch da klopft es nochmal und sie hört eine Frauenstimme.

»Catalina, bist du da?«

Kapitel 12

Catalina geht zur Tür, sie muss sich zusammenreißen. Wenn alle spüren, was für eine Angst sie vor dem Leben hier hat, machen sie ihr das Leben zur Hölle, sie kennt das von ihren Stiefschwestern, man darf sich Unsicherheiten und Angst nie anmerken lassen, also öffnet sie die Tür und sieht einer hübschen dunkelhäutigen Frau entgegen, die einen Kopf größer als sie ist, einen weißen Kittel trägt und sie freundlich anlächelt.

»Hi, ich bin Sarina. Ich bin einmal die Woche hier und kümmere mich um die Schönheit der Frauen. Alles, was man so braucht: Nägel machen, Wachsbehandlungen, Massagen, Faltenbehandlung, Gesichtspeeling, es gibt nichts, was ich nicht kann.« Sie sieht Catalina erwartungsvoll an. »Oh okay, das ist schön, aber ich bin eigentlich nicht wirklich eine Frau … von hier, also nicht so … richtig.«

Sarina legt den Kopf ein wenig schief. »Ich weiß, wer du bist, die anderen Frauen tratschen viel und ich war schon bei allen. Doch ich habe extra nachgefragt, ob ich auch zu dir kommen soll und Santiago hat gesagt, ich soll dich fragen, ob du etwas gemacht haben möchtest. Keine Angst, ich habe mit diesen ganzen Familias nichts zu tun. Ich bin völlig neutral und einfach nur froh, etwas mehr Geld zu verdienen. Also, ich würde mich freuen, wenn ich dir etwas Gutes tun kann.«

Catalina ist unsicher, sie glaubt Sarina, dass sie nichts mit alldem hier zu tun hat, doch sie weiß sicher viel von den anderen Frauen, vielleicht sollte sie sie auch ausspionieren, wiederum kann Catalina jede Ablenkung gebrauchen, sie kann ja vorsichtig sein mit dem, was sie sagt und so selbst vielleicht ein wenig erfahren. »Also, die Nägel könnte ich schon gemacht bekommen, komm rein.«

Sie geht zur Seite und Sarina tritt ein. Catalina bietet ihr etwas Kaltes zu trinken an und sie gehen in den Garten, wo Sarina den Koffer und die zwei Taschen abstellt, die sie dabei hat. Sie klappt einen kleinen Sitz aus, geht in die Küche und füllt zwei größere und zwei kleinere Schalen mit Wasser, dann kommt sie zurück und bittet Catalina, auf einer bequemen Liege halb sitzend, halb liegend Platz zu nehmen. Sie füllt nach Vanille duftendes Shampoo in das Wasser. Catalina stellt ihre Beine in die Schüsseln am Boden und die Hände in die kleineren Schüsseln, die Sarina ihr an die Seite stellt, dann holt sie einen kleinen Aufsteller mit vielen kleinen Nagellacken drin und fragt, welche Farbe sie benutzen soll.

Catalina entscheidet sich für die Füße für ein helles rosa und die Nägel soll sie ihr mit French Nails lackieren. Catalina war nur zu großen Festen in Frisörsalons, wo man so zurechtgemacht wird und sie hat das immer sehr genossen. Als Sarina jetzt mit dem ersten Fuß von ihr beginnt, lehnt sich Catalina entspannt zurück.

»Und wie gefällt dir Puerto Rico?« Catalina zuckt die Schultern. »Ich bin jetzt einige Tage hier, aber habe noch nicht viel gesehen. Ich bin fast nur im Haus.« Sarina sieht nach oben. »Wieso das? Du musst dir das Land unbedingt ansehen. Es ist wunderschön.« Catalina lächelt matt. »Ja, aber ich gehöre hier eigentlich nicht hin und das lassen mich einige spüren und um dem aus dem Weg zu gehen, bleibe ich lieber im Haus.«

Sarina nickt. »Ja, ich habe das schon mitbekommen. Die Mutter von Santiago macht sich Sorgen um ihren Sohn, sie denkt, du verhext ihn, tötest ihn im Schlaf oder vergiftest ihn, seine Schwester redet eigentlich nicht darüber, aber die Freundin, die ständig bei ihr ist, kennt kein anderes Thema. Sie macht es wahnsinnig, dass du hier mit Santiago im Haus bist. Ich würde da ein wenig vorsichtig sein.«

Catalina sieht verwundert zu ihr hinab. »Wieso erzählst du mir das? Ich meine, denkst du nicht auch so? Ich bin eine Delgardo.« Sie lacht leise. »Wie gesagt, ich kenne mich da nicht aus und will es auch gar nicht, doch sobald sich mehrere Menschen zusammentun, um auf einen einzuschlagen, bin ich automatisch für das Opfer. So geht man nicht mit anderen Menschen um, aber die

128

Frauen hier haben es glaube ich ein wenig verlernt, wie man mit anderen Menschen umgeht.«

Wow, ehrliche und harte Worte, sie ist ganz schön mutig. »Ich kenne niemanden von ihnen richtig, aber ich werde deine Warnung im Hinterkopf behalten.« Sie lächelt. »Tu das, mit einem Mann wie Santiago an deiner Seite wirst du eh ständig Probleme mit Frauen haben. Es gibt kaum eine Frau, die nicht alles dafür tun würde, an seiner Seite zu sein und nun ist er verheiratet, das sehen viele nicht gerne.«

Catalina denkt an den Anblick heute Morgen, sie mag vor allem seine dunklen Augen, wenn sie ihren Blick suchen. »Da denken aber alle falsch, wir sind nicht so verheiratet ... ich meine, wir leben zusammen, aber mehr nicht.« Sarina wechselt die Füße. »Habt ihr eure Hochzeitsnacht nicht genossen? Ich meine, wir reden von Santiago Rojo.« Catalina lacht leise auf.

»Nein, da ist nichts und da wird auch nichts werden. Unsere Familien sind verfeindet. Ich bin sehr glücklich, dass er mir das nicht in jeder Sekunde zeigt und versucht, ganz normal mit mir umzugehen, das ist schon mehr, als ich erwartet habe und wenn wir das beibehalten können, ist es mehr, als alle anderen von uns erwarten können.«

Sie lächelt. »Die Frauen hier waren ziemlich schockiert, wie schön du bist. Sie reden von nichts anderem. Sie haben eine Frau erwartet, die aussieht wie ein Pferd, keine Ahnung, wie sie darauf kommen. Ich denke, deswegen ist Flavia besonders nervös, sie ist besessen von Santiago. Ich schätze, sie mag seine Schwester nicht mal und ist nur wegen ihm mit ihr befreundet.«

Catalina kann dazu nichts sagen, sie kennt sie alle nicht, vorstellbar wäre es und die Aussicht, dass Flavia sie hasst, weil sie besessen von Santiago ist, sind nicht sehr sonnig, doch es wird nicht lange dauern und alle haben verstanden, was für eine Ehe Catalina und Santiago führen. Eine Ehe, die eine Vereinbarung unterstreicht, die zwei Familias getroffen haben, nicht mehr und nicht weniger.

129

Die nächsten zwei Stunden genießt Catalina einfach nur, noch nie hat sich jemand so lange um sie und ihre Schönheit gekümmert. Sie bekommt butterweiche Füße mit wunderschönen rosa Nägeln. Sarina gibt sich wirklich Mühe, ihre Fingernägel sehen perfekt aus, als sie fertig sind und Catalina hatte noch nie so weiche Haut wie nach dem Wachsen und dem Peeling, das sie mit ihr macht. Sie bekommt noch die Augenbrauen gezupft und eine Gesichtsmaske, die ihre Haut strahlen lässt und die ganze Zeit unterhalten sich die beiden.

Catalina mag Sarina. Sie fragt sie über Kolumbien aus. Sie möchte unbedingt mal das Land kennenlernen und weiß schon viel darüber. Catalina verspricht ihr, nächste Woche ein typisch kolumbianisches Gericht zu kochen, wenn sie kommt. Sarinas Familie stammt aus Jamaika, doch sie ist hier geboren und liebt Puerto Rico. Sie erzählt ihr vieles, was Catalina kennenlernen muss, doch sie ist sich nicht sicher, ob das einfach so gehen wird.

Wie gut ihr diese zwei Stunden getan haben, spürt Catalina, als Sarina sich verabschiedet und geht. Plötzlich ist alles wieder ruhig, Catalina war in Kolumbien eigentlich nie richtig alleine und diese Stille und die vielen Stunden, die sie hier alleine im Haus verbringt, tun ihr gar nicht gut. Sie nimmt sich ihr Buch, geht in den Garten und legt sich auf die gemütlichen Loungesessel, um endlich weiterzulesen. Es braucht nur wenige Zeilen und Catalina ist wieder völlig gefesselt, sie bleibt lange liegen und liest, als die Mittagshitze allerdings beginnt, hält sie es nicht mehr aus.

In ihrem Zimmer zieht sie sich einen gehäkelten Bikini über, er ist unglaublich sexy, knapp und formt ihre Rundungen perfekt. Catalina hat sich selbst noch nie so sexy gesehen. Sie haben auf ihrer Finca auch einen Pool, der ist allerdings nicht zu vergleichen mit diesem Luxuspool in Santiagos Garten. Catalina schließt die Augen, als sie in das kühle Nass steigt, es tut gut und sie schwimmt mehrere Bahnen.

Danach lässt sie sich in der Sonne trocknen, zieht ihr Kleid wieder über und ruft ihre Schwester von ihrem Handy an. Sie ist bei

130

ihrer Mutter und Catalina versucht ihrer Mutter zu zeigen, wie sie lebt und dass es ihr gut geht. Sie wäre lieber bei ihnen und sie ist hier von allem abgeschnitten, doch sie lebt in einem kleinen Palast und Santiago behandelt sie gut.

Die Mutter fragt, wie der Rest der Familie und der Familia sie behandelt und Catalina erklärt, dass sie allen aus dem Weg geht. Keiner hier ist begeistert, dass sie hier ist, doch sie hatte auch nichts anderes erwartet. So wirklich überzeugen kann Catalina ihre Mutter nicht, doch sie hat wieder ein wenig gesprochen, sie können nur hoffen, dass sie langsam auf dem Wege der Besserung ist. Als Catalina das Gespräch beendet und sich im stillen Haus umsieht, muss sie ihre Tränen herunterschlucken, so viel Luxus hier auch ist, sie würde alles tun, um jetzt bei ihrer Familie sein zu können.

Sie sagt sich immer wieder, dass sie an der jetzigen Situation nichts ändern kann, sie kann nur versuchen, sie so angenehm wie möglich zu gestalten. Langsam bekommt sie Hunger und da sie Sehnsucht nach zuhause hat, sucht sie sich im gefüllten Kühlschrank alles zusammen, um den leckeren Auflauf ihrer Mutter nachzukochen. Sie hat das schon öfter gemacht, doch noch nie hat sie sich bei der Zubereitung so viel Mühe wie heute gegeben. Es muss unbedingt genauso schmecken wie von ihrer Mutter.

Nachdem sie die Auflaufform in den Ofen geschoben hat, geht sie wieder in den Garten, zieht sich das Kleid aus, legt sich in die nicht mehr ganz so warme Sonne des späten Nachmittages und beginnt, über ihre Situation nachzudenken. Sie denkt an ihre Mutter, wie sehr sie in ihrer Ehe leidet und fragt sich, ob es ihr auch irgendwann so gehen wird. Sie kann sich einfach nicht vorstellen, dass das hier etwas Längerfristiges ist.

Auch wenn sie es eigentlich weiß, hat sie immer im Hinterkopf, dass sie jetzt hier durch muss und dass es irgendwann vorbei ist, doch wie sollte das gehen? Hofft sie darauf, dass ihr Vater es sich irgendwann anders überlegt? Dass sie diese Verbindung auflösen? Wie hoch stehen die Chancen dafür? Sie weiß es einfach nicht, und je mehr sie sich darüber Gedanken macht, desto unruhiger wird sie innerlich.

Sie ist so in Gedanken vertieft, dass sie Santiagos Anwesenheit erst bemerkt, als er durch die Terrassentür in den Garten tritt. »Hi.« Catalina spürt, dass sie rot wird, als er sie einmal von oben bis unten in ihrem Bikini betrachtet. Sie setzt sich auf und zieht ihr Kleid wieder über, was Santiago leicht schmunzeln lässt. Er sieht müde aus, als er seine Sonnenbrille ablegt und sich vor Catalina auf einen Loungesessel setzt. »Wie war ... euer Treffen?« Er knackt seine Schultern. »Gut, war die Kosmetikerin bei dir?« Er sieht auf ihre Füße und Hände, sie hatte vorher roten Nagellack auf ihren Nägeln. »Ja, sie ist sehr nett.«

Santiago lehnt sich zurück. »Was genau meintest du vorhin wegen Hermando? Ich musste die ganze Zeit darüber nachdenken. Stimmt die Geschichte nicht, die er erzählt, wieso ihm die Finger abgeschnitten wurden?« Catalina richtet sich noch mehr auf und sieht Santiago in die Augen. Sie sollten nicht diese Unterhaltungen führen, ihre Familias bekriegen sich seit Jahren und wenn sie erst einmal in diese Richtung abdriften, kann es nur böse ausgehen. »Es war wegen keines Geschäftes, er lügt. Ich war dabei.« »Wie war es denn dann? Ich denke, du weißt nicht viel über die Geschäfte deines Vaters.«

Sie hätte vorhin einfach ihre Klappe halten sollen, doch sie konnte nicht anders. Sie hat dieses Gesicht so oft in ihren Träumen verfolgt, sie wird diese Erinnerung nie wieder loswerden. »Habe ich auch nicht. Ich weiß, dass die Familia damals bei uns war. Sie wollten Geschäfte aushandeln, ich habe sie nur zusammen mit meiner Schwester und allen anderen begrüßt, dann waren wir reiten. Als wir am Abend zurückgekommen sind und die Pferde in den Stall gebracht haben, sollten wir zum Essen kommen.« Catalina wird diesen Abend nicht vergessen, auch wenn es schon so lange her ist.

»Ich hatte vergessen, Esperanza frisches Wasser hinzustellen und bin nochmal zurück in den Stall. In der Nähe des Stalles standen

132

ein paar Männer zum Rauchen, ich habe da gar nicht drauf geachtet. Auf unserer Finca sind immer alle engeren Mitglieder, da ist es nicht so abgetrennt wie hier.

Als ich im Stall war, kam plötzlich der Mann rein. Hermando. Ich war damals elf ... höchstens zwölf Jahre alt. Er hat davon gesprochen, wie schön er mich findet.

Ich weiß nur noch, wie ich ihm in sein schreckliches Gesicht gesehen habe. Ich bin wirklich vieles gewöhnt, aber dieses Gesicht hat mir solche Angst gemacht, dass ich mich nicht bewegen konnte.«

Catalina stockt, Santiago sitzt ganz ruhig da und sieht ihr in die Augen. »Er hat mir gesagt, dass ich stillhalten soll, dann hat er mit seiner Hand unter meinen Rock gegriffen und mir den Mund zugehalten. Zum Glück haben einige Männer von unserer Familia gesehen, dass er mir in den Stall gefolgt ist und kamen genau in diesem Moment rein.

Er hat mich nicht richtig berühren können, sie haben ihn von mir weggerissen und zu meinem Vater gebracht. Er hat ihm die Finger abgeschnitten, damit er nie wieder ein Kind so anfassen kann. Mein Vater hat damals gesagt, dass er ihm gerne alle Finger abgeschnitten hätte, aber manchmal sterben Menschen an dem Blutverlust und er wollte, dass er damit weiterlebt und jeder erfährt, was er getan hat. Er hat die gesamte Familia aus Kolumbien geworfen. Das hatte nichts mit irgendwelchen Geschäften zu tun. Bei uns und auch in vielen anderen Ländern kennt man diese Geschichte, es wundert mich, dass ihr nicht die Wahrheit kennt, wieso er nicht mehr alle Finger hat.«

Santiagos Blick liegt weiter auf Catalina. Sie denkt heute nicht mehr oft daran zurück, es belastet sie nicht mehr, doch als sie sein Gesicht wiedergesehen hat, ist alles nochmal hochgekommen. »Nein, das wussten wir nicht.« Catalina würde ihn gerne fragen, ob es denn etwas geändert hätte. Hätten sie es gewusst, hätten sie keine Geschäfte mit ihm gemacht? Ihnen wird die Tochter von

Alvaro doch völlig egal gewesen sein. Keiner hat geahnt, dass sie nun hier zusammen sitzen würden.

Santiagos Handy piepst und er sieht drauf, aber auch so hätte er nichts mehr gesagt. Er ruft jemanden an. »Verlege das Treffen auf morgen um zwölf. Ich gehe jetzt duschen und dann schlafen.« Er sieht noch einmal kurz zu Catalina und geht dann ins Haus zurück und nach oben.

Catalina steht auf und räumt alles im Garten weg, es beginnt langsam zu dämmern und sie geht zurück ins Wohnzimmer. Als sie den Fernseher anschaltet, läuft diese komische Serie, in der sich mehrere Frauen um einen reichen Mann bemühen und er nach und nach die Frauen aussortiert, bis nur noch eine übrig ist.

Natia liebt diese Serie und Catalina weiß genau, dass sie sie jetzt auch gerade ansehen wird und das lässt gleich ihr Herz zufriedener schlagen. Das Essen dauert noch ein paar Minuten und sie beginnt, noch ein paar Geschenke auszupacken. In einem ist eine wunderschöne Schale, sie ist handverziert mit rosa Blüten und einem Vogel. Das Obst liegt in einer einfachen weißen Schüssel auf dem Tisch, Catalina legt es in diese schöne Schüssel und stellt sie auf den Tisch, viel besser.

Als sie das nächste Geschenk auspackt, muss sie schwer schlucken. Es ist ein einfacher Bilderrahmen mit zwei Bildern drin. Das eine ist ein altes. Es zeigt Catalina, Elias, Natia und Malik auf ihrem Baumhaus. Da ist Catalina vielleicht zehn Jahre alt, sie alle sind noch sehr jung, das war der Tag, als das Baumhaus fertig wurde. Sie waren so stolz und haben in die Kamera gegrinst. Vor zwei Monaten ungefähr kam Natia auf die Idee, dieses Bild nachzustellen, sie hat das mal im Internet gesehen und sie alle gedrängt, sich genauso nochmal hinzusetzen. Catalina hat das Bild nie gesehen, jetzt ist es in diesem Bilderrahmen, oben das alte Bild, unten das neue. Dabei liegt ein einfacher Zettel von Elias, 'Ich vermisse dich jetzt schon'. Sie spürt, wie ihr die Tränen in die Augen steigen, als sie in ihre fröhlichen Gesichter sieht, sie vermisst ihr Zuhause.

134

Catalina stellt das Bild auch auf den Tisch, sie wird es auf ihren Nachttisch stellen, aber erst muss sie etwas essen. Sie hat mittlerweile richtig Hunger. Nachdem sie ein paar Scheiben von einem Baguette abgeschnitten und getoastet hat, holt sie den Auflauf aus dem Backofen, genau in dem Moment kommt Santiago wieder nach unten. Er trägt nur eine schwarze Shorts und telefoniert schon wieder.

Catalina möchte nicht schon wieder auf seinen Körper starren, sie ist sehr neugierig, was er auf der Brust tätowiert hat, doch nicht zu auffällig, deswegen widmet sie sich dem Essen und fragt ihn leise, ob er auch etwas möchte. Er nickt und setzt sich an den großen Esstisch, wo er einige Blätter aus einer Schublade zieht, drauf sieht und sie wieder zurücklegt. »Okay, dann probieren wir es. Wenn nicht, können wir immer noch alles abblasen, aber testen wir es erst einmal aus. Halte mich auf dem Laufenden.«

Catalina füllt zwei Teller mit dem leckeren Auflauf, der wunderbar duftet, legt die Scheiben Toast dazu und stellt sie auf den Tisch. Sie holt noch Limonade und setzt sich so an den Tisch, dass sie die Serie sehen kann, also sitzt sie neben Santiago, der weiter mit jemandem am Handy spricht.

Die Frauen fangen gerade einen handfesten Streit an und Catalina muss leise lachen, als die eine der anderen Haarextensions aus den Haaren zieht und der Mann all das schockiert beobachtet. Santiago sieht auch kurz zur Serie und probiert dann vom Essen. »Das schmeckt sehr gut, du kannst gut kochen.« Er legt auf, offenbar ist das Gespräch beendet.

»Danke ... wir haben keine Haushaltshilfen, wir kochen selbst.« Sie lächelt ihn kurz an und sieht wieder zur Sendung. »Musst du noch arbeiten?« Er tippt auf seinem Handy herum. »Ich habe eigentlich immer zu tun.« Santiago legt das Handy zur Seite und isst, dabei sieht er auch zur Serie. »Guckst du dir so etwas an?« Catalina lacht leise, der Mann hat die Frauen überhaupt nicht im Griff, sie sollten so etwas nicht mit Latinas drehen.

135

»Meine Schwester guckt das immer und zwingt mich, auch zuzusehen und so langsam habe ich mich daran gewöhnt.« Er greift nach den Bilderrahmen und sieht sich die Bilder darin an. »Wer ist das alles?« Catalina zeigt auf das Bild, was erst vor Kurzem entstanden ist. »Das ist meine Schwester Natia, mein bester Freund Elias und Malik, sein Vater ist neben meinem Vater die wichtigste Person in der Familia.«

Santiago sieht weiter aufs Bild. »Ja, die beiden habe ich schon ein paar Mal getroffen. Dein bester Freund weicht nicht von deines Vaters Seite.« Catalina sieht in Elias' Gesicht. »Ja, er ist ungewöhnlich schnell und zielt am besten. Mein Vater vertraut ihm blind und bester Freund wird dem nicht gerecht. Er ist wie mein Bruder, wir sind zusammen aufgewachsen.«

Santiagos Handy klingelt und er legt das Bild zurück. Catalina sieht sich weiter die Serie an, irgendwann beendet Santiago das Gespräch und Catalina bekommt eine Sprachnachricht ihrer Schwester, die fragt, ob sie die Sendung gerade sieht. Sie antwortet ihr knapp mit ja, und Natia schickt ihr eine Nachricht, in der sie über den Mann lästert, sie macht sich über ihn lustig und sagt, dass er seine Eier an einer Kette trägt, mit der die Frauen ihn Gassi führen, es ist ein altes Sprichwort, was Catalina und auch Santiago auflachen lässt. Nun sieht er sich auch einen Augenblick die Sendung an und sagt, dass Natia recht hat.

Sie haben beide aufgegessen und die Sendung endet. Santiago streckt sich, er sagt, dass er sich hinlegen will. Er wünscht ihr eine gute Nacht. Catalina schreibt noch kurz mit Natia, räumt dann alles weg und geht ebenfalls nach oben und duscht. Als sie aus der Dusche kommt, ist es ganz still im Haus. Sie legt sich ins Bett und liest noch in ihrem Buch.

Santiago und sie haben beide ihr Schlafzimmer einen Spalt offen, und es ist ein merkwürdiges Gefühl, als sie das Licht ausschaltet, versucht einzuschlafen und genau weiß, dass nebenan ein Mann schläft, der nun ihr Ehemann ist, ein völlig Fremder, ein Mann, den sie eigentlich abgrundtief hassen sollte, den sie aber immer

136

mehr mag. Ein eigenartiges Gefühl ist noch sehr untertrieben, für den Gefühlszustand, den sie gerade erlebt.

Sie weiß nicht, ob sie sich jemals daran gewöhnen wird.

Kapitel 13

Am nächsten Morgen wird sie von einem lauten Scheppern geweckt. Catalina setzt sich im Bett auf und hört, dass unten jemand saugt, die Haushälterin muss da sein. Catalina geht in ihren begehbaren Kleiderschrank und sucht sich eine Jeansshorts, ein weißes Top und ein hellblau-weiß kariertes, kurzärmeliges Hemd heraus, was sie vorne zuknotet. Sie weiß nicht, wieso sie sich überhaupt Gedanken darum macht, was sie anzieht, sie verlässt das Haus eh nicht, doch sie kann ja jetzt auch nicht den Rest ihres Lebens in Jogginghosen herumlaufen.

Sie hört, wie Santiago aus dem Nebenzimmer nach unten geht und etwas zu der Frau sagt. Catalina geht so lange ins Bad. Sie probiert die neue Schminke ein bisschen aus, trägt Wimperntusche auf, Rouge, unterstreicht ihre Augen etwas dunkler, damit der warme Karamellton ihrer Haare und Augen noch besser zur Geltung kommt, steckt sich große Creolen an und geht dann nach unten.

Santiago sitzt im Garten. Er telefoniert und hat Kaffee in der Hand. Am Esstisch im Haus ist alles liebevoll angerichtet. Frisch geschnittenes Obst, Spiegeleier, sogar Pancakes. Catalina läuft fast in die Frau hinein, die gerade einen Korb voll Wäsche in den Garten tragen will, sie erschreckt sich und der Korb fällt herunter.

»Oh, das tut mir leid. Ich wollte dich nicht erschrecken.« Catalina hilft ihr, alles aufzuheben, dabei bemerkt sie, dass es nicht die Haushaltshilfe ist, die an den Tagen zuvor da war. »Bitte, es tut mir leid. Bitte sagen sie nichts ihrem Mann, ich brauche diese Arbeit ... ich.« Catalina sieht der Frau in die Augen. »Wieso sollte ich ihm etwas sagen, es ist doch gar nichts passiert.« Die Frau sieht Catalina unsicher an. »Ich bin ganz neu und die anderen Frauen haben gesagt, die Frau, die hier im Haus war, wurde gekündigt, weil sie die Eier nicht gut fanden.«

139

Catalina sieht, dass die Frau wirklich Panik hat, doch sie muss leise lachen, sie kann nicht anders. »Ich habe was? Das stimmt nicht. Es ist alles gut. Ich kündige niemandem und das Frühstück sieht wirklich lecker aus. Atme tief ein und mach einfach deine Arbeit. Ich bin die Letzte, die du fürchten musst, glaub mir.« Sie versucht die Frau anzulächeln, doch sie weiß nicht, ob es sie wirklich beruhigt hat.

Catalina blickt ihr hinterher, als sie in den Garten geht, sie macht sich einen Kaffee und setzt sich an den Tisch. Santiago hat schon gegessen. Er telefoniert noch immer. Catalina nimmt sich zwei Pancakes und isst sie mit Erdbeermarmelade. Santiago trägt heute einen Anzug, wer weiß, was er alles vorhat, doch was es auch ist, es muss wichtig sein. Er wirkt noch einmal viel mächtiger und gefährlicher im Anzug. Als hätte er ihre Gedanken gehört, dreht er sich in dem Moment um und kommt zu ihr.

»Guten Morgen, hast du schon gegessen?« Catalina nickt und wünscht ihm auch einen guten Morgen. »Okay, gut, komm mit. Ich muss dir etwas zeigen.« Santiago steckt sich sein Handy ein und greift nach einer Waffe, die auf dem Sideboard vor ihrem Hochzeitsbild liegt, das noch immer keiner von ihnen angerührt hat.

»Jetzt? Was willst du mir zeigen?« Santiago sieht Catalina ins Gesicht und dann auf ihre nackten Füße. »Es ist nicht weit, doch du solltest vielleicht lieber Schuhe anziehen.« Catalina streift sich Flipflops über, die noch vor der Terrassentür stehen und folgt Santiago nach draußen.

Sie gehen zu keinem der Autos und auch nicht in die Garage. Catalina fragt sich, was passiert ist. Eigentlich wollte sie ihn wegen der Haushaltshilfe ansprechen, fragen, was mit der alten Haushälterin passiert ist, doch jetzt folgt sie ihm unsicher die Straße entlang. »Wer wohnt da?« Sie deutet auf das nächste Haus, das etwas weiter weg steht. »Da wohnen meine Eltern und Nola.«

Verdammt, sie gehen doch jetzt nicht zu ihnen? Wenn Catalina an die Blicke der Schwester und der Mutter denkt, wird ihr ganz

140

anders, doch Santiago geht zu einem Haus, das mitten zwischen seinem Haus und dem Haus der Eltern am Anfang der weiten Felder steht, die neben dem Strand und dem Meer hinter Santiagos Haus verlaufen.

Es ist ein kleineres einstöckiges Haus, ähnlich wie die, die am Anfang des Gebietes als Lagerräume und für die Angestellten dastehen. Er öffnet die Tür für Catalina, die sich verwundert umsieht. Es ist kein Haus, es ist ein hochmoderner Stall. Catalina hat so etwas noch niemals zuvor gesehen, zwei große braune Pferde stehen in riesigen abgetrennten Bereichen und am Ende steht neben einer älteren Frau, die sie gerade streichelt, Esperanza und wiehert freudig auf, als sie Catalina sieht.

»Esperanza.« Catalina spürt, wie sich ein großer Knoten in ihrem Herzen löst, als sie zu ihrer geliebten Freundin geht und sie umarmt. Sie hat wirklich gedacht, sie würde nicht mehr leben. Sie drückt sie fest an sich und die Stute stupst sie immer wieder mit der Schnauze an. Auch sie hat sie vermisst. Catalina umarmt sie eine ganze Weile und genießt es einfach, ein Stück Heimat bei sich zu haben, von der sie dachte, sie endgültig verloren zu haben.

Als sie sich dann wieder umdreht, sieht sie in Santiagos Augen und kann nicht anders. Sie ist ihm unendlich dankbar, geht zu ihm und umarmt ihn. Das scheint ihn im ersten Moment zu überraschen. »Danke, du weißt gar nicht, wie viel mir das bedeutet.« Catalina spürt seine Hand an ihrem Rücken, als er ihre Umarmung erwidert. Sein ihr mittlerweile schon vertrauter Duft umhüllt sie und auch wenn sie bisher sehr darauf geachtet hat, dass sie einen guten Abstand zueinander halten, ist ihr diese Nähe nicht unangenehm.

»Ich sehe es und wie gesagt, ich möchte, dass du dich hier wohlfühlst.« Catalina lächelt und sieht zu Esperanza und dann in seine Augen, während sie sich wieder einen kleinen Schritt von ihm entfernt.

»Wie hast du das gemacht? Ich meine, wie hast du meinen Vater dazu bekommen?« Er zuckt die Schultern. »Bisher habe ich nie

141

persönlich bei ihm angerufen, immer meine Cousins oder andere Männer, wegen der Vereinbarungen stehen wir ja jetzt öfter im Kontakt, aber nie über ihn und mich persönlich, doch jetzt habe ich angerufen.

Deswegen war er wahrscheinlich auch ein wenig überrascht. Ich habe ihm gesagt, dass du gerne dein Pferd bei dir haben möchtest und er es zum Hafen bringen soll. Ich habe einen Container auf einem Schiff gemietet und ja ... es war eigentlich kein Problem. Er hat gefragt, wie es dir geht und das Pferd losgeschickt. Ich denke, dass er bei mir anders reagiert hat, als wenn du ihn vielleicht darum gebeten hättest.«

Catalina kann sich nicht daran erinnern, dass jemals ein anderer Mensch sich solche Mühe für sie gegeben hat und sich überhaupt so viele Gedanken ihretwegen gemacht hat. »Danke.« Er lächelt. Sie sind sich sehr nah, viel näher als all die Tage zuvor und es ist ihr überhaupt nicht unangenehm.

»Du brauchst mir nicht zu danken, wirklich nicht. Hier sind auch die Pferde meiner Schwester, wir haben zwei Frauen, die sich rund um die Uhr um die Pferde kümmern, Jasmin und Frederike.« Er deutet zu der Frau, die neben Esperanza steht. »Ich denke, sie braucht Bewegung nach dem Schiffstransfer.« Catalina kann es gar nicht erwarten, endlich wieder zu reiten.

»Bis wohin kann ich ausreiten?« Santiago deutet nach vorne, man sieht durch die Fenster auf die freien Felder. Das alles ist unser Besitz. Irgendwann kommst du zu Mauern und Wachhäusern, aber das dauert eine Weile und ich sage den Männern Bescheid. Du kannst dich hier überall frei bewegen.«

Catalina nickt und geht zu Esperanza. Die Frau möchte ihr einen Sattel auflegen doch Catalina ist schon da. »Oh nein, das kennt sie gar nicht. Bei uns wird das nicht benutzt.« Die Frau hat auch einen Hocker und Reitstiefel bereit, doch Catalina zieht sich die Flip flops aus und Esperanza beugt sich ein wenig nach unten, damit sie aufsteigen kann, ohne Sattel, ohne Schuhe, nur sie und ihre alte

142

Freundin. Die Frau lächelt ihr zu und Catalina dreht sich noch einmal zu Santiago um.

»Ich muss zu einem Termin.« Catalina nickt, sie möchte sich noch einmal bedanken, er ahnt es, hebt die Hand und deutet an, dass sie es nicht tun soll. Catalina lächelt, dann dreht sie sich zu dem Tor, was Frederike für sie öffnet und sie zu den Feldern führt und reitet los. Erst traben sie langsam auf die Felder, doch dann umarmt Catalina Esperanza noch einmal, gibt einen Kuss auf ihren Hals und flüstert ihr zu: »Komm, wir sehen uns mal Puerto Rico an.«

Das Gefühl, mit Esperanza im Galopp durch diese riesigen Felder zu reiten, löst so viel in Catalina.

All die Anspannung der letzten Tage und Wochen, das Gefühl, in einem fremden Land zu sein, bei Menschen, die sie hier nicht haben wollen. Sie fühlt sich wohler als in den ersten Tagen und sie weiß, dass sie das allein Santiago zu verdanken hat. Er hätte anders auf sie reagieren können, sie ignorieren oder ablehnen können, doch er ist auf sie zugekommen und das auf eine Weise, die sie niemals für möglich gehalten hätte.

Catalina reitet fast zwei Stunden mit Esperanza, sie erkunden die Felder, sehen von Felsen zum Meer hinab, das zu Santiagos Grundstück gehört, sie reiten bis zu den Grenzen, sehen von Weitem die hohen Mauern und Wachhäuser und meiden es, zu nah zu kommen.

Catalina tut es unheimlich gut, sich wieder an der frischen Luft zu bewegen. Als sie nach zwei Stunden Esperanza zurück in den Stall bringt, sieht sie sich den erstmal richtig an. Das hier ist mit nichts zu vergleichen, was sie kennt. Frederike nimmt ihr Esperanza ab und erklärt ihr alles. Das gesamte Gebäude wird genau so temperiert, dass es ideal für Pferde ist. Sie bekommen alle paar Stunden automatisch frisches Wasser, das Heu und das Futter sind das Beste, was man auf dem Markt bekommen kann und es ist rund um die Uhr jemand da, der sich um die Pferde kümmert.

Catalina muss sich zusammenreißen, um nicht loszulachen. Nola scheint ihre Pferde wirklich zu lieben, doch die sind auch sehr hübsch. Catalina streichelt die anderen beiden Pferde, während Frederike ihr erklärt, dass sie eine ganz bestimme Massagemethode für ältere Pferde kennt. Sie hat schon anderes Futter bestellt, was genau auf Esperanza abgestimmt ist und wird sie gleich waschen und massieren, ihre Hufe machen und sich gut um die alte Dame kümmern. Catalina gibt Esperanza noch einen Kuss und bedankt sich bei Frederike, Esperanza wird es hier sehr gut gehen.

Sie läuft langsam zurück zum Haus von Santiago und bemerkt, dass sie sich gerade das erste Mal völlig alleine auf dem Anwesen bewegt.

Im Haus wärmt sie sich dieses Mal das Essen der Haushälterin auf, sie ist neu und wird sie vielleicht nicht abgrundtief hassen. Es schmeckt sehr gut, und auch Catalinas Zimmer und ihr Kleiderschrank sind komplett aufgeräumt und es wurde frisch gewischt. Ihre Schmutzwäsche hängt neben der von Santiago im Garten.

Das Erste, was sie macht, ist es, ihre Mutter und Natia anzurufen, um ihnen zu erzählen, wer jetzt bei ihr ist. Auch die beiden sind überrascht, wie zuvorkommend Santiago doch zu ihr ist und Catalina kann nur hoffen, dass es dabei hilft, ihre Mutter langsam wieder auf die Beine zu bekommen.

Den restlichen Tag über liest Catalina und packt die restlichen Pakete aus. Es sind Töpfe, Vasen, Einladungen in die verschiedenen Länder, Schmuck, Waffen, Dekorationsartikel, eigentlich ist wirklich alles dabei, was man sich vorstellen kann. Die Kartons und das Papier quetscht sie zusammen, stapelt alles und legt es vor die Haustür. Somit ist der Wohnbereich wieder so wie vor der Paketflut.

Catalina räumt alles weg, die schönsten Sachen stellt sie auf und dekoriert somit ein klein wenig um, bisher hat Santiago noch nichts zu den kleinen Veränderungen gesagt, wie zum Beispiel die neue Obstschale, doch es ist eh fraglich, ob ihm so etwas überhaupt auffällt. Zwischendurch schreibt er ihr sogar eine Nachricht.

Das erste Mal. Er fragt nach, ob alles in Ordnung ist und Catalina schreibt ihm, dass sie lange ausgeritten ist, alle Pakete geöffnet hat und alles in Ordnung ist.

Sie sieht sich sein Profilbild an. Es zeigt ihn mit einem Mann, den sie noch nie gesehen hat. Santiago lacht in die Kamera und der andere Mann auch, doch kaum einer würde ihn neben Santiago beachten, erneut bemerkt sie, wie hübsch er doch ist.

Catalina sieht auf das Bild, was sie hat. Es zeigt sie mit Natia bei der letzten Weihnachtsfeier. Sie tragen beide sexy rote Kleider und strahlen in die Kamera. Catalina hat kleine Locken und ihre Augen funkeln richtig. Sie fragt sich, ob ihre Augen immer noch so strahlen, oder ob sie ihren Glanz verloren haben.

Santiago schreibt nicht mehr zurück. Als sie spät nachts ins Bett geht, ist Santiago noch nicht da und als sie am Morgen aufsteht, schläft er noch. Sie frühstückt und bereitet auch etwas für ihn zu, geht dann aber ausreiten und als sie davon zurückkommt, ist er wieder weg.

Er hat ihr eine Nachricht geschrieben, dass er in einer anderen Stadt ist und erst morgen zurück sein wird. Catalina antwortet mit einem knappen 'Okay', sie überlegt zu schreiben 'viel Spaß', doch sie belässt es bei einem 'Okay'.

Sie verbringt den Tag wieder gleich, lesen, mit ihrer Familie sprechen, essen, im Garten sein. Sie weiß, dass sie das nicht lange mitmachen kann, sie muss Abwechslung haben, deswegen reitet sie am Abend noch einmal mit Esperanza aus. Als sie nach einer Stunde zurückkommt, ist nicht nur Frederike sondern auch Nola im Stall, die sich gerade eine ihrer Stuten herausholt. Catalina weiß nicht einmal, wie sie Santiagos Schwester begrüßen soll, sie denkt an die kalte Art und wie sie am Tag ihrer Hochzeit mit ihr umgegangen ist und nickt ihr nur leicht zu.

Nora sieht noch immer nicht so aus, als würden sie jemals Freunde werden. Santiagos Schwester sieht sie abschätzig an, doch als sie an ihr mit ihrer Stute vorbeiläuft, streichelt sie Esperanza über ihr

Fell. »Das ist ein wunderschönes Pferd. Ich finde es gut, dass du sie nicht aufgegeben hast, nur weil sie älter ist.« Catalina traut ihren Ohren nicht und lächelt leicht. »Ich würde sie nie aufgeben und ich bin deinem Bruder wirklich dankbar, dass er sie hergeholt hat.«

Nola trägt eine enge Leggins, Reiterstiefel und ein enges schwarzes Top, sie sieht sehr sexy aus. Catalina fragt sich, ob sie einen Freund hat und wie eng das Verhältnis zu ihren Brüdern ist. Im Grunde lebt Catalina jetzt schon etwas über zwei Wochen hier und weiß noch gar nichts von den Personen. Selbst über Santiago weiß sie nicht viel. Er weiß einiges über sie, doch sie kaum etwas von ihm. Wahrscheinlich ist das so gewollt und nur Catalina hat nicht aufgepasst, doch wieso sollte sie auch irgendetwas verheimlichen? Sie hat ja keine Geheimnisse ihrer Familia preisgegeben.

Nola sieht ihr in die Augen. »Das hat mich allerdings auch sehr verwundert, mein Bruder mag keine Pferde. Allerdings scheint er momentan eh nicht ganz er selbst zu sein, doch es wird sicherlich nicht lange dauern und er kann wieder klar denken.« Sie setzt sich mit Frederikes Hilfe auf ihr Pferd und reitet davon.

Catalina sieht ihr eine Weile hinterher, bis Frederike ihr Esperanza abnimmt. »Ist alles in Ordnung?« Catalina nickt. »Ja, natürlich. Bis morgen.«

Sie verlässt die Scheune enttäuscht, hatte sie wirklich eine Sekunde die Hoffnung, Nola und sie könnten normal miteinander sprechen? Ihre Worte hallen noch lange in ihren Gedanken nach, stimmt das? Hat Santiago sich wegen ihr verändert? Wäre es verwunderlich? Immerhin ist er jetzt mit ihr verheiratet und sie leben zusammen, es ist doch normal, dass sie versuchen, damit gut umzugehen. Zumindest soweit es geht.

Das erste Mal lässt Catalina auch den Gedanken zu, was wäre, wenn sich zwischen Santiago und ihr auch noch andere Gefühle einstellen würden, wenn sie wirklich probieren würden, als Ehepaar zusammenzuleben?

146

Es ist merkwürdig, wenn Catalina nur an Santiago, sein schönes Lächeln, seine liebenswerte Art, sein Lachen und alles andere denkt, würde sie sofort zustimmen und sagen, sie kann es sich sehr gut vorstellen, allein die Tatsache allerdings, dass er ist wer er ist, der Anführer der Rojos, lässt all das aber für Catalina völlig abwegig erscheinen.

Sie liegt lange wach, all das lässt sie nicht mehr los. Hat ihr Vater eigentlich daran gedacht? Was ist, wenn mehr zwischen ihnen passiert? Er muss das doch zumindest in Erwägung gezogen haben. Aber wahrscheinlich ist er so tief mit diesem Hass verbunden, dass er nie daran gedacht hat. Dadurch, dass sie solange nicht schlafen konnte, schläft Catalina am Morgen sehr lange. Als sie nach unten geht, ist die neue Haushälterin da und hat den Frühstückstisch für sie gedeckt. Catalina grüßt sie freundlich und isst ein wenig Obst, mehr Hunger hat sie nicht. Die Haushaltshilfe scheint erleichtert zu sein, dass Catalina so nett zu ihr ist. Wer weiß, was ihr über sie erzählt wurde?

Sie geht nach oben, um alles sauberzumachen, während Catalina zu Esperanza geht. Da sie nicht mehr die Jüngste ist, nimmt sie sie heute nur mit aufs Feld und geht ein wenig mit ihr spazieren. Es ist schon sehr heiß und nach einer halben Stunde bringt sie sie zurück in den Stall. Man spürt, dass Esperanza sich hier sehr wohl fühlt, sie wird verwöhnt und hat ihre Ruhe in einem kleinen Luxusstall.

Als sie zurück zum Haus läuft, bekommt sie einen Anruf von Santiago, es ist das erste Mal, dass er sie anruft. Am Telefon hört sich seine Stimme noch ein wenig rauer an, als es ihr so schon immer vorkommt. »Hi, bist du zuhause?« Catalinas Herz schlägt einen Moment ein wenig schneller, er sagt das wirklich so, als wäre es ihr Zuhause. Also natürlich, so soll es ja sein, doch es fühlt sich noch nicht so an. »Ich gehe grad zurück. Ich war im Stall.«

Sie hört noch andere Stimmen. »Gut. Wir landen in einer Stunde und wollten etwas essen gehen. Von Zayn ist eine Freundin dabei, sie möchte gerne in ein ganz besonderes Restaurant gehen und ich wollte fragen, ob du auch mitkommen möchtest? So kommst du etwas raus.«

Catalina zögert. »Es sind nur wir vier, es ist ganz entspannt.« Er muss ihre Bedenken kennen. Catalina geht ins Haus hinein. Wieso nicht, sie möchte unbedingt mal wieder etwas rauskommen. »Ja ... okay. Ich denke, das ist eine gute Idee.« Sie hofft es zumindest. »Ich sage Marco Bescheid, er hat eh dort in der Nähe zu tun und bringt dich zu uns. Er wird dich so in vierzig Minuten abholen.« Die Verbindung wird schlechter. Catalina murmelt nur noch ein leises »Bis später« und legt auf.

Sie denkt an den Mann mit der Glatze, der sie so freundlich angelächelt hat und atmet tief ein. Sie muss hier einfach mutiger werden.

Catalina geht schnell duschen, sie überlegt, was sie anziehen soll. Sie möchte nicht zu fein aussehen, doch schon zurechtgemacht sein, es ist nicht mehr so häufig, dass sie unter Leute kommt. Nachdem sie sich eingecremt hat, entscheidet sie sich für einen engen schwarzen Bleistiftrock. Schon im Laden hat sie sich in seinen Schnitt verliebt, er lässt sie so zart wirken und hebt gleichzeitig ihre Rundungen am Po hervor.

Sie liebt diesen Rock, er geht bis zu den Knien. Darüber trägt sie ein korallfarbenes Bandeau-Top, die Farbe lässt besonders Catalinas hellere Haut gut zur Geltung kommen. Es ist auch so ausgeschnitten, dass man den Leberfleck in ihrem Ausschnitt sieht, sie fand ihn schon immer besonders sexy.

Catalina fühlt sich gut, als sie sich die Haare glättet und sie offen lässt, sie macht sich Ohrstecker an, die genau zu ihrem Oberteil passen und eine goldene Uhr um, die unter ihren Hochzeitsgeschenken war.

Außer ihren Augen schminkt sie nichts weiter, sie trägt eine Lippenpflege und Parfüm auf, als sie noch einmal in den Spiegel sieht, ist sie sehr zufrieden.

148

Sie nimmt sich von den neuen Handtaschen eine Clutch, legt ihr altes Portemonnaie und ihr neues Handy hinein und geht nach unten, wo es genau in dem Moment hupt. Ihr Herz schlägt schneller, doch nicht wegen Marco oder dem, was sie jetzt erwartet, sondern vielmehr wegen der Erkenntnis, die sie gerade trifft.

Wenn sie all das doch so abwegig findet, den ganzen Gedanken, dass zwischen Santiago und ihr mehr sein könnte, wieso ist es ihr dann so wichtig, wie sie aussieht und wieso schlägt ihr Herz so verdammt verräterisch?

Kapitel 14

Es ist ein merkwürdiges Gefühl, sich zu Marco ins Auto zu setzen. Wie auch beim ersten Kennenlernen strahlt er sie an, er scheint völlig unvoreingenommen zu sein und fragt sie gleich nach ihrem Befinden und ob sie sich ein wenig eingelebt hat. Genau wie auch Santiago macht Marco es ihr leicht, sich ein wenig zu entspannen, doch ein ungutes Bauchgefühl bleibt trotzdem während der gesamten Fahrt, auch wenn Marco alles tut, um es ihr zu nehmen. Catalina erklärt ihm, dass sie noch nicht viel unternommen hat und dass sie ihre Familie sehr vermisst. Als sie dann aus dem abgetrennten Gebiet der Rojos fahren, macht er es sich zur Aufgabe, ihr alles Schöne an Puerto Rico zu zeigen und schafft es wirklich, sie immer wieder zum Lachen zu bringen, er erinnert sie ein wenig an Elias.

Irgendwann beginnt er, kolumbianische Frauen mit puertoricanischen zu vergleichen, wobei er gar nicht so viele Vergleiche hat, er hatte bisher nur eine kurze Bekanntschaft in Mexiko mit einer wunderschönen Kolumbianerin gemacht, sie hat ihn verführt und ihm alles Bargeld geklaut, er musste mehrere Kilometer zu Fuß laufen, doch trotz allem wird er immer wieder an diese Kolumbianerin zurückdenken, mehr als an alle Frauen, die er jemals vorher hatte.

Er schafft es, sie so abzulenken, dass sie sogar kurz im Auto sitzen bleiben und weiterreden, obwohl sie schon vor dem Restaurant angekommen sind. Sie verabschieden sich, er muss weiter zu einem Treffen, und Santiago und Zayn sollen schon im Restaurant sein. Von außen sieht dieses komische Gebäude gar nicht wie ein Restaurant aus, es sieht eher aus wie ein runder blauer Donut, merkwürdig.

Catalina will hineingehen, doch man kann nicht einfach hineingehen. Ein Mann steht vorn, aber auch eine kleine Schlange mit Leuten, die hereingelassen werden wollen. Catalina möchte sich nicht vordrängen, doch Santiago und die anderen sind ja schon drinnen, deswegen geht sie an den Leuten vorbei zu dem Mann.

»Entschuldigen Sie, ... mein Mann ... ist schon im Restaurant ...« Ihr Mann, hat sie das gerade echt gesagt? Noch nie hat sich etwas so merkwürdig angehört. Der Mann ist genervt von einer Frau, die von der anderen Seite auf ihn einredet, weil sie einen Tisch reserviert hatte. »Der Name?« Er sieht sie gar nicht richtig an. »Santiago Rojo.«

In Kolumbien reagieren auch alle Leute auf ihren Namen, jeder kennt den Namen ihres Vaters, doch noch nie hat sie solch eine Reaktion gesehen. Der Mann lässt alles stehen und liegen und sieht sie an, während alle anderen Menschen, die hier stehen, verstummen. »Natürlich, wir haben schon auf Sie gewartet. Warten Sie, ich begleite Sie zum Tisch.« Er hält ihr die Tür auf und Catalina bedankt sich und tritt ins Restaurant. Ihr ist warm, sie hat bestimmt rote Wangen bekommen, sie hat nicht mit so einer deutlichen Reaktion von allen Menschen gerechnet.

Der Mann führt sie durch das relativ dunkle Restaurant und sie versteht, wieso es ein besonderes Restaurant ist. Sämtliche Wände sind aus Glas, gefüllt mit Wasser und Tieren. Um sie herum schwimmen bunte Fische, Haie und andere Lebewesen. Sie sind völlig umschlossen von diesen Tieren und die Helligkeit des Wassers scheint auf die Tische und beleuchtet sie somit. Es sieht faszinierend aus, das muss Catalina zugeben, doch sie war noch nie ein großer Fan von solchen Sachen.

Weit hinten im Restaurant sitzen an einem runden Tisch Santiago, Zayn und eine blonde Frau. Sobald sie Catalina sehen, stehen sie alle auf und auch diese Aufmerksamkeit ist ihr unangenehm. Santiago lächelt und sein Blick fährt an ihr herab. Er trägt eine dunkelblaue Jeans und ein weißes Hemd, was aber sehr locker

152

geknöpft ist. Er sieht ein wenig müde aus, aber auch an Zayn sieht sie, dass die beiden wohl nicht viel Schlaf abbekommen haben.

Die nächste unangenehme Situation: Wie begrüßt sie jetzt Santiago? Zayn, der näher an ihr dran ist, gibt ihr einfach einen Kuss auf die Wange. Locker, leicht, unverbindlich. Sie begrüßt die Frau, die ihr als Marta vorgestellt wird und geht weiter zu Santiago. Sie denkt, dass es das Beste ist, ihn auch auf die Wange zu küssen, was sie auch tut. Er legt dabei seine Hand auf ihren Rücken und so wirkt das Ganze dann doch noch etwas vertrauter als bei Zayn.

»Hat Marco dich gut unterhalten auf der Fahrt? Ich dachte, mit ihm wird das am lockersten sein.« Sie setzen sich alle, Catalina setzt sich neben Santiago, ihre Stühle stehen enger zusammen als die von Zayn und Marta, doch Catalina stört das nicht. »Er hat mir von kolumbianischen Frauen erzählt.« Zayn lacht auf. »Da war eine, die hat ihn sowas von abgezogen und trotzdem schwärmt er noch von ihr.« Catalina muss lächeln und Marta sieht sie erfreut an. »Du kommst aus Kolumbien? Ich bin da zwei Jahre zur Schule gegangen. Ich liebe das Land. Ich komme aus Chile, doch wenn ich wählen könnte, würde ich in Kolumbien leben, woher genau kommst du?«

Somit ist das Eis gebrochen, sie bestellen, während sich Catalina und Marta ein wenig über Kolumbien austauschen. Sie hat ganz in der Nähe gelebt, wo auch Catalinas Familie lebt, als sie erwähnt, wo sie lebt, sieht Marta sie beeindruckt an. »Da ist es aber ganz schön gefährlich, dort leben fast nur Leute der Delgardos, da würde ich mich nicht trauen zu leben.«

Catalina sieht Zayn und Santiago nicht an, doch sie spürt Santiagos Schmunzeln, als sie die Augenbrauen hochzieht. »Also ich habe da weniger ein Problem mit.« Es gibt Menschen, mit denen gibt es immer etwas zu reden. Marta ist so jemand. Sie ist ein sehr neugieriger Mensch, aber man spürt auch gleich, dass sie eine sehr liebevolle Person ist. »Und was führt dich jetzt nach Puerto Rico? Also ich lebe wie gesagt in Chile, ich habe dort vor einigen Wochen mal Zayn getroffen und wir sind in Kontakt geblieben.

Und jetzt, als er wieder da war, haben wir ausgemacht, dass er mir Puerto Rico zeigt. Kolumbianische Frauen sind so hübsch. Ich hätte es ahnen müssen, als du reingekommen bist. Sag mal, trägst du Kontaktlinsen und wie heißt die Haarfarbe, die du drin hast?«

Marta ist eine hübsche Frau, sie hat blondgefärbte lange Haare und große braune Augen. Sie ist sehr niedlich im Gesicht, aber nicht das ist es, was sie besonders macht. Sie strahlt eine starke Wärme aus, sie ist ein Mensch, den man trifft und jeder ihn gleich mag, wahrscheinlich ist das Zayn auch schnell aufgefallen. Sie bekommen ihr Essen. Alle haben sich Nudeln bestellt, die hier sehr gut sein sollen. Catalina hat welche mit Rinderfilet und sie schmecken wirklich besonders gut.

»Danke, Chiles Frauen sind auch sehr hübsch und nein, das ist meine Augenfarbe und auch meine Haarfarbe, meine Mutter ist hell. Meine Hochzeit hat mich hergeführt, ich denke, so lässt es sich am besten beschreiben.« Marta sieht überrascht zwischen Catalina und Santiago hin und her. »Oh wie schön, das hätte ich gar nicht gedacht. Wie lange seid ihr schon verheiratet? Ich habe mich schon gewundert, wieso Santiago bei diesem Besuch nicht auf die vielen Flirtereien der Frauen eingegangen ist.«

Catalina sieht zu Santiago, Zayn und er verfolgen die Unterhaltung eher. »Seit ein wenig mehr als zwei Wochen.« Marta klatscht in die Hände. »So frisch, oh mein Gott. Herzlichen Glückwunsch. Aber wieso tragt ihr keine Ringe?« Catalina muss sich ein Lachen verkneifen, sie können niemandem etwas vormachen, sie wirken niemals wie ein frisch verheiratetes Paar, weil sie es nicht sind, sie sind Fremde, die sich jetzt so langsam erst kennenlernen, doch sie rettet die Situation. »Es ist für uns beide noch sehr ungewohnt, wir gewöhnen uns langsam daran.«

Marta nickt. »Das ist auch ein ernster Schritt. Wie schön.«

In dem Moment kommt ein Hai auf sie zu geschwommen und Catalina zuckt zusammen. Vor Schreck bekreuzigt sie sich schnell, ihre Mutter sagt immer, das verscheucht die bösen Geister wieder, die ein Schreck hervorruft. Marta sieht ganz fasziniert zu den Tie-

154

ren. »Es ist noch viel besser, als ich es mir vorgestellt habe. Ich wollte immer hierher. Wie findest du es, Catalina?«

Alle sind schon fertig mit ihrem Essen und jetzt lässt auch sie ihr Besteck wieder auf den Tisch. »Ehrlich gesagt, ziemlich gruselig. Ich finde, dass die Tiere ins Meer gehören und nicht hierher und … ich stelle mir vor, was wäre, wenn eine dieser Scheiben nur einen kleinen Riss hätte, so etwas passiert ja sehr schnell und wird nicht gleich entdeckt. Der Druck des Wassers würde all die Scheiben zerspringen lassen. Das Wasser und all die Tiere würden über uns hereinbrechen und wir würden alle ertrinken oder vom Hai gefressen werden.« Santiago lacht leise auf, auch Zayn muss lachen, während Marta etwas sagen will, dann aber stockt und sich zu Zayn wendet.

»Sie hat recht, stell dir mal vor, das passiert wirklich.« Zayn lacht und beruhigt Marta, während Santiago noch ein wenig näher zu Catalina rückt, er legt seinen Arm um ihre Stuhllehne, fast so, als würde er den Arm um sie legen und so bleibt er auch sitzen. »Hat es dir geschmeckt? Möchtest du noch etwas?« Catalina kommt nicht dazu zu antworten, denn ein Kellner kommt mit einer Schokoladentorte, in der Mitte eine kleine brennende Fontäne.

»Santiago, nochmal alles Gute nachträglich zur Hochzeit. Hier ein kleines Geschenk unseres Hauses. Sie ist wirklich ganz bezaubernd und wir wünschen dem Ehepaar alles Gute.« Natürlich wird sich die Hochzeit in Puerto Rico herumgesprochen haben und offenbar gratuliert ihnen der Chef des Restaurants gerade persönlich. Der Mann schüttelt Santiago die Hand und gratuliert auch Catalina. Um den Schokokuchen sind Erdbeeren verteilt und als der Kellner ihn anschneidet, läuft flüssige Schokolade heraus.

Catalina und Marta tunken beide die Erdbeeren in die Schokolade und schließen genießerisch die Augen, als sie diese Geschmacksexplosion im Mund erleben. Santiago hat weiter den Arm um Catalinas Lehne und sieht genau wie Zayn auf sein Handy. Als sich Catalina zurücklehnt, sind sie sich wirklich sehr nah. »Wir müssen

155

noch schnell wohin, es gibt Probleme bei einem Geschäft, es dauert aber sicherlich nicht lange.«

Santiago hat eine sehr raue Stimme, er spricht immer sehr ruhig und bedacht, er wird es über die Jahre als Anführer einfach gelernt haben, ruhig zu handeln, doch diese Eigenschaft lässt ihn nur noch gefährlicher wirken.

Als er ihr das sagt, berühren seine Lippen fast ihr Ohr und Catalina bekommt eine Gänsehaut. Zayn steht schon auf, sie scheinen es sehr eilig zu haben. Catalina wendet ihren Kopf zu Santiago und ihre Gesichter sind sich sehr nah. Sie kann nicht anders, einen winzigen Augenblick sieht sie auf seine Lippen, dann wieder in seine Augen, dieser Mann ist wunderschön. »Ist es etwas Ernstes?« Auch Santiago sieht man an, dass diese Nähe etwas in ihm auslöst. »Nein, ich denke nicht, aber das werden wir erst herausfinden, wenn wir da sind.«

Marta steht auch auf, Santiago sieht ihr noch einmal in die Augen, bevor auch sie sich erheben. Zayn geht zahlen und Santiago führt Marta und sie aus dem Restaurant, dabei legt er seine Hand an ihren Rücken. Catalina mag die Nähe, die sie nach und nach aufbauen. Sie weiß nicht, ob es gut ist, doch sie mag diese Gefühle, die diese Berührungen in ihr auslösen.

Sie steigen in einen roten Sportwagen, Catalina und Marta sitzen hinten. Marta fragt, ob sie noch etwas unternehmen wollen, sie wollte noch zum alten Hafen, um ihn sich anzusehen, doch Catalina weiß nicht, ob da wirklich etwas draus wird. Santiago und Zayn reden über eine Familia, die plötzlich aufgetaucht ist und auf einem Treffen bestanden hat. Sie machen Ärger, weil zwei Geschäfte von ihnen an die Rojos gegangen sind und sie jetzt glauben, die Rojos würden ihnen in die Quere kommen.

Statt ein paar Mittelsmänner zu schicken, ist der Anführer persönlich gekommen und weigert sich, mit Marco und einigen anderen Männern zu sprechen, er besteht darauf, den Anführer, also Santiago zu treffen, deswegen sind sie jetzt zu diesem Café unterwegs, wo das Treffen stattfindet und Santiago wirkt sehr wütend darüber, dass er extra dahin muss und sich der Mann dort so stur stellt.

Catalina versucht, bei dem Gespräch wegzuhören, je weniger sie von den Geschäften der Rojos weiß, umso besser, doch sie kann kaum darüber hinweghören, so wie sich die beiden darüber aufregen. Sie halten genau vor einem Café, auf dessen Terrasse ungefähr sechs Männer sitzen und noch drei weitere stehen. Zayn sagt ihnen, dass sie kurz im Auto warten sollen, sie kommen gleich wieder und schon sind beide aus dem Auto und bei den Männern.

Alle anwesenden Männer machen Platz, als Santiago und Zayn kommen, und durch diese Bewegung kann Catalina alle Männer, die dort stehen, sehen und stockt.

Santiago beginnt sofort, mit einem Mann zu reden, der ihn mit seinen Blicken fast tötet. Catalinas Herz beginnt zu rasen, als sie erkennt, wer es ist. Ohne groß darüber nachzudenken, öffnet sie die Tür des Autos und steigt aus.

»Franco?« Die Männer drehen sich alle zu Catalina um und nun erkennt sie alle Männer ihres Patenonkels, die hier versammelt sind. »Catalina ... was zur Hölle tust du hier?« Franco umarmt Catalina und drückt sie fest an sich, während er ihren Scheitel küsst, seine Männer werden unruhig und sehen angespannt zu Santiago. Sie hat Franco so vermisst, im Gegensatz zu ihrem Vater ist er solch ein warmer und gefühlvoller Mensch, er hat immer viel mit Catalina und Natia gespielt. Catalina hat schon so oft Wochen bei ihm in Guatemala verbracht, sie kennt alle seine Männer und begrüßt auch sie, nachdem sie aus Francos Armen weicht.

Man sieht Franco an, dass er wirklich schockiert ist, sie hier zu sehen. »Catalina, was tust du hier? Weiß dein Vater, wo du bist?« Catalina sieht ihn verwirrt an. »Wieso weißt du nichts davon. Ich habe Santiago geheiratet. Ich hatte mich gewundert, dass du nicht auf der Hochzeit warst, aber ich bin davon ausgegangen, dass du Bescheid weißt.« Hat Franco vorher wütend zu Santiago geguckt, so hat Catalina Angst, dass er sich gleich auf ihn stürzt.

»Das hat er nicht getan, das habt ihr alle nicht getan! Dein Vater hat mir von seinen Plänen erzählt, doch ich habe ihm ganz klar gesagt, was ich davon halte. Natürlich hat er mir nichts von der Hochzeit erzählt, er wusste, dass ich das verhindert hätte, dieser ...«

Catalina spürt, dass sie etwas machen muss, sie kennt Franco fast noch besser als ihren eigenen Vater und geht mit ihm ein paar Schritte von allen weg. Sie hat bisher noch nicht einmal zu Santiago gesehen, doch sie kann sich denken, dass er all das nicht besonders gut findet. Als sie ein Stück von allen entfernt sind, sieht Franco ihr in die Augen. »Es tut mir so leid, Princesa, was sie getan haben. Wieso hast du mich nicht angerufen. Ich hätte das verhindert.«

Catalina zuckt die Schultern. »Es ging alles so schnell. Ich habe darüber gar nicht nachgedacht und wenn, wäre ich davon ausgegangen, dass du eingeweiht bist. Du weißt doch sonst auch immer alles.« Franco läuft unruhig hin und her. Ihr Patenonkel ist der Anführer der größten Familia Guatemalas, es ist ein kleines Land, doch niemand unterschätzt ihn und seine Macht.

»Er hat mir nichts gesagt, bis heute nicht. Ich nehme dich mit, dieser ganze Wahnsinn wird sofort gestoppt.« Catalina lächelt mild und greift nach der Hand von Franco. »Du weißt, wie er ist, er hätte sich nicht stoppen lassen. Ich bin seine Tochter und auch du hättest das nicht verhindern können. Du weißt was passiert, wenn ich hier abhaue, denk doch an Mama und Natia.«

Franco sieht zu Santiago und seinen Männern. Auch Catalina wagt einen Blick, Santiago behält sie genau im Auge, während sich Zayn mit den Männern von Franco unterhält. »Du bist mit Santiago Rojo verheiratet, weißt du, was das bedeutet?« Catalina nickt. »So langsam schon.« Franco sieht Catalina in die Augen. »Alle hier, sie alle hassen dich, Catalina, nicht dich, deine Familia, aber du wirst das alles abbekommen. Wie konnte dein Vater das zulassen?«

Catalina kann nicht glauben, dass sie jetzt all diesen Wahnsinn in Schutz nehmen muss, doch sie möchte Franco beruhigen. »Sie haben Vereinbarungen getroffen. Ich weiß das alles, Franco. Ich

158

habe mich die ersten Tage nicht aus meinem Zimmer getraut, was denkst du denn, wie das für mich war? Die Familia meidet mich, ich sehe in jedem Blick, was sie von mir halten, aber Santiago nicht. Er und sein Bruder und auch ein paar andere behandeln mich gut. Natürlich ist das keine normale Ehe, aber er achtet darauf, dass es mir gut geht und das hätte ich niemals erwartet, ich denke, wir beide wissen, dass es auch ganz anders sein könnte. Wir waren gerade etwas essen.«

Franco bleibt stehen und sieht sie an. »Ich werde deinen Vater umbringen.« Catalina lächelt matt. »Ich werde dich nicht davon abhalten.« Er reibt sich die Augen. »Wie geht es deiner Mutter damit?« Catalina sieht wieder zu Santiago, noch immer behält er sie genau im Auge. »Nicht sehr gut, sie verbringt die meiste Zeit im Bett und macht sich große Sorgen.«

Franco nickt. »Das werde ich mir ab jetzt auch machen. Ich bin eigentlich hier, um deinen Mann zur Rede zu Stellen, doch nun ...« Sie laufen langsam wieder zurück. Franco hebt die Hand und sieht Santiago an. »Catalina ist meine Patentochter, ich kenne sie von klein auf. Ich schätze nicht, dass ihr erkennt oder wisst, wie besonders sie ist und ich bin nicht mit der Entscheidung ihres Vaters einverstanden. Sie sagt mir aber, dass du sie gut behandelst, ich hoffe wirklich, du verstehst, was für einen Menschen du da an deiner Seite hast. Solange ich lebe, werde ich niemals meine Waffen gegen jemanden heben, zu dem Catalina gehört und nun ist das bei euch der Fall. Ich hoffe trotzdem, dass sich das mit den Geschäften ändert.«

Santiago sieht Catalina in die Augen und dann zu Franco, Catalina küsst ihren Patenonkel und sagt ihm, dass sie ihm später schreiben wird, sie geht zurück zum Auto, doch sie hört noch Santiagos Worte. »Wie ich es gesagt habe, du denkst doch nicht wirklich, dass wir es nötig haben, uns solche Geschäfte von euch zu nehmen?« Marta sieht sie angespannt an. »Was ist denn da los? Das wirkt ja wirklich gefährlich.« Catalina sieht auch wieder aus dem Auto und sagt nur, dass es um ein paar Geschäfte geht.

Es dauert nochmal einige Minuten, bis sich Franco und seine Männer umdrehen und das Café verlassen, er hebt die Hand in die Richtung von Catalina und sie lächelt. Ein kleines Stück von zuhause, wenn auch nur einige Minuten. Santiago bleibt bei seinen Männern stehen, alle reden auf ihn ein und Catalina bekommt ein ungutes Gefühl im Magen. Kurz danach kommt Zayn und bittet Marta aus dem Auto. Er sagt, sie müssen woanders hin, während sich Santiago ans Steuer setzt und direkt losfährt.

Er ist noch immer sehr sauer, Catalina sieht aus dem Fenster, vielleicht sollte sie ihn sich erst einmal abregen lassen, doch dann blickt sie ihn durch den Rückspiegel an. »Er ist mein Patenonkel und ich wollte ihn begrüßen.« Santiago sieht hoch, in den Spiegel und somit in ihre Augen und sofort wieder weg. Er sagt nichts dazu, sondern fährt sie zurück zu seinem Haus. Es ist sehr unangenehm, das Schweigen zwischen ihnen brennt sich wie Säure in Catalinas Bauch, sie ahnt, dass es nicht dabei bleibt.

Er hält genau vor seinem Haus, steigt aber nicht aus. Er will nur Catalina absetzen. »Bist du jetzt sauer? Weil ich meinen Patenonkel begrüßt habe?« Santiago sieht wieder hoch und ihr durch den Rückspiegel in die Augen. »Ich bin nicht sauer auf dich, ich bin sauer auf mich. Alle haben auf mich eingeredet und doch habe ich mich irgendwie ablenken lassen und verdrängt, wer du bist. Ich weiß, wieso dein Vater dich ausgesucht hat, weil man bei dir vergisst, wer du bist und woher du kommst, es fällt einem ganz leicht, doch gerade ist mir das wieder bewusst geworden und mir wird es nicht noch einmal so leicht passieren, dass ich es wieder vergesse.«

Catalina treffen seine Worte und auch, wie sauer er sie dabei ansieht. Sie sieht ihm noch immer in die Augen. »Da hast du recht, ich bin die Tochter von Alvaro Delgardo, das solltest du niemals vergessen, und wenn mich das für dich gleich zu einem schlechten Menschen macht, kann ich auch nichts dafür. Ich habe es mir nicht ausgesucht, hier zu sein und falls du dachtest, zwei Wochen hier machen mich zu einer Rojo, hast du dich getäuscht. Das wird niemals passieren.«

160

Catalina wartet keine Antwort mehr ab, sie steigt aus und geht ins Haus, während Santiago wütend davonfährt.

Kapitel 15

Santiagos Worte dröhnen Catalina auch am nächsten Tag noch in den Ohren nach.

Er hat sie verletzt, es verletzt sie, dass nun auch er so denkt. Sie hat sich wirklich darüber gefreut, dass er auf sie zugekommen ist, eben nicht nur die Tochter Alvaros gesehen und sie dafür gehasst hat, sondern dass er versucht hat, sie kennenzulernen. Er darf nicht den Fehler machen und vergessen, dass sie seine Tochter ist, denn das ist sie, daran ist nichts zu ändern, doch gleichzeitig bedeutet es doch nicht automatisch, dass sie ein schlechter Mensch ist. Die Tochter von jemandem zu sein, macht doch keinen Charakter aus.

Catalina ist gestern nur in ihrem Zimmer geblieben, sie hat Franco geschrieben, ob noch etwas war, doch sie hatten Puerto Rico schon wieder verlassen, es ist nichts mehr vorgefallen. Catalina hat nicht einmal ihre Schwester oder ihre Mutter angerufen. Sie lag lange wach, Santiago kam nicht nach Hause und als sie jetzt leise auf den Flur geht, sieht sie, dass seine Zimmertür noch offen steht, das Bett ist unberührt, wie die Haushälterin es gestern hinterlassen hat.

Sie weiß gar nicht, wie sie damit umgehen soll, es sollte ihr egal sein, ist es aber nicht. Es verletzt sie, dass er jetzt auch so anfängt, hätte er sie von Anfang an ignoriert und abgelehnt, wäre es anders gewesen. Sie hat damit gerechnet, es hätte sie nicht verwundert, sie war darauf eingestellt, doch Santiago war anders, er hat ihr gezeigt, wie es sein könnte, und nun doch diese Ablehnung zu spüren, ist bitter.

Sie lässt sich viel Zeit mit dem Duschen, zieht sich nur ein Top und eine Shorts an, isst ein wenig Obst und ein Croissant und geht dann in den Stall, um auszureiten. Wenigstens Esperanza ist bei ihr. Ihr ist es völlig egal, wer Catalina ist, zu welcher Familia sie gehört oder wie ihr Vater tickt, sie achtet nur darauf, wie Catalina

163

zu ihr ist. Wie weise manchmal Tiere doch im Gegensatz zu Menschen sind.

Catalina reitet lange aus und läuft danach langsam zurück. Es wartet nichts Aufregendes auf sie. Als sie dann aber durch die Haustür kommt, schlägt ihr Herz doch schneller, sie ist gespannt, ob Santiago mittlerweile da war, doch nichts, alles ist unberührt, er war nicht da. Catalina ruft ihre Schwester an und erzählt ihr von Franco, sie erwähnt nicht den Streit mit Santiago, doch sonst erzählt sie alles. Ihre Mutter hört zu und möchte selbst mit Franco sprechen, deswegen legen sie kurz danach schon wieder auf.

Der Rest des Tages zieht sich hin wie Kaugummi, die Zeit scheint stillzustehen, Catalina liest, sie guckt Fernsehen und isst etwas, mehr nicht. Bei jedem Geräusch setzt sie sich auf, doch Santiago kommt nicht. Die Einzige, die am nächsten Tag das Haus betritt, ist die Haushaltshilfe. Catalina begrüßt sie und stellt erstaunt fest, dass sie ihr typisch kolumbianisches Frühstück angerichtet hat. Sie sagt, dass sie sich extra erkundigt hat, um Catalina eine Freude zu machen und sie bedankt sich bei ihr.

Die beiden kommen ein wenig ins Gespräch und alle Gespräche sind eine willkommene Abwechslung für sie. Die Haushälterin hat gerade erst angefangen, hier zu arbeiten und freut sich auf ihr erstes Gehalt. Sie hat ihren drei Söhnen, die sie alleine aufzieht, versprochen, ihnen Schokolade zu kaufen. Schokolade ist hier, genau wie in Kolumbien, sehr teuer und nicht jeder kann sich das leisten.

Während die Haushaltshilfe nach oben geht, sucht Catalina aus der Kammer die lange blaue Schleife, die noch um eine der Vasen gebunden war. Sie nimmt diese, schneidet sie in vier kleine Teile, nimmt sich einen Haufen der Schokoriegel, die immer im Wohnzimmer auf einen Tablett liegen und verteilt sie in vier gleiche Häufchen, die sie jeweils mit einer blauen Schleife zusammenbindet. So bekommen ihre drei Söhne und auch die Haushaltshilfe einige der leckeren Riegel und müssen nicht erst auf das Gehalt warten.

164

Catalina ruft ihr zu, dass sie ihr etwas hingelegt hat, was sie mit nach Hause nehmen soll und wünscht ihr einen schönen Feierabend, bevor sie zum Stall geht.

Catalina sollte versuchen, die positiven Dinge zu sehen, nicht alle hier hassen sie. Die Kosmetikerin, die später kommen wird und die beiden Frauen, die im Stall arbeiten, mit denen versteht sich Catalina gut und nun vielleicht auch die Haushaltshilfe, sie sollte versuchen, positiver zu sein.

Sie reitet heute nicht lange aus, sie möchte noch bestimmte Teigfladen für Sarina machen, sie hatten davon gesprochen und Catalina freut sich darauf, für zwei Stunden ein wenig von alldem hier abzuschalten. Als sie etwas später zum Haus zurückkehrt, hört sie Geräusche von drinnen, und da die Haushälterin schon längst weg sein müsste, schlägt ihr Herz sofort schneller, als sie ins Haus tritt, dort aber stockt und auf Flavia sieht, die das Hochzeitsbild von Santiago und ihr in den Händen hält.

Flavia ist hübsch, dunkler als Catalina, sie hat sehr große Brüste, für ihren Körper zu große, vielleicht wurde da nachgeholfen, auf jeden Fall ist sie eine sehr hübsche Frau und das weiß sie auch. Sie sieht zu Catalina und lacht. »Das ist so lächerlich.« Catalina sieht sich um, ob noch jemand da ist, doch sie scheint alleine zu sein.

»Santiago ist nicht da.« Flavia lacht auf und wirft das Bild auf den Boden. Klirrend fällt es auf den Marmorboden und das Glas zerspringt in tausend Scherben, während der Rahmen noch hält. »Du brauchst mir nicht zu erzählen, wo er ist. Er war bei mir, ich weiß, dass er zur Zeit nicht hier ist. Es gab mich schon lange vor dir und es wird mich auch weiterhin geben.«

Flavia läuft langsam durch den Wohnbereich, ihre hohen Absätze treten ungerührt auf die Glasscherben. »Ich will, dass du das begreifst, CATALINA. Santiago gehört zu mir, ich habe mir das jetzt lange angesehen und habe nicht vor, mir das weiter anzutun. Halte dich von ihm fern, sieh ihn nicht an, oder du spürst, wie weit Menschen bereit sind für die Liebe zu gehen.«

Catalina weiß, dass sie sich hier ruhig verhalten muss, doch sie war noch nie der Mensch, der sich viel gefallen lassen hat. Sie sieht Flavia an, ihr liegen schon Worte auf der Zunge, doch sie sagt nichts. Da war Santiago also bei Flavia, und jetzt spielt sie hier Psychofreundin, dabei hat er ihr gesagt, dass sie nicht zusammen sind.

»Ich denke, du weißt, wieso ich mit ihm verheiratet bin, ich habe mir das nicht ausgesucht und wenn du dir so sicher mit ihm bist und er die Nächte bei dir verbringt, wieso bist du dann hier und verwüstest sein Haus?« Sie wendet sich zu ihr um und ist mit nur wenigen Schritten bei ihr. Flavia ist einen Kopf größer als sie, was sicher an den Absatzschuhen liegt. Sie kommt so nah, dass sich ihre Nasen fast berühren, Catalina weicht nicht zurück, sie sieht ihr in die Augen und sie erkennt darin, dass sie bereit ist, sehr weit zu gehen, um das, was sie mit Santiago hat, zu schützen, sie hat einen unheimlichen Wahnsinn in den Augen.

»Ich warne dich, Catalina, es wäre so schade um dein schönes Gesicht!« Sie streicht mit ihrer Hand über Catalinas Wange, lacht auf und geht aus dem Haus, wobei sie die Tür laut ins Schloss fallen lässt. Catalina atmet tief aus, als sie weg ist. Was war das? Sie ist hier nicht sicher, nicht, wenn hier jeder ein- und ausgehen kann wie er möchte.

Catalina spürt, wie ihr Tränen in die Augen steigen, doch sie wird nicht wegen so etwas zusammenbrechen. Sie holt einen Besen und fegt die Scherben zusammen, es dauert eine Weile, bis sie alles zusammen hat, dabei denkt sie über Flavias Worte nach. Wieso ist sie so unsicher, dass sie extra vorbeikommt, wenn Santiago doch bei ihr war? Sie versteht nicht, was hier passiert und was sie alle von ihr wollen, sie kann nichts dafür, dass sie jetzt mit Santiago verheiratet ist und genauso wenig, dass sie Alvaros Tochter ist, ihr werden Dinge vorgehalten, für die sie nichts kann, so langsam macht sie all das nur noch wütend.

166

Sie spürt etwas Nasses an ihrer Wange und sieht zum Spiegel. Flavia hat ihr mit einer Glasscherbe einen kleinen Kratzer an die rechte Wange geschnitten, Catalina traut ihren Augen nicht.

Dadurch, dass sie in diesen Moment so unter Adrenalin stand, hat sie das nicht einmal bemerkt. Das darf doch alles nicht wahr sein, Catalina atmet wieder durch, entfernt die Glasscherben, stellt das Bild wieder auf das Sideboard, wenn auch umgedreht, weil sie es nicht mehr ansehen mag und macht sich dann an die Zubereitung der Teigfladen. Sie schaltet sich den Fernseher dabei an und versucht sich abzulenken, um nicht darüber nachdenken zu müssen, was das alles soll, was noch passieren wird und wie sie das alles überstehen soll.

Als die Teigfladen fertig sind, wartet Catalina, Sarina hat gesagt, dass sie heute zu ungefähr der gleichen Zeit kommen wird, doch als sie zwei Stunden später noch nicht da ist, weiß Catalina, dass sie nicht kommen wird und wirft die Fladen kalt in den Müll, ihr ist der Appetit vergangen.

Müde und enttäuscht geht sie noch einmal in den Stall, Esperanza ist gerade gewaschen worden und hat gegessen, deswegen bleibt Catalina einfach einige Minuten da, unterhält sich mit Frederike über ihre Ausbildung und geht dann wieder ins Haus zurück. Da sie nichts zu Mittag gegessen hat, macht sie sich ein Müsli und will es mit zu sich ins Zimmer nehmen, da geht die Haustür erneut auf, und dieses Mal steht plötzlich Santiagos Vater vor ihr.

Nicht auch noch das, Catalina würde sich am liebsten die Ohren zuhalten und weglaufen, die Augen verschließen vor diesem abfälligen Blick, den sie alle ihr schenken, sie kann es nicht mehr ertragen. Auf ihrer Hochzeit hat Catalina den Augenkontakt zu Santiagos Familie komplett gemieden und danach hat sie den Vater nicht mehr gesehen. Jetzt sieht er ihr in die Augen und Catalina ist bewusst, dass das noch einmal etwas ganz anderes ist als bei allen anderen.

Er ist etwa im Alter ihres Vater. Wenn man vom tiefen Hass zwischen den Familias spricht, ist der verstärkt zu der Zeit gewesen,

167

als ihr Vater und Santiagos Vater jünger waren. Sie weiß, dass sich die beiden schon oft als Feinde gegenüberstanden und dass das tief in deren beider Brust schlägt. Er sieht sie an und sieht ihren Vater, das ist ihr bewusst.

»Ihr Sohn ist nicht da, falls Sie ihn suchen.« Der Vater bleibt im Flur stehen und sieht sie an. »Das habe ich mir schon gedacht, ich habe gerade einen wichtigen Termin reinbekommen und wollte ihn gleich an euch weitergeben. In drei Tagen ist die Hochzeit der Tochter von Chappo, einer peruanischen Familia. Es sind viele, wirklich viele Familias da. Nicht deine oder die aus Guetamala, aber viele, mit denen wir Geschäfte machen. Eigentlich wollte ich dort hinfliegen mit meiner Tochter und meiner Frau, aber es kommen täglich Anrufe und Anfragen rein, ob das mit der Hochzeit nun so stimmt. Ob das etwas Festes ist, ob es auch wirklich für beide Familias verpflichtend ist. Diese Hochzeit ändert viel, viel mehr als uns allen damals klar war und deswegen ist es wichtig, dass Santiago und du euch da zeigt. Als Ehepaar.

Meine Frau und ich werden hierbleiben und ihr beide fliegt runter, ich habe das gleich mit den Männern aus deiner Familia abgesprochen, auch dein Vater denkt, es ist wichtig, dass ihr euch dort zeigt. Ich werde Santiago Bescheid geben und alles vorbereiten.« Catalina sagt nichts dazu, sie weiß, dass sie nichts dazu zu sagen hat. Wenn sie das nicht möchte, muss sie fliehen, es gibt keinen anderen Ausweg. Doch wenn sie das tut, werden ihre Mutter und Natia darunter leiden, deswegen wird Catalina weiter ihre Klappe halten, hier im Haus durchdrehen vor Langeweile und mit diesem verfluchten Hass im Blick der anderen leben.

Er hatte wohl auch keine Antwort erwartet und will sich umdrehen und gehen, doch dann sieht er sie doch noch einmal an. Santiagos Vater ist ein Mann, dem man seine Kämpfe ansieht, er hat einige Narben im Gesicht und trotzdem erkennt man dasselbe hübsche Gesicht darunter, das auch seine Kinder haben, er hat ähnlich dunkle Augen wie sein Sohn, die sie nun einmal von oben bis unten mustern. »Was ist da passiert?« Catalina fasst sich an die Schramme, die sie dank Flavia nun hat.

»Nichts, ich habe nicht aufgepasst.« Selbst wenn sie die Wahrheit sagen würde, würde das irgendetwas ändern? Flavia bekäme sicherlich Ärger, sie haben schließlich zugesagt, auf Catalina aufzupassen, sie ist sich sicher, dass das keiner der Anführer hier dulden wird, doch mehr nicht. Sie würde Flavia nur noch mehr gegen sich aufbringen und das kann sie nun wirklich nicht gebrauchen. Allerdings wirkt es nicht so, als würde Santiagos Vater das glauben, er murmelt eine leise Verabschiedung und verlässt das Haus wieder.

Catalina reibt sich die Stirn, sie überlegt, ob sie die Haustür abschließen kann, jeder geht hier ein und aus, das kann doch nicht richtig sein.

Es ist nicht ihr Haus, sie wird sich wieder in ihrem Zimmer einschließen, nicht dass doch jemand nachts in ihr Zimmer kommt, sie vertraut niemandem hier, es war dumm, einige Tage zu denken, sie könnte es.

Als Catalina in ihr Zimmer kommt, klingelt ihr Handy. Da ihr Handy mit dem Laptop verbunden ist, geht Catalina zum Laptop und nimmt von dort den Videoanruf ihrer Schwester an. Doch statt ihrer Schwester sieht sie in das hübsche Gesicht ihrer Mutter, die sie besorgt mustert, sie hat sie bisher noch nicht angerufen, sie haben immer über Natia miteinander gesprochen, ihrer Mutter ging es zu schlecht, doch jetzt sitzt sie in ihrem Wohnbereich und sieht Catalina über die Kamera an.

»Was ist passiert?« Catalina fasst sich an die Wunde, die sie auf ihrer Wange hat und kann sich nicht mehr zurückhalten, in ihr hat sich solch ein Knoten angestaut, der bei der einfachen Frage ihrer Mutter platzt, eben weil es ihre Mutter ist und sie alles von Catalina weiß und die ganze Sehnsucht nach ihrem Zuhause sich in dem Moment freisetzt.

Catalina weint, Natia setzt sich neben ihre Mutter und sie sieht beiden den Schmerz darüber im Gesicht an, sie nun so vor sich zu sehen.

Catalina erzählt nicht alles, sie weiß, dass sie eigentlich gar nichts davon ihrer Mutter berichten darf, um sie nicht noch mehr zu beunruhigen, doch sie kann einfach nicht mehr. Es tut gut, davon zu erzählen, wie sehr alle sie hier meiden, die Blicke, die sie ihr zuwerfen, wie sich Flavia aus Angst um Santiago benimmt. Sie erzählt auch von dem Fest, zu dem Catalina muss, und da schreitet ihre Mutter ein.

»Davon habe ich auch erfahren, Schatz, ich habe gerade lange mit Franco gesprochen. Wir hätten noch vor der Hochzeit mit ihm sprechen sollen, da hätte er vielleicht etwas tun können, jetzt kann er nicht mehr viel helfen, aber er hat mir gesagt, dass du stark sein musst, Catalina. Hörst du? Auch wenn du Angst hast und auch wenn du dort alleine bist, du darfst es ihnen nicht zeigen!

Sie sind unsere Feinde und sie werden jede Schwäche von dir gegen dich nutzen. Lass sie nicht zu nah an dich ran, um dich ver-letzen zu können. Sieh ihnen in die Augen und zeige ihnen, dass du keine Angst hast, wenn sie merken, dass du Angst hast, werden sie dich quälen, hörst du? Lass dir nichts gefallen, Franco sagt auch, dass du nur so diese Zeit überstehen kannst.«

Im Grunde weiß Catalina, dass sie recht hat, am liebsten würde sie sich verstecken und nicht mehr aus dem Zimmer kommen, doch das wird auf Dauer nichts bringen. »Du bist eine Delgardo, du musst dich nicht verstecken! Ich weiß, dass dein Vater an all-dem die Schuld trägt, doch er fragt nach dir. Elias sagt, dass er oft von dir spricht und er ihn immer auf dem Laufenden hält, wie es dir geht. Glaube mir, wenn er weiß, dass die Rojos dich bedrohen, wird sich all das ändern. Die Vereinbarungen werden zurückgezo-gen und es wird einen Krieg geben.«

Catalina lehnt sich müde in ihrem Stuhl zurück. »Das willst du doch nicht wirklich, Mama, einen Krieg? Ich bezweifle auch, dass Papa auf die Verträge verzichtet, sie bringen ihm zu viel, sonst hät-

170

te er sie nicht geschlossen.« Ihre Mutter sieht ihr in die Augen. »Ich will meine Tochter zurück und sie wieder lachen sehen, das will ich. Natürlich nicht sofort, wenn er das jetzt wüsste, würde er sagen, es liegt am Anfang, wir müssen Geduld haben, aber wenn immer wieder solche Sachen passieren, muss er reagieren.«

Catalina atmet müde aus und ihre Mutter hebt die Hand, sie streichelt über den Bildschirm und Catalina wünschte, sie könnte ihre Berührung spüren. »Wir werden das schaffen, Catalina, das Wichtigste ist, dass du nicht vor ihnen einknickst, sei stark und lass dir nichts gefallen.« Sie möchte nicht einmal mehr darüber sprechen, Natia scheint das zu merken und lenkt sie ein wenig ab, indem sie erzählt, wie sauer ihr Vater derzeit ist, weil es Gerüchte gibt, dass Ana etwas mit einem Bauernjungen hat, dessen Hof etwas weiter weg ist. Sie sollen sich heimlich treffen und ihr Vater will dem nun auf den Grund gehen. Sehr schön und Catalina verpasst den ganzen Spaß. Sie telefonieren lange, sicherlich weil ihre Mutter und ihre Schwester spüren, dass es ihr nicht gut geht.

Catalina geht, nachdem sie das Gespräch beendet haben, auch gar nicht mehr nach unten. Sie schließt die Zimmertür und schiebt den Schreibtisch wieder davor, es ist ihr egal, was alle dazu sagen. Am nächsten Morgen wird sie von ihrem Handy geweckt, es ist schon Vormittag und sie nimmt verschlafen an. Es ist Frederike, sie hatte ihr ihre Handynummer gegeben, falls etwas sein sollte, und als sie ihr jetzt sagt, dass sie schnell in den Stall kommen soll, ahnt Catalina, dass etwas passiert sein muss.

Sie zieht sich nur ein Shirt und eine Shorts über und rennt nach unten. Santiagos Schlafzimmertür steht noch immer offen, es verwundert Catalina nicht einmal, dass er nicht nach Hause gekommen ist. Sie geht schnell zum Stall und als sie zwei Wagen davor stehen sieht, rennt sie hinein. Frederike und die andere Pflegerin sind da und drei Männer. Sie alle stehen um Esperanza herum, die steif am Boden liegt. »Was ist passiert?« Catalina setzt sich zu ihrem Pferd und zieht ihren Kopf auf ihren Schoß, dabei spürt sie, wie steif Esperanza ist und dass sie kein Lebenszeichen von sich gibt. »Nein.« Catalina küsst die Schnauze der hübschen Stute, die ihre Augen geschlossen hat und ihre Tränen fallen auf das braune Fell.

Catalina spürt eine Hand auf ihrer Schulter. »Es tut mir leid, sie ist vor einer Stunde nach dem Frühstück einfach umgefallen, wir dachten, es wäre ein Schwächeanfall, doch ihr Herz hat einfach aufgehört zu schlagen.«

Catalina schließt die Augen und küsst Esperanza. Sie kann das nicht glauben, gestern war noch alles in Ordnung, wäre sie nur früher aufgestanden, wäre sie dabei gewesen. »Vielleicht war der Transport hierher einfach zu viel. Das ist eine ältere Dame und sie hatte ein schönes Leben, sie ist jetzt an einem besseren Ort.« Catalina sieht zu dem Mann, der offensichtlich ein Tierarzt ist und sich die Handschuhe wieder auszieht.

Catalina weicht nicht von Esperanzas Seite, sie streicht über die weiche Mähne und spürt, wie sie in ihren Armen immer steifer wird. »Wir müssen sie jetzt hier wegbringen, die anderen Pferde werden schon ganz unruhig, das ist nicht gesund für sie.« Catalina reagiert nicht, Frederike setzt sich zu ihr. »Darf ich dem Mann die Bilder schicken, die du mir gezeigt hast? Sie machen dir eine wunderschöne Erinnerung an Esperanza, aber jetzt musst du sie gehen lassen.«

Frederike bleibt bei ihr, nimmt ihr Handy und schickt sich selbst zwei Bilder. Sie redet mit den Männern, aber Catalina hört ihnen nicht zu, sie sieht zu, wie ihre Welt Stück für Stück auseinanderbricht. Esperanzas Kopf wird so schwer, dass Catalina ihn nicht mehr halten kann, sie gibt ihrer alten Stute einen letzten Kuss und sieht zu, wie drei Männer und die zwei Frauen sie in ein Laken hüllen und mit großer Anstrengung hinaustragen.

Catalina bleibt im Stall stehen, bis sie das Auto davonfahren hört und Frederike zu ihr zurückkommt. Sie nimmt Catalina in die Arme. »Es tut mir so leid.« Catalina schließt die Augen. »Ich kann nicht glauben, dass sie gestorben ist. Gestern war doch noch alles gut.« Frederike sieht sich um und zieht Catalina in eine Ecke.

172

»Du darfst das niemandem sagen, das kann mich meinen Job und noch viel mehr kosten, doch ich glaube auch nicht daran. Wir hatten Esperanza gerade erst Blut abgenommen, es war alles in Ordnung. Sie war völlig unauffällig. Vor dem Frühstück war Nola mit Flavia und zwei anderen Freundinnen hier. Nola und eine Freundin sind ausgeritten, ein paar Männer kamen und haben sich mit den anderen Frauen hier unterhalten, es war ungewohnt voll und dann waren alle weg. Die Tiere haben ihr Frühstück zu sich genommen und kurz danach ist Esperanza umgefallen.«

Catalina hat es geahnt. »Das Futter ist alles weg, sonst hätten wir es überprüfen lassen können.« Catalina lacht leise auf und wischt sich die Tränen weg. »Wozu, selbst wenn rauskommt, dass es vergiftet war? Wer soll dafür zur Verantwortung gezogen werden? Nola?« Frederike schüttelt den Kopf. »Sie mag zu Menschen nicht sehr nett sein, doch sie liebt Pferde. Sie hat auch Esperanza immer gestreichelt und Leckerlis mitgebracht. Das würde sie nicht tun und es waren genug andere hier, die das gemacht haben können.«

Catalina nickt. »Danke Frederike, danke für alles. Das ging auch nicht gegen Esperanza, es ging gegen mich. Ich weiß, dass es sicherlich Flavia war, doch es ändert nichts.« Frederike sieht ihr besorgt ins Gesicht, auf die Wunde an ihrer Wange. »Ist alles in Ordnung? Kann ich dir irgendwie helfen?« Catalina schüttelt den Kopf und verlässt den Stall. Ihr kann niemand helfen.

Im Haus von Santiago erschlägt sie die bedrückende Stille, Catalina geht ins Bad und übergibt sich. Ihr ist schlecht und sie hat keine Kraft mehr. Als sie sich danach in die Dusche stellt, hält sie ihr Gesicht in die warmen Wasserstrahlen und schließt die Augen, versucht wegzuspülen, was sich tief in ihr Herz bohrt und ihr wehtut, doch es funktioniert nicht.

173

Kapitel 16

Catalina sitzt den gesamten Nachmittag in ihrem Zimmer und sieht aus dem Fenster. Sie ist so in ihre Gedanken vertieft, dass sie nicht einmal merkt, wie die Zeit vorbeirast. Ihr Handy klingelt, doch sie schaltet es aus und geht nach unten. Sie will mit niemandem sprechen, nicht jetzt. Ihr Magen rebelliert, weil sie noch nichts gegessen hat, und obwohl sie keinen Hunger hat, zwingt sie sich, etwas zu trinken und etwas Obst zu essen. Ein beklemmendes Gefühl scheint ihre Brust immer enger zu schnüren, deswegen geht Catalina in den Garten.

Sie hat sich nach dem Duschen nur eine schwarze Leggings und ein schwarzes Top angezogen. Ihre Haare sind an der Luft getrocknet und wehen jetzt in leichten Wellen umher. Catalina kann nicht mal sitzen, sie muss sich bewegen, sie geht weiter den Garten entlang und das allererste Mal kommt sie zu dem Weg, der sie zum Bereich des Meeres bringt.

Sie liebt das Gefühl, als sich Sand unter ihren nackten Füßen auf-zutun beginnt und hält ein, als sie einen kleinen Weg entlanggeht und plötzlich vor dem weiten Meer steht. Es ist beeindruckend. Das Meer ist etwas wilder heute und der Himmel verfärbt sich langsam, weil jeden Moment die Sonne untergeht. Es ist kein sehr breiter Strand, doch wenn man nach links und rechts schaut, ist nichts zu sehen, kein Mensch, kein Boot, nichts. Santiago gehört wirklich ein Stück des Meeres, Catalina hätte nicht geglaubt, dass so etwas überhaupt möglich ist.

Es stehen einige Liegen hier herum, auch Fackeln liegen bereit, Catalina schiebt sich eine Liege so zurecht, dass sie direkt aufs Meer sehen kann. Sie setzt sich auf die Liege und lehnt sich an, sodass sie das Meer beobachten kann. Sie schließt die Augen, hört auf das beruhigende Geräusch, inhaliert die salzige Luft und atmet durch. Es gibt ein altes Sprichwort, dass das Meer alle Wunden heilt und in diesem Moment könnte sie wirklich daran glauben.

175

Eine ganze Weile liegt sie nur so da und versucht, ihr Herz wieder in einem normalen Tempo schlagen zu lassen, als sie dann aber die Augen wieder öffnet, ist der Himmel gerade dabei, sich in den schönsten Rottönen zu verfärben. Es ist wunderschön. Sie zieht ihre Beine an, umarmt sie und legt ihr Kinn auf die Knie. Nicht eine Sekunde lässt sie das Bild vor sich aus den Augen, bis eine raue Stimme hinter ihr sie aufschreckt. »Hier bist du, ich habe dich schon überall gesucht.«

Catalina blickt hoch und direkt in Santiagos Gesicht, seine dunklen Augen finden ihre und er sieht sie unsicher an. »Wieso hast du mich gesucht?« Santiago trägt eine schwarze Hose und ein weißes Shirt, er hat weiße Sneakers an und einen leichten Dreitagebart, auch das steht ihm, doch Catalina sieht ihn nicht lange an, sondern wieder zum Himmel und den schönen Farben. Seine letzten Worte beginnen sofort wieder in ihrem Kopf zu hallen.

Santiago seufzt leise auf und setzt sich zu ihr. Doch er hält keinen respektvollen Abstand, er setzt sich so nah zu ihr, dass Catalina ihn ansehen muss. »Ich habe gerade von Esperanza erfahren, es tut mir leid. Sie war schon älter und ...« Catalina hebt ihr Kinn von den Knien und da er sich so eng zu ihr gesetzt hat, sind sie sich so nah, dass seine Augen sie forschend ansehen. »Sie ist nicht einfach so gestorben, wage es nicht, mir das zu erzählen.«

Man sieht, dass er nicht weiß, wovon sie spricht. Er hebt seine Hand und streicht behutsam mit seinem Daumen über ihre Wange. »Was ist hier passiert, Catalina?« Sie spürt, wie ihr Tränen hochsteigen, doch das wird nicht passieren. Nein, niemals, deswegen zieht sie nur leicht die Augenbrauen zusammen. »Was willst du, Santiago? Wieso hast du mich gesucht? Wegen der Feier übermorgen? Dein Vater hat mir schon alles gesagt, keine Sorge. Ich kenne meinen Part bei diesem Deal.«

Er lässt seine Hand wieder sinken und Catalina könnte sich selbst ohrfeigen, diese winzige Berührung hat bei ihr schon wieder eine Gänsehaut ausgelöst, wie kann sie so wütend auf ihn sein und gleichzeitig so auf ihn reagieren? Das lässt sie noch saurer werden,

176

sie wendet den Blick wieder ab und sieht der Sonne dabei zu, wie sie ins Meer verschwindet, momentan würde Catalina ihr gerne folgen.

»Das Treffen ist mir egal. Ich habe dich gesucht, weil ich mit dir sprechen wollte. Es tut mir leid, was ich zu dir gesagt habe nach dem Treffen mit deinem Patenonkel. Ich habe mich falsch ausgedrückt. Nur ... für mich ist das alles auch sehr ungewohnt und es war eigentlich alles anders geplant. Es hat mich sauer gemacht, dass du zu meinem Feind gegangen bist und ihn umarmt hast, aber natürlich habe ich dann, als ich darüber nachgedacht habe ...«

Catalina unterbrich ihn, sie kann nicht mehr an sich halten und sie weiß, dass er jetzt viel abbekommen wird, was für alle, auch ihren Vater und seinen Vater bestimmt ist und was alle betrifft, die diesen Deal ausgehandelt haben.

»Ich glaube, dass das das Problem ist, Santiago, ihr alle habt überhaupt nicht weiter gedacht. Keiner von euch hat darüber nachgedacht, was diese Ehe noch alles für Konsequenzen nach sich zieht und jetzt langsam begreift ihr es alle, wobei noch vieles passieren wird. Euch musste doch klar sein, dass das nicht so einfach wird. Es ist normal, dass Familias, die vorher mit euch verfeindet waren, nun nicht mehr gegen auch sind, weil ich da bin!

Genauso werden sich Familias gegen euch wenden, die vorher immer an eurer Seite standen, weil ich da bin! Dachtet ihr denn, das alles wird keine Folgen haben? Ich denke, dass wir mit der Zeit noch viel mehr Veränderungen mitbekommen werden, das war noch nicht alles, aber ich kann nichts dafür, wenn ihr das alles nicht bedacht habt.

Santiago, mich hat niemand gefragt, ich habe mit all dem Scheiß nichts zu tun. Ich wurde nicht gefragt, ob ich die Tochter von Alvaro Delgardo werden möchte und ich werde dafür gehasst. Die Tatsache, dass ich seine Tochter bin, macht mich doch nicht zu einem schlechten Menschen. Mich hat auch niemand gefragt, ob ich deine Frau werden möchte und nun werde ich auch dafür gehasst, dabei kann ich für all das doch nichts.

177

Ich war so erleichtert, dass wenigstens du das verstanden hast und auf mich zugekommen bist, doch dann hast du dich einfach wieder abgewendet, nur weil ich meinen Patenonkel begrüße. Es mag sein, dass du ihn nicht magst und er dein Feind ist, aber ich liebe ihn und er liebt mich und er wird niemals etwas gegen deine Familia tun, solange ich an deiner Seite bin, weil er mir nicht schaden möchte, genauso wird es aber auch das Gegenteil geben, nur weil ihr damit nicht gerechnet habt, muss ich das jetzt nicht ausbaden.«

Santiago sieht ihr die ganze Zeit in die Augen, Catalina tut es so gut, das alles loszuwerden. Als er ansetzt, etwas zu sagen, hebt sie die Hand, sie ist noch nicht fertig.

»Wieso macht ihr diesen Deal und holt mich hierher, wenn deine gesamte Familie mir nicht mal in die Augen sehen kann, wenn hier Frauen umherlaufen, die mich umbringen wollen, weil ich mit dir ein Haus teile, wieso habt ihr das alles nicht besser geplant? Wieso habe ich nicht ein eigenes Haus oder eine Wohnung, wo ich vor alldem geschützt bin, wieso geht ihr solche Deals ein, wenn ihr all das nicht bedenkt?

Ich bin nicht sauer auf dich, Santiago, im Gegenteil. Ich weiß, dass es auch für dich keine leichte Situation ist und ich bin dir dankbar dafür, dass du auf mich zugekommen bist, genau wie Zayn oder Marco ... doch sobald du dich von mir abwendest, stürzen sich alle auf mich und das kann nicht sein.

Ich zwinge mich, nicht zuzuhören, wenn Zayn und du über eure Geschäfte sprecht, dabei bin ich nicht so. Ich weiß, du kennst mich nicht und ich bin eigentlich deine Feindin, doch ich würde dich nicht hintergehen. Wenn ich Sachen erfahre, würde ich die niemandem sagen, du bist doch jetzt auch ein Teil meines Lebens. Solange es niemanden gefährdet, den ich liebe, muss ich doch auch zu dir loyal sein.«

Santiago reibt sich über die Stirn. »Hör zu, ich weiß, dass du viel abbekommst und es tut mir leid. Doch ... ich ... all das war

178

anders geplant. Ich bin jetzt ganz ehrlich zu dir. Ich habe das nicht auf die leichte Schulter genommen, es war mir egal.

Ich habe mir vorgenommen zu heiraten, wir beide leben hier nebeneinander her und treten gemeinsam auf. Das ist nichts Neues, Catalina, das gibt es überall. Hätte ich eine deiner Schwestern geheiratet, wäre das auch sicher so gekommen, doch schon bei der Hochzeit wusste ich, dass das nicht so leicht wird.

Ich habe es am Anfang ja getan, doch als ich dich dann hier erlebt habe, jedes Mal, wenn ich dir in die Augen gesehen habe und darin die Angst erkannt habe und als wir zusammen einkaufen waren ... es hat sich etwas verändert, ich habe beschlossen, dem eine echte Chance zu geben.

Ich wollte nicht einfach nur neben dir her leben, sondern dieser Ehe eine wirkliche Chance geben. Dabei habe ich verdrängt, wer du wirklich bist und als das mit deinem Onkel war, ist mir das wieder richtig bewusst geworden, doch dafür kannst du nichts.

Du hast recht, es wird kompliziert und wir müssen mit noch vielmehr rechnen. Ich werde mit meinem Vater und mit meinem Bruder noch einmal darüber sprechen und generell einiges verändern, doch ich möchte vor allem, dass du weißt, dass ich das noch immer möchte, dem allen eine Chance geben.« Catalina lacht bitter auf. »Wir haben wohl eh keine andere Wahl.« Sie möchte sich den Sonnenuntergang ansehen, der schon fast vorbei ist, doch Santiago geht mit seinem Finger an ihr Kinn und sorgt so dafür, dass sie ihn ansieht.

»Catalina, ich habe die Tage viel darüber nachgedacht, erst war ich sauer und dann habe ich nur noch daran gedacht, ich konnte mich kaum auf etwas anderes konzentrieren, und als mir bewusst wurde, dass du meine gesamten Gedanken beherrschst, wusste ich, dass wir darüber sprechen müssen. Mich bringt das auch alles durcheinander, vielleicht merkt man mir das nicht an, doch ich war darauf nicht vorbereitet. Es sollte anders laufen. Meine Familie und alle anderen verhalten sich so, weil sie spüren, dass es mir so geht, dass ich mich nicht so verhalte, wie es geplant war, weil ich

179

dich mag, obwohl du seine Tochter bist und weil du mit mir sprechen darfst, wie es sich sonst niemand wagt.«

Catalina sieht ihm weiter in die Augen. Er ist so hübsch in diesem Licht, doch seine Worte bringen sie zum Kochen, sie weicht seinem Blick nicht aus und rückt sogar noch näher zu ihm.

»Weil du nicht mein Anführer bist! Du bist der Anführer der Rojos, Santiago und der mächtigste Mann in Südamerika und darüber hinaus, aber du bist nicht mein Anführer! Auch mein Vater ist es nicht, er ist mein Vater und du bist mein Mann. Ich habe keinen Anführer, hatte ich auch noch nie und ich könnte wahrscheinlich auch niemals einen akzeptieren.«

Santiago lacht leise. Catalina hält einen Moment ein, er ahnt nicht, wie anziehend er gerade auf sie wirkt. »Daran werde ich mich wohl gewöhnen müssen, dass ich jetzt eine kolumbianische Frau habe, dir mir offen ihre Meinung sagt. Trotzdem möchte ich das!«

Catalina begreift so langsam, dass er von mehr spricht als nur von diesem Deal. »Wenn du davon sprichst, unserer Ehe eine Chance zu geben, was genau meinst du damit, zusammen als Freunde leben ... wie darf ich mir das vorstellen?«

So langsam versteht Catalina, dass er von mehr redet. »Dass wir so weitermachen wie die Tage zuvor und sehen, worauf das hinausläuft. Wir sollten auf jeden Fall offen sein und dem eine reale Chance geben. Ich muss zugeben, dass ich vom ersten Moment an von deiner Schönheit fasziniert war, doch da war auch noch mehr ... ich habe mich gefreut, nach Hause zu kommen und immer öfter an dich gedacht und dann, nachdem du mir noch einmal klar gesagt hast, dass ich nicht vergessen soll, dass du Alvaros Tochter bist, habe ich darüber nachgedacht:

Was wäre, wenn du es nicht wärst? Wenn ich dich einfach so in einer Bar oder sonst wo getroffen hätte? Ich weiß, dass ich dich hätte haben wollen, um jeden Preis.«

Catalina hat nicht damit gerechnet, dass dieses Gespräch in diese Richtung verläuft. Sie selbst denkt ja oft genug in eine ganz andere

180

Richtung, wenn es um Santiago geht und ja, hätte sie ihn einfach irgendwo kennengelernt, wäre er ein Mann, in den sie sich Hals über Kopf verliebt hätte, doch in ihrer Situation hat sie sich gar nicht wirklich getraut, so weit zu denken.

Sie senkt den Blick und seine Stimme wird leiser. »Ich hätte alles dafür getan und seit mir das klar geworden ist, möchte ich, dass wir uns noch einmal auf all das einlassen, richtig versuchen, dem eine Chance zu geben. Ich meine, ich spüre doch auch, dass du meine Nähe und meine Berührungen magst.

Ich weiß, wessen Tochter du bist, doch auch wenn es erst immer unseren Hass aufkochen lässt, bin ich doch wieder hier, vielleicht ist das jetzt viel stärker als das, was uns trennt ...«

Catalina sieht wieder hoch. »Darüber kann ich gar nicht richtig nachdenken, wo du gerade erst aus Flavias Bett kommst und sie versucht, mir das Leben zur Hölle zu machen, damit ich mich von dir fernhalte. Ich meine, wo war da deine Chance für diese Ehe?« Das erste Mal weicht er ihrem Blick aus. »Ich war sauer und wollte mir selbst beweisen, dass ich mir das alles nur einbilde.«

Catalina lacht bitter auf. »Na dann bin ich mal gespannt, wie oft du noch sauer wirst.« Nun sieht er sie wieder an. »Wenn ich etwas sage, dann halte ich mich daran, das ist eine Sache, die du mit der Zeit erkennen wirst. Ich sage nicht, dass es klappt, vielleicht bleiben wir Freunde, vielleicht wird mehr draus, doch ich möchte mit dir einfach nicht nur so nebeneinander her leben. Ich kann dir auf nichts eine Garantie geben außer darauf, dass ich es probieren werde.«

Die Sonne ist untergegangen und es wird langsam dunkel. »Ich habe mich nie dagegen gestellt, aber ich habe auch beschlossen, mir nichts gefallen zu lassen. Ich bin nicht einfach so hier, ich habe mir das nicht ausgesucht, und wenn die Leute mir hier das Leben zur Hölle machen wollen, werde ich mir das nicht gefallen lassen. Ich bin Catalina Delgardo, ich lasse mir nichts gefallen.« Catalina hebt ihre Nase etwas zu hoch und Santiago lächelt.

»Im Grunde bist du Catalina Rojo Delgardo und du sollst dir gar nichts gefallen lassen, mir hast du doch gerade auch sehr gut die Stirn geboten, und über mir kommt keiner mehr, außer meinem Vater und meinem Bruder vielleicht, von daher hast du nichts zu befürchten.«

Catalina löst ihre Beine und setzt sich nun breitbeinig über die Liege, sodass auf jeder Seite ein Bein von ihr ist und so unrecht hat Santiago nicht, sie genießt diese Nähe wirklich. »Ja, aber wenn du das nächste Mal sauer bist und weg bist, dann ...« Dieses Mal unterbricht er sie. »Ich weiß, dass du das jetzt nicht glaubst, aber du wirst es einfach mit der Zeit merken, ich denke, jetzt müssen wir uns einfach Zeit geben. Ist das zwischen uns jetzt erst einmal ... wieder in Ordnung?«

Catalina lacht leise. »Ich denke fürs Erste ...« Er steht auf und hält ihr seine Hand hin, dass sie auch aufsteht, sie nimmt seine Hand und als sie vor ihm steht, wird er noch einmal ernst und sieht auf ihre Wange. »Was genau ist jetzt passiert?« Catalina geht langsam weiter in Richtung Haus. »Nichts, ich bekomme das schon hin. Wenn ich dir das jetzt sage und es Ärger gibt und nachher bist du wieder weg, wird alles nur schlimmer.

Weißt du, ich lese so viele Liebesromane, Geschichten von den schönsten Ehen, und trotzdem war ich immer realistisch, ich weiß, dass Liebe nicht immer schön ist, oder dass es Ehen ohne Liebe gibt, dass Liebe einen kaputt machen kann, ich sehe es an meinen Eltern und ich hatte auch nie viele Wünsche für meine Ehe ... aber das Wichtigste war mir immer, dass mein Ehemann hinter mir steht. Egal was kommt. Wenn nicht er, wer dann?«

Santiago will etwas sagen, doch in dem Moment geht bei ihnen im Haus, auf das sie gerade zulaufen, das Licht an, und Nola, Flavia und zwei Männer kommen mit einigen Stangen herein.

Sie suchen sie, aber es dauert einen Moment, bis sie bemerken, dass sie aus dem Garten auf sie zukommen. Catalina wird sofort anders, als sie auf Flavia und Nola sieht, Santiago merkt das und läuft näher neben ihr ins Haus.

Catalina hat die Männer noch nie gesehen. Alle vier sehen verwundert zu ihnen, als sie vom Garten ins Haus treten. »Santiago, ich dachte, du wärst bei Zayn ... aber die beiden haben gesagt, du bist hier. Wir haben die Kleider für die Feier und Catalina soll sich eins aussuchen.«

Nola sieht ihren Bruder an. »Wieso soll ich nicht in meinem Haus sein, Nola?« Seine Schwester lacht kurz auf, so ganz weiß sie dazu wohl nichts zu sagen. »Nein, natürlich, ich meinte nur ...« Santiago begrüßt die beiden Männer, er stellt Catalina die beiden als zwei seiner vertrautesten Männer vor, sie reden kurz und Catalina bekommt mit, dass sie eine Weile weg waren und ihm berichten wollen, was sie bei ihrem Auftrag erreicht haben.

Dann tritt Flavia zu Santiago, sie beachtet Catalina, die bei ihm steht, gar nicht und beugt sich zu ihm hoch, um ihm einen Kuss zu geben. »Baby, deine Schwester und ich ...«

Bevor Flavia ihn küssen kann, reagiert er. »Warst du hier in meinem Haus, als ich nicht da war?« Sie bricht den Versuch des Kusses ab und sieht zu Catalina. »Nur kurz, ich ...« Catalina weiß, wer Santiago ist und natürlich auch, dass er eine sehr harte Seite an sich hat, die muss er als so mächtiger Mann haben, doch nun sieht sie diese Seite das erste Mal richtig an ihm, der Blick, den er Flavia schenkt, lässt alle verstummen.

»Du hast hier in meinem Haus nichts zu suchen, hast du das verstanden? Catalina hat nichts gesagt, doch ich schwöre dir, Flavia, wenn ich erfahre, dass du etwas mit dem Kratzer auf ihrer Wange zu tun hast ... Du bist die Freundin meiner Schwester, verhalte dich in Zukunft auch so. Wenn du denkst, du hast das Recht, hier in mein Haus zu kommen und meine Sachen durch die Gegend zu schmeißen, hast du offenbar einiges falsch verstanden.«

Die sonst so vorlaute Flavia nickt nur, und auch Nola weiß nicht so recht mit der Wut ihres Bruders umzugehen. Die Männer sind ruhig.

Flavia stellt sich zu Nola, die ihrem Bruder in die Augen sieht, den Kopf schüttelt und sich räuspert. »Die Kleider, was ist mit denen?« Nola sieht in Catalinas Richtung, die in die Küche geht und sich eine Dose Limonade holt, sie will all das gar nicht mitbekommen, sie weiß, dass es früher oder später auf sie zurückfallen wird. Und wie das enden kann, hat sie heute gespürt, als sie sich von Esperanza verabschiedet hat, deswegen sieht sie nur kurz zu den Kleiderstangen.

»Mir ist das egal, ich nehme irgendein Kleid.« Sie spricht leise, sie möchte mit alldem nichts zu tun haben. Weder mit Flavia, noch möchte sie, dass sich Santiago jetzt mit seiner Familie ihretwegen streitet ... sie will das alles nicht, deswegen geht sie die Treppe hoch, direkt in ihr Zimmer. Auch nach der Aussprache weiß sie, dass sie sich aus alldem so gut es geht zurückziehen muss.

Sie spricht mit ihrer Mutter und Schwester, die sie ja versucht haben zu erreichen und erzählt ihnen von Esperanza. Als sie später auf ihre Terrasse tritt, sieht sie, wie Santiago mit Zayn und den beiden Männern im Garten um einen Tisch herumsitzen, sie unterhalten sich und lachen. Nola und Flavia sind weg und irgendwie beruhigt es sie ungemein, dass er wieder da ist.

Sie legt sich aufs Bett und sieht sich eine Serie an, bis es an ihrer Tür klopft und Santiago hereinkommt. Er hat frittierte Hähnchenschenkel und Pommes in einer Packung und Limonade. »Hier, wir haben Essen geholt. Möchtest du nicht runterkommen?« Catalina lächelt und nimmt es ihm ab. »Nein danke, lieber nicht.« Er legt ihr das Essen auf den Nachttisch und Catalina greift zu, sie hat wirklich Hunger. Bevor er wieder hinuntergeht, sagt er ihr nochmal, sie soll ruhig kommen, wenn sie möchte.

Doch das tut sie nicht, sie isst fast alles auf und legt die Verpackung auf ihren Schreibtisch, dann geht sie duschen und legt sich ins Bett. Sie hat die Tür nur angelehnt und löscht das Licht, doch sie schläft noch lange nicht. Sie hört auf die Stimmen und versucht, ihre Gefühle zu sortieren, lässt das Gespräch nochmal durch ihre Gedanken streichen und fragt sich, was da jetzt gerade zwischen Santiago und ihr passiert und ob sie das alles überhaupt möchte, es fühlt sich gut an, doch sollte es so sein?

Vielleicht hat er auch recht und sie bleiben nur Freunde, Catalina weiß es nicht, doch all das verwirrt sie so sehr, dass sie ruhig liegenbleibt, als er bei ihr klopft und nachsieht, ob sie schon schläft, als alle gegangen sind.

Sie möchte nicht, dass es noch komplizierter wird, als es schon ist, also bleibt sie leise liegen und hört auf alle Geräusche, bis sich Santiago im Nebenzimmer auch hinlegt und Ruhe einkehrt. Trotz all der Gedanken, der Trauer in ihrem Herzen und der Verwirrtheit ihrer Gefühle kann sie in dieser Nacht wieder beruhigter schlafen, einfach nur, weil er wieder da ist.

186

Kapitel 17

Catalina wird von einem Klopfen geweckt, mehr als ein leises Murmeln bekommt sie noch nicht hin, da kommt Santiago auch schon in ihr Zimmer.

Er trägt nur eine schwarze Sportshorts und kein T-Shirt und Catalina sieht ihm müde entgegen, was ihn lächeln lässt. »Guten Morgen, wir haben beide verschlafen. Wir müssen bald los.« Catalina setzt sich auf. »Bald los? Wohin?«

Man hört die Haushaltshilfe unten. »Nach Costa Rica, zur Hochzeit, die morgen stattfindet. Wir fliegen heute schon hin, viele sind früher da, es ist eine gute Gelegenheit, man trifft einige Leute wieder, die man sonst eher selten sieht und man kann ein paar Sachen besprechen. Meine Schwester ist jetzt schon unten, sie trifft da auch einige alte Freundinnen.« Catalina nickt nur, sie kann noch nicht so schnell denken. »Es ist ein kleiner Flughafen und viele landen heute, deswegen müssen wir bald los. Soll ich die Haushaltshilfe hochschicken, um für dich zu packen?«

Catalina steht auf. Sie trägt nur ein weites weißes Shirt, das ihr über die Schulter gerutscht ist, und eine Unterhose, die man aber nichts sieht, da das Shirt ihr über die Oberschenkel geht. »Nein, ich kann alleine packen ... Gott, seid ihr verwöhnt.« Sie muss leise lachen, auch wenn sie spürt, wie Santiago sie genau betrachtet.

»Okay, ich sage ihr, dass wir gleich frühstücken.« Er will hinausgehen, doch Catalina fällt noch etwas ein. »Wie lange bleiben wir da?« Santiago dreht sich in der Tür noch einmal zu ihr um. »Heute, morgen ist die Hochzeit und nachts fliege ich zurück, weil ich übermorgen einen wichtigen Termin hier habe. Es bleiben aber einige noch zwei Tage länger, Zayn auch, du kannst also entscheiden, ob du dort bleiben ...« Catalina denkt nicht daran. »Nein, ich bleibe bei dir!« Ein Lächeln setzt sich auf Santiagos Gesicht. »Okay, dann bleiben wir nur heute und morgen.«

187

Als er aus der Tür ist, versucht sie, einen klaren Kopf zu behalten, sie geht schnell duschen, cremt sich ein, bindet sich einen Zopf, tuscht sich die Wimpern, trägt Rouge und Lipgloss auf und macht sich Ohrringe an, die die gleiche Farbe wie ihre Augen haben und diese noch mehr hervorstechen lassen.

Deswegen zieht sie doch noch schnell einen Lidstrich und packt danach einige Schminksachen, Schmuck und Kosmetikartikel, die sie braucht, in eine kleine Tasche. Damit geht sie in den Kleiderschrank, zieht sich ein schulterfreies braunes Kleid über, was ein wenig weiter ist, aber durch einen Gürtel unter der Brust wirkt das Ganze locker und sexy zugleich.

Sie bindet sich braune Sandalen um die Füße und um die Beine und sieht zufrieden in den Spiegel. Ihr Handy, ihre Sonnenbrille und den Lipgloss legt sie in eine kleine Umhängetasche aus der teuren Serie, die sie jetzt hat. Dann nimmt sie sich die größte Tasche dieser Reihe, legt eine Shorts, ein Oberteil, Unterwäsche, noch ein paar flache und hochhackige Schuhe im Stoffbeutel mit hinein, ein Sommerkleid, eine Shorts und ein Top zum Schlafen. Sie nimmt noch einen Bikini mit und legt die Kosmetiktasche dazu, mehr braucht sie nicht. Das Kleid für die Hochzeit wird sie ja dort bekommen. Es ist noch Platz für ihren Laptop und ihr Buch und schon ist Catalina fertig.

Ihre Haare sind noch feucht, sie lässt sie offen und geht nach unten, wo Santiago gerade im Garten am Handy mit jemandem spricht und schon am Frühstückstisch sitzt. Catalina sieht sofort, dass das Bild von ihnen, das größte und schönste, an dem Flavia das Glas zerschmettert hat, aufgehangen über dem verspiegelten Sideboard hängt.

Es hat nun kein Glas mehr, doch das stört nicht. Catalina hatte es da stehen gelassen, sie wollte nicht die Entscheidung übernehmen, ob sie das Bild wegstellen oder aufhängen, was ja doch schon eine gewisse Aussage hat, doch Santiago hat offensichtlich diese Entscheidung übernommen.

188

Die Haushälterin kommt aus dem Waschraum und lächelt sie an. »Guten Morgen, die Kinder haben sich sehr gefreut über die Schokolade, vielen Dank noch einmal. Soll ich die Tasche auch gleich ins Auto bringen?« Sie nimmt Catalina die Reisetasche ab und Catalina legt ihre Handtasche auf das Sideboard. »Das freut mich, ja danke, das ist nett.«

Da der Tisch im Garten schon gedeckt ist, geht Catalina gleich hinaus. Santiago sieht ihr entgegen und beendet das Gespräch am Handy. Er trägt ein schwarzes Hemd, an dem die oberen Knöpfe offen sind und eine schwarze Shorts, die ihm bis zu den Knien geht, dazu schwarze Sneakers, sie weiß nicht, was sie besser an ihm findet. Ihm stehen die sportlichen Outfits genau wie die feineren und am Tag ihrer Hochzeit im Anzug sah er sogar noch eindrucksvoller aus.

»Und, bist du jetzt wach?« Catalina setzt sich an den Tisch und er sich ihr gegenüber. »Ja, langsam.« Santiago deutet auf eine Pfanne mit Eiern und Tomaten, eine weitere Spezialität Kolumbiens. »Die Haushälterin mag dich scheinbar.« Catalina sieht ins Haus, wo die Haushälterin gerade hereinkommt und nach oben geht. »Sie hat drei Söhne und ich habe ihr Schokolade für sie mitgegeben.« Santiago hält Catalina die Eier hin und lächelt mild. Sie tut sich eine Portion auf, auch er isst sie zusammen mit Speck und einem Brötchen, während sie nach den Eiern nur noch etwas Obst isst.

»Gibt es eigentlich so etwas wie ein Programm für heute und morgen?« Santiagos Handy klingelt, aber er ignoriert es. »Heute wollen mich einige sprechen und abends gibt es ein Essen für die Gäste, die schon da sind. Morgen gehen dann alle in eine offene Kirche, das ist eine Kirche im Freien, damit auch alle reinpassen, irgendwie so wurde mir das erklärt.« Catalina kennt das, sie haben solche Kirchen auch in Kolumbien, für größere Gemeinden. »Dann fahren alle ins Hotel und die Feier beginnt, und abends fliegen wir zurück.«

Catalina sieht erst jetzt, dass Santiago seinen Ehering am Finger trägt. Stimmt, sie sollen ja das glückliche Ehepaar spielen. »Ich muss meinen Ring noch holen.« Santiago sieht ihr in die Augen. »Du musst ihn nicht tragen, ich habe mich dazu entschlossen, ihn ab jetzt immer zu tragen.« Nun hebt Catalina die Augenbrauen und trinkt noch ihren Orangensaft aus. »Hast du das? Wegen der Chance für diese Ehe?« Er steht auf und lacht leise. »Genau. Deswegen.« Sie mag es, wenn sie beide Spaß miteinander machen können. »Na dann werde ich der Chance nicht im Weg stehen und meinen Ring auch tragen.«

Santiago steckt sein Handy ein und grinst noch immer. »Ich muss noch meine Waffe holen, wo ist der Ring?« Catalina sagt ihm, dass er in ihrem Bad auf der Ablage in einer Schüssel ist und trinkt ihren Orangensaft aus, bevor auch sie langsam aufsteht.

Sie geht in den Wohnbereich, nimmt ein paar Schokoriegel vom Tablett und legt sie der Haushälterin wieder hin, genau in dem Moment kommt Santiago die Treppe herunter und Catalina kommt zu ihm in den Flur. Er stellt sich genau vor sie, so ist er mehr als einen Kopf größer als sie.

Er nimmt ihre Hand in seine und Catalina muss lächeln, als er ihr vorsichtig den Ring wieder an den Finger steckt. »Passt immer noch perfekt.« Seine Hände sind so schön groß und breit, ihre wirken dagegen sehr zart, und doch ist er so behutsam mit seinen Händen. Er beugt sich vor und küsst ihre Stirn, dann sieht er ihr in die Augen. »Ich bin froh, dass du nicht mehr diese Angst in deinen Augen hast wie bei unserer Hochzeit.« Ihre Stimme ist leiser, weil sie spürt, dass hier wirklich mehr zwischen ihnen zu wachsen beginnt als das, was sie vorspielen sollen.

»Weil du sie mir genommen hast.« Zumindest, was ihn betrifft.

Es hupt draußen, deshalb brechen sie den Augenkontakt ab und verlassen das Haus. Es stehen zwei Autos vor ihrer Einfahrt, sie kann nicht erkennen, wer alles darin sitzt. Sie steigen in einen blauen Mercedes und Santiago gibt gleich Gas. Als sie aus dem Gebiet herausfahren, stößt noch ein Auto zu ihnen. Vier Autos fahren schnell zum Flughafen, während der ganzen Fahrt telefoniert Cata-

190

lina mit ihrer Mutter, die sie sehr besorgt ausfragt, wie es ihr geht und ob alles in Ordnung ist.

Catalina sagt ihr, dass es wieder besser ist und Santiago und sie sich ausgesprochen haben, doch sie scheint ihr das nicht ganz abzunehmen. Sie wusste, dass es ein Fehler war, so vor ihrer Mutter zusammenzubrechen, doch sie konnte in dem Moment einfach nicht anders. Sie muss ihrer Mutter versprechen, gut aufzupassen, sie ermahnt sie extra nochmal, da dort viele Familias sein werden, die nicht besonders gut auf ihren Vater zu sprechen sind. Catalina verspricht es und als sie auf dem Flugplatz ankommen, beendet sie das Gespräch. Santiago sagt nichts weiter zu ihr, auch wenn er mitbekommen hat, worum es geht.

Als jetzt alle nach und nach halten, aussteigen und zu dem Flugzeug gehen, in dem Catalina auch hergeflogen ist, sieht sie, dass unter anderem Zayn dabei ist, Marco, die beiden Männer, die gestern in ihrem Haus waren, Diego und Thiago, die beiden Cousins von Santiago und noch fünf weitere Männer, die Catalina schon mal gesehen hat. Sie alle nicken ihr zu, Zayn küsst sie wieder auf die Wange, auch Marco und die beiden Cousins begrüßen sie so. Fortschritte, kleine Fortschritte, für die Catalina dankbar ist.

Sie hat nicht geahnt, dass sie mit den vielen Männern fliegen wird, doch es ist ihr lieber als mit den Frauen. Die Männer holen sich alle was zu trinken, Santiago bringt etwas zu Catalina, die es sich auf einer der Couchen gemütlich macht und anfängt, ihr Buch zu lesen, während die Männer sich an dem Tisch Papiere ansehen und sich besprechen.

Catalina hört nicht zu, es ist ihr egal, sie möchte von all den Familiaangelegenheiten so wenig wie möglich mitbekommen. Als ihr Handy nach mehr als der hälfte der Flugzeit klingelt und sie sieht, das es ihr Patenonkel ist, wundert sie sich schon ein wenig. Sie liebt ihn und sie weiß, dass er sie auch liebt, doch so häufig haben sie nie miteinander gesprochen. Das wird sicherlich daran liegen, dass er sich jetzt gerade Sorgen macht.

Er fragt, wo sie ist und als sie es ihm sagt, fragt er, ob Santiago in ihrer Nähe ist, was sie verwundert. Die beiden verbindet nicht solch eine jahrelange Feindschaft wie ihre Familias, doch er zählt zu den Verbündeten ihres Vaters und dass die Familias sich nicht gerade mögen, hat sie ja mitbekommen. Sie setzt sich auf.

»Ja, natürlich ist Santiago hier, warum.« Das haben auch die Männer gehört und sehen zu ihr. »Hast du da einen Laptop oder etwas, wo ich mit euch beiden sprechen kann?« Catalina sieht sich um und zum Fernseher an der Wand. »Ja, ich denke schon, warum? Was ist denn los?« Er bittet sie einfach, ihn von da anzurufen und legt auf. Irgendetwas stimmt nicht.

Nun hat sie eh die Aufmerksamkeit aller Männer hier und sagt ihnen, dass sie ihn anrufen soll und er mit Santiago und ihr sprechen möchte. Zayn hat mit wenigen Handgriffen über den Fernseher einen Videoanruf geschaltet und Catalinas Herz schlägt schneller, als sie jetzt in die besorgten Augen ihres Onkels sieht, der über seinen Laptop von seinem Büro aus mit ihnen spricht. Er sitzt auf einem Stuhl und sieht sich durch die Kamera alle anwesenden Männer an, dann sieht er zu Catalina und dann zu Santiago, der sich neben sie stellt.

Zwei seiner Männer stehen bei ihm, Catalina kennt sie sehr gut, sie kennt sein Büro sehr gut, doch sie kennt diese besorgte Art an ihm gar nicht. »Was ist los, Franco?« Er räuspert sich. »Deine Mutter hat mit mir über die Hochzeit gesprochen, zu der ihr fahrt und ich habe mich umgehört. Dort wird auch die Familia Farino sein.« Catalina versteht gar nichts mehr, doch Santiago weiß offenbar, von wem er spricht. »Ja, natürlich werden sie da sein.«

Franco beugt sich vor. »Ihr habt bei diesem Deal, den ihr gemacht habt, aber einiges vergessen. Es gibt Familias, die eure Freunde sind und unsere Feinde und andersherum genauso, also jedes Mal, wenn ihr jetzt Catalina mitnehmt zu euren Freunden, könnte es sein, dass es unsere Feinde sind und sie in Gefahr ist, das gilt besonders für die Farinos.« So ähnlich hat Catalina das ges-

192

tern auch Santiago gesagt, sie weiß, was Franco meint, auch wenn sie nicht genau weiß, wer die Farinos sind.

»Sie steht gerade zwischen euren allergrößten Feinden und es geht ihr gut. Wir alle haben verstanden, dass sie nichts mit dem Krieg zu tun hat, das werden die anderen Familias auch ...« Das erste Mal meldet sich Zayn zu Wort und Catalina sieht zu Santiagos Bruder, er scheint sie wirklich zu akzeptieren.

»Nicht die Farinos! Ihr ... es ... Damals gab es große Probleme zwischen den Delgardos und ihnen, große. Alvaro wusste, dass sie ihn hintergangen haben und das um mehrere tausend Dollar. Sie haben damals außerdem Informationen an euren Vater weitergegeben, es war einiges, was da schiefgelaufen ist. Aus Rache haben die Männer deines Vaters sein Lager abgebrannt und einige seiner Männer getötet, sie wollten, dass sie sich von diesem Schlag nicht so schnell erholen ...« Santiago neben Catalina versteift sich.

»Ja, aber ich meine, das ist ja nichts Neues, diese Sachen passieren ständig bei allen Familias.« Catalina weiß nicht, worauf er hinaus möchte. »Ja, du hast recht, Engel, aber manchmal passieren bei diesen Racheakten auch Unglücksfälle. Die Frau von dem Anführer und seine Tochter hatten sich nach einem Streit in das Lager zum Schlafen zurückgezogen, keiner der Männer deines Vaters wusste das, er wusste das nicht. Sonst wäre das nie passiert.«

Catalina sieht Franco schockiert an, sie hört, wie einige der Männer bei ihr leise fluchen. »Was ... ist passiert?« Catalina kann nicht glauben, was sie da hört.

»Die beiden konnten aus dem Lager entkommen, doch beide haben schwere Verbrennungen davongetragen. Die Familia hat seitdem immer wieder versucht, sich an deinem Vater zu rächen und an euch Töchter heranzukommen. Du kennst deinen Vater, er hat über euch gewacht wie ein Wolf, es ist nie einer in eure Nähe gekommen, doch nun kann er nicht mehr über dich wachen und du bist direkt zu ihnen unterwegs.«

Santiago hebt die Hand. »Also wir wussten bis jetzt auch nichts davon, sonst hätten wir das schon längst geklärt. Catalina ist jetzt meine Frau und ich bezweifle, dass er sich mit mir anlegen möchte und meiner Frau zu nah kommt, aber es ist gut, dass du uns darüber informiert hast. Ich werde mit ihm reden und klarstellen, dass er sich jetzt und auch in Zukunft von ihr fernzuhalten hat.« Catalina kann nicht glauben, was sie da eben erfahren hat. »Bist du dir ... weiß Mama davon? Ich meine, wieso wissen wir das nicht ...?«

Santiago sieht zu ihr, sie kann sich vorstellen, dass sie ganz blass ist, sie weiß, dass ihre Familia nicht gerade sanft ist, doch das ... es war ein Unfall, aber trotzdem ist es grausam.

»... Jetzt, ich habe es ihr gesagt. Dein Vater wusste nicht, dass die Farinos zur Hochzeit kommen, sonst hätte er es nicht zugelassen, dass Catalina dorthin fliegt. Ich wollte es ihm gerade sagen, doch er ist gerade in Venezuela bei seiner ... neuen Freundin oder was auch immer und ich habe ihn nicht erreicht, aber ich informiere ihn noch.« Das ist so typisch ihr Vater. Santiago tritt näher zu ihr. »Ihr wird nichts passieren, ich denke nicht, dass ihr anzweifelt, dass ich und meine Männer sie vor den Farinos schützen können.«

Franco lehnt sich in seinem Stuhl zurück und reibt sich die Augen. »Darum geht es nicht. Wir kennen deine Macht, Santiago, wenn du möchtest, kannst du Catalina vor der ganzen Welt schützen und ich habe auch deinen Blick auf ihr gesehen. Ich weiß, dass du sie nicht nur als Alvaros Tochter siehst. Ich selber liebe sie wie meine eigene Tochter und ich weiß, dass du sie schützen wirst, doch ich bin mir nicht sicher, ob deine Männer das auch tun werden. Nur weil du gelernt hast, sie mit anderen Augen zu sehen, müssen das deine Männer nicht auch tun.«

Catalina spürt, dass sie rot wird, Franco hat vor allen hier gesagt, dass er denkt, dass Santiago Gefühle für sie hat. Wieso tut er das? Doch statt es abzustreiten, zuckt Santiago nur die Schultern. »Du unterschätzt meine Männer, wenn ich sie bitte, auf Catalina aufzupassen, tun sie es und ich muss sie nicht bitten, es ist selbstverständlich, dass sie auf meine Frau aufpassen. Catalina wird nichts passieren!«

In dem Moment landen sie und Catalina sieht aus dem Fenster, sie muss sich nicht nur vielen neuen Familias zeigen, der Familia von Santiago aus dem Weg gehen, nein, nun ist hier auch noch eine Familia, die an ihr Rache wegen ihres Vaters üben will.

Sie ahnt, dass das keine schönen Tage für sie werden.

Kapitel 18

Catalina musste Franco versprechen, sich zu melden. Zayn hat telefoniert und herausgefunden, dass die Familia erst morgen anreisen wird. Santiago hat veranlasst, dass sie als Erstes zu ihm gebracht werden sollen, damit er mit ihnen sprechen kann, trotzdem hat Catalina ein ungutes Gefühl, als sie das Flugzeug verlassen.

Vor dem Flugzeug stehen fünf schwarze Luxusautos mit Fahrern. Santiago und Catalina steigen in eines und sobald sie sitzen, lässt Santiago die Trennwand zum Fahrer hinauf und sieht Catalina an.

»Du hast sehr helle Haut, ich liebe das, aber gerade siehst du aus, als würdest du jeden Moment umfallen.« Catalina wendet sich ihm ganz zu und rückt näher zu ihm, sie flüstert. »Hast du das gehört, was mein Vater getan hat, ich meine, wie kann er damit leben? Es ist kein Wunder, dass sich der Mann rächen will, er hat jedes Recht dazu und jetzt musst du auch noch einen Streit für ihn klären, obwohl du nichts damit zu tun hast. Es ist kein Wunder, wenn deine Männer mich hassen, und mein Vater sitzt in dieser Zeit irgendwo und schwängert weiter Frauen, um vielleicht doch noch einen Sohn zu bekommen, das ist alles … ich hasse das!«

Catalina kann nichts dafür, ihr entwischt eine Träne. »Ich hasse das alles, diese Familias, diese Streitereien, den Hass, die Vereinbarungen. Ich wünschte, ich könnte jetzt in ein Flugzeug steigen und irgendwo aussteigen, wo es all das nicht gibt, wo solch ein Wahnsinn nicht existiert, wo man mich nicht als Tochter von irgendjemandem sieht, sondern einfach nur als Catalina und … ich weiß auch nicht.«

Santiago nimmt sie in den Arm und sie lässt es zu. Catalina mag die Nähe von ihm die ganze Zeit schon, jetzt genießt sie seine Wärme. Seine starken Arme umfassen sie, sein Kopf liegt auf ihren Haaren und Catalina legt ihre Wange an seine Brust. Sie hört auf seinen Herzschlag, der ein wenig schneller geht als normal, inhaliert seinen Duft und schließt die Augen. »Du bist da reingeboren, genau wie ich. Keiner von uns hat die Wahl, Catalina, wir müssen einfach lernen, daraus das Beste zu machen.

Ich werde deinen Vater sicher nicht in Schutz nehmen, doch wie Franco es gesagt hat, solche Unglücke können immer passieren. Wie oft wir schon etwas niedergebrannt haben, das hätte auch uns passieren können. Und wusstest du, dass dein Vater jeden Tag anruft, seit du bei uns bist? Jeden Tag, immer weil irgendetwas mit den Vereinbarungen ist, aber im Grunde will er nur wissen, wie es dir geht. Meine Männer wissen das und sagen nichts, auch wenn ich nicht so ganz verstehe, wieso er dich nicht selbst anruft.«

Catalina öffnet die Augen wieder, es fühlt sich gut an, seine raue Stimme durch seinen Körper gleiten zu spüren. »Weil er weiß, dass ich sauer bin. Er meldet sich nicht, bis er denkt, ich bin nicht mehr sauer, so ist er, das hat er schon immer getan. So umgeht er gerne Probleme.« Sie hört sein Lächeln an ihrem Kopf.

»Aber er liebt dich und Franco tut das auch.« Catalina hebt ihren Kopf ein wenig, um ihn ansehen zu können, das Auto hält bereits wieder und Catalina sieht ihm in die Augen. Er wischt ihr eine Träne weg. »Und jetzt bin ich da. Vertrau mir einfach, dir passiert nichts. Niemand wird sich an dich heranwagen.«

Catalina sieht auf seine Lippen, sie will in diesem Moment nichts so sehr, wie ihn zu küssen, auch Santiago scheint daran zu denken, doch die Tür wird geöffnet und ihnen von einem Pagen des Hotels aufgehalten. »Willkommen, Mrs. & Mr. Rojos.«

Catalina atmet tief ein, als sie aus dem Auto steigen, diese Spannung gerade zwischen Santiago und ihr steigt ihr noch immer in den Kopf und genau jetzt und hier sollte sie versuchen, einen klaren Kopf zu behalten. »Santiago, mein alter Freund, wie geht es dir? Es ist uns eine große Ehre, dass du unsere Hochzeit besuchst.«

Ein Mann kommt auf sie zu. Hinter ihm stehen weitere Männer. Fast schon automatisch stellt sich Catalina noch näher zu Santiago,

198

er begrüßt den Mann mit einer Umarmung, den anderen Männern gibt er die Hand. Auch Zayn und die anderen begrüßen die Männer und sie alle geben Catalina respektvoll die Hand.

Der Bräutigam lächelt und küsst ihren Handrücken. »Ich habe schon gehört, wie schön deine Frau ist, doch damit habe ich nicht gerechnet. Herzlichen Glückwunsch noch einmal.« Catalina lächelt und sieht sich das riesige Luxushotel an, in dem sie wohl wohnen werden. Santiago begrüßt den Mann auch, stellt Catalina vor und dann bringt er sie zu den Fahrstühlen, damit sie sich erst einmal ausruhen können. Er erwartet sie beim Abendessen.

Als sie in den Hotelflur treten, der komplett in weiß eingeschmückt ist und der in der Mitte einen riesigen Brunnen hat mit weißen Tauben darauf, die alle ein zartrosa Tuch um den Hals tragen, erfährt Catalina, dass das gesamte Hotel für die Hochzeit gebucht ist. Hier schlafen nur die Gäste und hier wird auch die Hochzeit stattfinden.

»So viele Familias unter einem Dach ... ist das nicht ein wenig gefährlich?« Catalina sieht sich um und murmelt leise die Worte, sie hat nicht gesehen, dass der Mann gerade mit Santiago spricht und er ihr gar nicht zuhört. »Eigentlich nicht. Es gibt hier keine verfeindeten Familias, also keine Feinde ... außer eine!« Plötzlich steht Nola vor ihr und lächelt sie zuckersüß an, neben ihr Flavia, aufgetakelt bis zum geht nicht mehr.

Durch ihr Problem, dass eine rachsüchtige Familia hinter ihr her ist, hat sie dieses Problem komplett vergessen.

Santiago hat die beiden weder gehört noch bemerkt, deswegen setzt Nola nun ein echtes Lächeln aufs Gesicht. »Bruderherz!« Sie küsst Santiago, der sich zu ihr umwendet, auch Zayn und die anderen Männer kommen erst jetzt wieder dazu. Es stehen noch zwei weitere Frauen bei Nola und Flavia und sie begrüßen alle. Eine bleibt gleich bei Zayn und flüstert ihm etwas ins Ohr.

»Und, war bisher alles in Ordnung?« Santiago sieht seiner jüngeren Schwester in die Augen. Catalina ist sich sicher, dass sich die beiden lieben, das sieht man, wahrscheinlich ist sie der einzige Streitpunkt zwischen ihnen.

»Ja, wir gehen jetzt in den Spa, um für heute Abend vorbereitet zu sein. Wir haben gerade dem Pagen das Kleid für Catalina gegeben, es ist wichtig, dass sie gut aussieht, oder nicht? Bis später.« Sie küsst ihren Bruder und sicherlich hat nicht nur Catalina den gemeinen Unterton da herausgehört, doch Santiago sagt nichts.

Er erklärt den Männern, dass sie sich später sehen. Er will gleich schon zwei Familias treffen, aber erst fahren sie auf die Zimmer. Sie steigen in den Fahrstuhl mit Zayn, der eine der Frauen bei sich hat und schon gar nicht mehr richtig auf die anderen achtet, die beiden werden sicherlich gleich ihren Spaß haben. Sie fahren ganz nach oben, als sie aus dem Fahrstuhl steigen, sitzen drei bewaffnete Männer vor der Tür und sehen sie an.

Catalina schreckt kurz zusammen, bis sie begreift, dass es Rojos Männer sind, sie sind wahrscheinlich schon mit Nola hergekommen und sie sind da, um sie alle zu schützen. Santiago redet kurz mit ihnen und erklärt, dass sie momentan sehr wachsam sein müssen, da es eventuell Probleme mit einer Familia geben könnte. Zayn ist schon mit der Frau in einer der mittleren Türen verschwunden und Santiago öffnet die Tür daneben mit einer Karte.

Es tut gut, wieder für sich zu sein. Catalina atmet tief ein, als sie die Tür hinter sich schließen, als sie dann auf die wunderschöne Suite blickt, sieht sie sich begeistert um. Sie ist ganz in weiß gehalten, es gibt einen kleinen Flur, in dem sie stehen, von hier geht ein großes Bad mit Whirlpool drinnen ab. Catalina zieht sich die Sandalen aus und geht in den Wohnbereich. Hier steht ein großes Sofa mit einem weißen Tisch, ein Klavier und ein großer Fernseher. Auf dem Tisch steht ein Teller mit Früchten, einer mit leckerem Kuchen und einer Flasche Champagner mit Gläsern.

»Es ist so schön hier.« Von hier geht ein weiterer Raum ab, in dem ein großes Bett mit tausenden von weißen Kissen steht. Darauf sind kunstvolle Schwäne aus Handtüchern gebildet, die in einem Rosenherz schwimmen. Von hier geht ein weiterer Raum ab, in dem schon ihre Taschen liegen und bereits ausgepackt sind. Catalina sieht aufs Bett und Santiago tritt hinter sie. »Für alle sind wir halt verheiratet.« Er zeigt auf das Bett. »Ich kann aber auch auf der Couch schlafen.« Catalina dreht sich zu ihm um und will etwas sagen, da bemerkt sie die Terrasse.

»Oh, mein Gott.« Schon ist sie weg und auf der riesigen Marmorfläche. Sie blicken direkt aufs Meer. Sie hat gar nicht gemerkt, dass das Hotel am Meer liegt, aber sie lag auf den Weg vom Flughafen auch in Santiagos Armen und hat nicht auf die Umgebung geachtet.

Es klopft und Santiago geht nachsehen, wer da ist. Er kommt mit einem Pagen zurück, der ein eingepacktes Kleid dabei hat. Santiago sagt, er soll es ins Schlafzimmer hängen, doch Catalina stoppt den jungen Mann. »Einen Augenblick.« Sie öffnet den Reißverschluss der Verpackung und verzieht das Gesicht. In dem Kleiderkoffer hängt ein billiges, enges, kurzes Leopardenkleid.

»Das ist doch nicht deren Ernst.« Auch Santiago hat es entdeckt und nimmt wütend sein Handy in die Hand, doch Catalina greift nach seiner Hand und sieht ihm in die Augen. »Nein, lass es. Es macht das nur noch schlimmer, es ist ein Kreislauf, du sagst was, sie werden noch wütender, sie rächen sich, du sagst was ...«

Santiago ist wirklich sauer. »Ich werde mit meiner Schwester reden, alleine, wenn das hier vorbei ist. Was willst du jetzt tun? Sollen wir ein neues Kleid besorgen?« Catalina hat keine Lust, sich jetzt durch die Geschäfte zu quälen. »Nein, ich habe ein Sommerkleid hier, notfalls nehme ich das und ...« Der Page, der noch immer das Kleid hält, räuspert sich verlegen, man sieht, dass es ihn viel Überwindung kostet, doch er strahlt Catalina förmlich an.

»Entschuldigen Sie, ich ... also ich habe vielleicht eine Lösung. Ich komme aus Kolumbien, Prinzessin.« Catalina lächelt und Santiago zieht die Augenbrauen zusammen. Bei ihnen in Kolumbien wird ihr Vater oft im Spaß und mit viel Liebe König Kolumbiens genannt und seine Töchter werden Prinzessinnen genannt. Das weiß natürlich auch Santiago.

»Hier im Hotel ist eine Boutique, hier arbeiten einige Kolumbianer und wir alle sind so aufgeregt, dass Sie hier sind. Es ist uns allen eine Ehre, Ihnen zu helfen, hier bei diesem wichtigen Treffen Kolumbien am besten zu vertreten, sodass allen klar ist, dass es bei uns die Prinzessinnen gibt.« Der Mann strahlt sie an und Catalina strahlt zurück. »Das hört sich doch gut an.« Santiago scheint nicht so begeistert zu sein.

»Und wo soll dieser kolumbianische Fanclub stattfinden?« Catalina lacht und zwinkert dem Mann zu. »Die puertoricanischen Männer glauben nicht so ganz an uns.« Der Page freut sich wirklich. »Die Boutique ist hier gleich in der kleinen Einkaufsstraße des Hotels. Wegen der Feier mussten alle Geschäfte schließen, wir sollen aber alle da sein, um immer abrufbar zu sein. Ich kann Sie gleich mitnehmen, die anderen werden sich freuen.«

Catalina geht es gar nicht um das Kleid, es tut so gut, wieder mit einem Kolumbianer zu sprechen, man hört seinen typischen Akzent, den Catalina nur hat, wenn sie mit ihrer Familie spricht, und diese Leute mögen sie für das, was sie ist und verachten sie nicht deswegen, das tut so gut. Besonders ihre Mutter ist in Kolumbien sehr beliebt, Sarita weniger, die Leute haben sich auf die Seite ihrer Mutter geschlagen, was ihren Vater noch wütender werden lässt.

»Und sie kann da ein Kleid für morgen finden?« Santiago ist noch nicht so begeistert wie Catalina. »Auf jeden Fall, wir haben da auch eine Frisörin, eine Kosmetikerin … alles, was sie braucht.« Santiago nickt. »Na gut, schauen wir uns das an. Ich muss gleich weg und lasse dann zwei Männer zum Schutz vor der Tür.« Catalina nimmt sich ihre Tasche. Zusammen mit dem Pagen verlassen sie ihre Suite wieder. Santiago steckt sich sein Handy und seine Waffe ein und Marco kommt gerade zu ihnen. »Die warten bereits im Restaurant, Diego ist schon bei ihnen, kommt Zayn mit?«

Santiago deutet zwei der Männer, die hier auf dem Flur sitzen, mitzukommen. Der Page läuft aufgeregt neben Catalina her.

»Der wird nachkommen, der hat noch zu tun.«

202

Sie steigen alle in den Fahrstuhl und Marco blickt zwischen Catalina und dem Pagen hin und her. »Und wieso fahren wir mit dem Pagen ins Erdgeschoss und nicht ins Restaurant im ersten Stock?« Santiago seufzt leise aus. »Weil wir uns vorher einen kolumbianischen Fanclub ansehen.« Catalina lacht leise und sieht zum Pagen. »Hör gar nicht auf ihn, die sind nur sauer, weil es das für Puerto Rico nicht gibt.« Marco lacht auf. »Ich wusste, dass es mit ihr nicht langweilig wird.«

Natürlich wissen sie alle, dass Santiago, Marco und alle anderen nicht alle Kolumbianer hassen, diese Feindschaft bezieht sich nur auf die Familia, deswegen begrüßen sie alle die Frauen, die in einer Boutique die Türen für sie öffnen und ungläubig zu Catalina sehen, auch sehr höflich.

»Sie ist es wirklich, madre mia, noch so viel schöner als auf den Bildern. Ich liebe die Geschichte deiner Eltern, bei uns im Dorf wird sie jedem Kind erzählt.« Catalina begrüßt auch alle, es sind vier Frauen, die sie sofort mit Fragen bombardieren. Hier im Laden hängen unzählige Kleider und Catalina wird bestimmt etwas Passendes finden, aber erst einmal bitten sie die Frauen, sich zu setzen. Sie haben Kuchen da und bereiten Catalina einen Kaffee zu und da verabschieden sich Santiago und Marco.

Santiago sagt ihr, dass sie anrufen soll, wenn etwas sein sollte und dass Männer vor der Tür warten. Catalina sagt ihm, dass das nicht nötig ist, doch er belässt es lieber dabei.

Die nächsten zwei Stunden genießt Catalina unheimlich. Sie fühlt sich pudelwohl. Sie sitzt mit eigentlich völlig Fremden zusammen, doch fühlt sich wie zuhause. Sie erzählt ihnen ein wenig von ihrer Mutter und ihrem Zuhause, natürlich nur das, was allgemein bekannt ist, sie würde niemals wichtige Informationen verraten, doch die Frauen und auch dem Pagen, der auch eher eine stärkere feminine Seite an sich hat, reicht das völlig.

Santiago schickt ihnen zwischendurch Platten mit Obst und Sandwiches. Sie gehen ja bald essen und Catalina isst nicht zu viel. Natürlich kommen sie auch auf Santiago zu sprechen. Catalina bekommt nun zum ersten Mal mit, dass ihr Vater, der sonst in Kolumbien sehr beliebt ist, ziemlich viel Ansehen mit dieser Hochzeit verloren hat.

Sie alle machen sich Sorgen wegen Catalina. Sie erklärt aber, dass Santiago und auch die Männer der Familia sich ihr gegenüber gut verhalten. Der Page erzählt vom Kleid und Catalina erwähnt, dass die Schwester und die anderen Frauen ihr das Leben schwer machen. Danach scheint es für alle Anwesenden eine beschlossene Sache zu sein: Catalina muss morgen aus allen Frauen herausstechen, die Schönste sein, für Kolumbien, für die Ehre der Familia Delgardo und je mehr sie davon sprechen, umso mehr möchte sie das auch.

Sie will der Schwester und allen anderen zeigen, dass sie sich nicht unterkriegen lässt. Zwei der Frauen werden sich um ihr Make-up und die Haare kümmern. Sie arbeiten in diesem Luxushotel und zeigen ihr Bilder, was sie alles machen können. Zusammen sehen sie sich die Kleider an, Catalina findet auch das perfekte Kleid und plötzlich hat sie das Gefühl, es könnte wirklich klappen, dass sie morgen aus allen heraussticht.

Nebenbei erwähnt sie, dass sie gleich zu dem Essen muss, wo auch schon so viele sein werden und die Frauen möchten das schon mal als Probelauf nutzen. Sie suchen ein Kleid heraus, was verboten gehört. Es ist weiß und geht Catalina bis zu den Knien, auf dem weichen weißen Stoff sind fliederfarbene wunderschöne Blüten, es sieht atemberaubend aus, aber der Schnitt macht es wirklich besonders. Es ist vorn bis zum Bauchnabel ausgeschnitten. Catalina atmet tief ein, als sie es anhat und die Frauen Tapes befestigen, damit alles hält und ihre Brüste ein schönes Dekolleté formen, auch ohne BH.

Es gab schon mal eine Sängerin, die so ein sexy Kleid anhatte und Catalina hätte nie gedacht, dass sie auch mal solch ein unverschämt sexy Kleid tragen wird, doch als sie in den Spiegel sieht, weiß sie, dass es sein muss. Dieses Kleid ist wie für sie gemacht. Der Ausschnitt wirkt sehr sexy. Der Leberfleck an der Brust lässt das ganze sehr verführerisch wirken, aber keine Sekunde billig. Sie liebt es, sich so zu sehen und das hat Catalina noch nie so intensiv gehabt.

Die anderen sind auch begeistert. Die Frauen machen sich daran, sie zu schminken. Ihre Haare werden ihr zu einem strengen Dutt nach oben gebunden. Mit großen Creolen und einem wunderschönen Make-up sieht Catalina wie eine sexy Latina aus, obwohl oder gerade weil sie so hell ist, wirkt es sehr auffällig, man sieht sofort, dass sie eine Latina ist und doch ist sie so viel heller.

Catalina beginnt, richtig aufgeregt zu werden. Die Frauen erzählen ihr, dass sie gehört haben, dass sich Nola und die anderen Frauen auch Make-up Artists ins Hotel bestellt haben, die sind aber vor allem bekannt dafür, zu viel Schminke zu benutzen.

Catalinas Herz schlägt schneller, je weiter sie kommen. Ihre Augen werden sehr schön hervorgehoben, sie haben eine schöne Mandelform und wirken noch einmal etwas heller, noch nie waren sie so schön geschwungen und die Wimpern so dicht wie jetzt.

Sie hat einen ganz samtigen Teint, der Kratzer, der eh nicht mehr stark auffällt, wird komplett überschminkt, etwas Rouge und ein Hauch Bronzer auf das Dekolleté, eine der Frauen gibt etwas Glanz auf den Leberfleck, sodass man automatisch auch schon von Weitem davon angezogen wird, auch wenn niemand anderes den Glanz richtig erkennen kann.

Noch einen leichten Lipgloss, ein Hauch süßes Parfüm, helle Pumps, die keine zu hohen Absätze haben, und als sie dann in den Spiegel sieht, lächelt sie zufrieden. Der Page bekreuzigt sich. »Kolumbiens Prinzessin, geh da raus und zeig es ihnen.«

Catalina macht noch mit ihnen allen ein Foto. In dem Moment schreibt Santiago ihr, dass sie losmüssen, er wartet am Empfang auf sie. Catalina bedankt sich noch einmal bei allen und sie verabreden eine Zeit, wann sie morgen kommen soll.

Als sie dann aus dem Laden tritt, fasst sie automatisch über ihren Ehering und hofft, dass heute Abend nichts Schlimmes mehr passiert und sie den Abend einfach mal genießen kann.

Die zwei Männer, die vor der Tür gewartet haben, bekommen große Augen, als Catalina so verwandelt aus dem Laden kommt. Sie gehen zusammen zum Empfang und Catalinas Herz rast, als sie sieht, wer da alles wartet. Santiago spricht gerade mit Zayn, der wieder diese Frau dabei hat. Nola steht mit Flavia da, außerdem noch Marco, die beiden Cousins und die beiden Männer, die letztens bei ihnen im Haus waren. Marco sieht sie als Erster und hebt die Augenbrauen.

»Ich würde sagen, da gibt es doch ein paar Sachen, die die Kolumbianer uns voraus haben.«

Kapitel 19

Alle wenden sich zu ihr um, sie spürt die Blicke von Flavia, von Nola, den der anderen Männer, aber vor allem Santiagos Blick auf sich und es ist ihr egal. Sie genießt es, auch andere Männer bleiben stehen und sehen zu ihr, in dem Moment schwört sich Catalina, dass sie sich nur noch so fühlen möchte, sie wird sich nicht mehr fertigmachen lassen.

Ihr Herz rast noch immer, sie sieht einen winzigen Augenblick zu Flavia, die sich in ein enges rotes Kleid gequetscht hat, was viel zu kurz ist, doch sie hat keine Chance gegen dieses Kleid, gegen diesen Ausschnitt kommt nichts an und vor allem wirkt es nicht billig, im Gegenteil.

Catalina fühlt sich wirklich wie eine Prinzessin und dann sieht sie Santiago in die Augen, die auf ihr liegen, sie glaubt so etwas wie Stolz darin zu lesen, doch sie kennt ihn noch zu wenig, um das wirklich sagen zu können.

Als sie bei ihm ist, lächelt er. »Da habe ich dem Fanclub wohl doch unrecht getan.« Nola und Flavia laufen schnell an ihnen vorbei und Catalina sieht, dass Flavia vor Wut kocht, doch es ist ihr egal. Zayn und die anderen Männer gehen auch hinein, sie sehen Catalina dabei aber freundlich an. Santiago bleibt vor ihr stehen und blickt ihr in die Augen, sieht einmal am Kleid herunter. Sein Finger fährt an ihrem Schlüsselbein und dann den gewagten Ausschnitt entlang. »Ich würde sagen, Kolumbien hat so hoch gewonnen, dass es nie wieder aufzuholen sein wird. Bist du sicher, dass das hält?«

Santiago trägt eine feine Hose und ein dunkelblaues Hemd. Er sieht gut aus, sehr gut und sie kann es ehrlich gesagt nicht erwarten, mit ihm den Abend zu verbringen. »Ja, das hält.« Er nimmt ihre Hand in seine und sein Blick wird ein wenig ernster.

207

»Catalina, da drinnen sind jetzt eine Menge Leute, die uns wahrscheinlich beobachten werden. Wir müssen versuchen, so sicher wie nur möglich rüberzukommen, damit auch wirklich niemand mehr einen Zweifel an dieser Ehe hat. Natürlich weiß jeder, warum sie geschlossen wurde, doch wir zeigen ihnen, dass das trotzdem eine feste Bindung ist.« Catalina nickt, das weiß sie und Santiago lächelt.

»Obwohl, wenn ich jetzt darüber nachdenke … ich bin der einflussreichste Mann, wie du es sagst, in Südamerika und darüber hinaus, und du bist die schönste und bezauberndste Frau weit über all das hinaus. Niemand wird daran zweifeln, dass wir zusammengehören.«

Catalina dachte wirklich, heute bringt sie nichts mehr aus der Fassung, doch mit dieser Aussage hat er es geschafft. Sie sieht auf ihre Hände, es fühlt sich alles noch so neu an, so, als sollte es nicht sein und dann doch wieder so vertraut. Hinter ihnen kommen Leute und Santiago führt sie in den Raum. »Lass uns versuchen, ein wenig Spaß zu haben.«

Dass das eher schwer wird, weiß Catalina, als sie zusammen in den extra für dieses Essen hergerichteten Konferenzraum gehen. Überall stehen runde Tische mit viel Blumenschmuck. Kellner gehen hin und her, gefährliche Männer und hübsche Frauen laufen herum und Catalina weiß gar nicht, wo sie zuerst hinsehen soll.

Santiago begrüßt immer wieder Leute, die auch ihr die Hand geben. Alle Rojos sind an zwei Tische verteilt und Catalina ist so dankbar, dass sie den Tisch ansteuern, an dem Flavia und Nola nicht sitzen. Es ist aber auch nicht so voll, wie sie es am Anfang gedacht hat, sicherlich kommen viele erst morgen zur richtigen Hochzeit.

Santiago sitzt dicht neben ihr. Immer wieder begrüßt ihn jemand, fragt, ob er noch Zeit findet, sich mit der Familia hinzusetzen, man spürt schnell, dass wirklich alle mit Santiago zu tun haben wollen, man merkt sofort, dass er hier der wichtigste Mann ist.

208

Catalina versucht, das alles auszublenden. Sie bekommen erst Suppe und dann einen sehr leckeren Braten serviert. Marco und Zayn erzählen einigen der Anwesenden lustige Geschichten, Catalina und die Frau, die mit Zayn hier ist, amüsieren sich, während Santiago ständig von Leuten angesprochen wird.

Doch trotzdem hat er sie die ganze Zeit im Blick, legt seinen Arm um ihre Lehne oder flüstert ihr etwas ins Ohr und bei jeder seiner Berührungen bekommt Catalina eine Gänsehaut. Er hat ihr gesagt, dass er ihnen eine Chance geben möchte, Catalina weiß das noch nicht so genau, doch sie spürt, wie sie immer mehr auf ihn reagiert, allerdings weiß sie gerade nicht, ob er all das tut, weil sie beobachtet werden oder weil er das wirklich möchte und fühlt.

Sie verwirrt das und sie fragt sich, was alles echt ist und was nicht und wie sie wirklich fühlt, ob sie sich all das auch ein wenig einbildet, weil Santiago momentan ihr einziger Halt ist, oder ob sich da etwas Echtes aufbaut.

Bevor das Dessert gebracht wird, geht Catalina auf die Toilette, die nur einen kleinen Gang entlang von dem Raum entfernt ist. Sie spürt die Blicke einiger Frauen auf sich, als sie wieder aus der Toilettenkabine herauskommt und sich die Hände wäscht, aber nicht alle Blicke sind böse, einige lächeln sie auch an und Catalina lächelt jedes Mal dankbar zurück.

»Sieh an, wer da ist.« Als sie durch den Gang zurück zu ihrem Tisch möchte, hört sie eine ihr bekannte Stimme und wendet sich um, sie kennt die Stimme, sie weiß nur nicht woher, doch sobald sie sich umdreht, weiß sie es wieder und ihr wird schlecht. Sie sieht direkt in das durch dieses hässliche, furchteinflößende Tattoo entstellte Gesicht von Hermando, den Anführer der Ancunas, der seine abgetrennten Finger hochhält. »Ich habe so oft an dich gedacht.«

Catalina ist plötzlich wieder wie erstarrt, genau wie damals. Sie sieht in dieses grausame Gesicht und alles an ihr setzt aus. »Ich wusste damals schon, wie hübsch du wirst, glaube mir, das war die

Finger wert, ich kann dich noch immer riechen, ich habe gehört, dein Vater hat dich an Santiago verkauft, ich wette, er genießt …«

Plötzlich erstarrt Hermando und sieht hinter Catalina. Das lässt sie wach werden und wieder klar denken, sie ist nicht mehr elf, sie will gerade ansetzen, ihm etwas zu erwidern, doch das muss sie gar nicht, den plötzlich spürt sie Santiago bei sich, der ihre Hand in seine nimmt und sich vor sie stellt. »Der was, Hermando? Beende den Satz!« Plötzlich ist Hermando kreidebleich. »Nichts, Santiago, wir kennen uns von früher und ich habe ihr nur hallo gesagt. Ich …«

Santiago lässt Catalinas Hand los und geht noch näher an Hermando heran und sie spürt, dass die Situation gerade dabei ist zu eskalieren. »Erzähl mir keinen Scheiß, Hermando, ich warne dich. Ich habe genau gesehen, wie du sie die ganze Zeit anstarrst und ich kenne jetzt auch die wahre Geschichte hinter deinen Fingern, du perverser Mistkerl.

Alvaro war noch viel zu gütig zu dir, dass er dich am Leben gelassen hat, doch weißt du was, nun ist sie meine Frau und vielleicht überlege ich mir das noch einmal.«

Hermando schüttelt den Kopf. »Nein, Santiago ich meine, wir …« Santiago hört ihm nicht zu. »Nimm deine Familia und verschwinde von hier. Aus Respekt für die Hochzeit handle ich nicht sofort, aber ich will dich in Puerto Rico sehen und wir werden all das und alle Deals zwischen uns neu besprechen. Und Hermando, wage dich nie, nie wieder in ihre Nähe, oder ich schwöre dir, du atmest keine Sekunde länger! Sieh sie nicht einmal mehr an!«

Santiago dreht sich um, nimmt Catalinas Hand in seine und sie verlassen den Gang. Sie spürt, dass er wütend ist und sich wirklich zusammenreißt, wahrscheinlich weil er nicht möchte, dass hier etwas eskaliert, doch dann hält er ein und sieht ihr ins Gesicht. »Ist alles in Ordnung?« Das fragt er sie. Dieser Mann ist so verwirrend.

210

Sie nickt, doch dann schüttelt sie leicht den Kopf. »Ja, ich denke schon, wie hast du das gewusst?« Santiago lächelt matt. »Du solltest dich daran gewöhnen, dass dein Mann ab jetzt immer hinter dir steht.«

Catalina legt den Kopf ein wenig schief, denkt an die Worte am Strand, die sie ihm gesagt hat und muss auch lächeln. Ohne noch weiter an irgendetwas anderes zu denken, darüber nachzudenken, ob es richtig oder falsch ist, oder wer sie sind und was sie sein sollten, oder ob diese Gefühle echt sind, streckt sich Catalina zu ihm hoch, ihre Hand geht an seine Wange und seine fährt automatisch an ihren Rücken.

Sie schließt die Augen und gibt ihm einen kurzen aber zärtlichen Kuss auf den Mund. Sie küsst ihn nur kurz, und doch lässt sie sich Zeit, ihre Nasen berühren sich fast, als sie die Augen wieder öffnet, auch er hatte die Augen geschlossen. Catalinas Körper und die Reaktion auf allein schon diesen kleinen Kuss zeigen ihr, dass auch sie daran denken sollte, all dem eine reale Chance zu geben.

»Ich weiß, dass du es nicht gerne hörst, aber danke.« Für einen kurzen Augenblick sieht man, dass der Kuss auch etwas in ihm ausgelöst hat, mag er noch so kurz gewesen sein. Er sagt nichts, sie beide wissen, dass diese Nähe zwischen ihnen nicht nur Gutes hervorrufen kann, besonders nicht, wenn das solch intensive Gefühle hervorruft.

Eine Frau läuft an ihnen vorbei, Catalina dreht sich wieder um und sieht, dass viele zu ihnen sehen. Sie hebt die Augenbrauen. »Wir sollten doch überzeugend sein.« Santiago nimmt wieder ihre Hand und räuspert sich leise. Sie würde gerne wissen, was jetzt in seinem Kopf vor sich geht, doch das geht leider nicht.

An ihrem Tisch sitzen einige Männer mehr, die Frau neben Zayn ist weg, auch Nola und Flavia sitzen nicht mehr an deren Tisch. »Ich denke, ich sollte langsam hochgehen, du hast hier bestimmt noch eine Menge zu besprechen.« Santiago fragt, ob sie noch das Dessert mitnehmen möchte, doch Catalina ist satt. Einer der Cousins begleitet sie nach oben, da er noch Papiere holen muss. Catalina verabschiedet sich nur einmal allgemein von den Männern am Tisch und fährt dann nach oben. Sie fasst sich an die Lippen und denkt an den Kuss. Was tut sie hier bloß?

Sobald sie in der Suite ist, atmet sie durch. Sie schreibt Franco und ihrer Schwester, dass alles gut ist, sie hat ein richtig schlechtes Gewissen, seit der Hochzeit war es der erste Tag, an dem sie nicht mit ihrer Schwester gesprochen hat, doch es war so viel los.

Sie zieht das Kleid aus und hängt es auf einen Bügel. Dann geht sie direkt duschen, schminkt sich ab, zieht eine weiche Shorts und ein Top an und legt sich in das riesige weiche Bett. Sie lässt die Terrassentür offen, es ist so ruhig, dass sie das Rauschen des Meeres hören kann, ein salziger leichter Wind weht zu ihr hinein und Catalina fällt gleich in einen tiefen Schlaf.

Irgendwann wird sie ein wenig wach. Sie spürt, wie sich Santiago in das Bett legt, sie spürt, wie er näher an sie rückt und ihre Wange küsst. Catalina hat ihm den Rücken zugewandt, sie ist noch viel zu sehr im Halbschlaf und dreht sich zu ihm um. Als ihre Nase fast an seiner nackten Brust ist, weiß sie, dass diese Nähe eigentlich noch gar nicht zwischen ihnen sein sollte, doch sie genießt es, liebt seinen Geruch und fällt wieder in einen tieferen Schlaf.

Das nächste Mal wird sie wach, als es laut klopft. Catalina kneift die Augen zu, was ist das? Es ist mitten in der Nacht, doch da klopft es erneut. Santiago neben ihr steht auf. Sie hört, wie er an die Tür geht und kurz danach wieder zurück ins Zimmer kommt. Catalina setzt sich auf, als er in das Ankleidezimmer geht, sich eine Jeans und ein Shirt überzieht und sich seine Waffe nimmt. »Was ist los?« Er sieht zu ihr. »Nichts, es gibt unten ein kleines Problem. Ich bin gleich wieder da, schlaf weiter.«

Als würde sein Flüstern seine Worte harmloser machen, verlässt Santiago die Suite in dem Glauben, sie beruhigt zu haben. Catalina legt sich zurück, die Männer holen ihn mitten in der Nacht aus dem Schlaf, das kann nichts Harmloses sein. Catalina will wach bleiben und auf ihn warten, sie hört auf jedes Geräusch im Flur und döst darüber wieder ein, wahrscheinlich vertraut sie doch ein wenig mehr darauf, dass sie hier sicher ist, als sie es zugeben würde.

Auch dieses Mal spürt sie es, als Santiago sich zu ihr legt. Wieder dreht sie sich zu ihm um und spürt seine Arme um sich, doch richtig wach wird sie erst am nächsten Morgen, als es erneut an ihrer Hoteltür klopft. Dieses Mal steht Catalina schnell auf, Santiago schläft noch tief und fest.

Vor der Tür steht einer von Santiagos Männern und ein Page, der einen riesigen Essenswagen vollgestellt mit Frühstück dabeihat. Er stellt ihn in den Flur und Catalina fragt, wie spät es ist. Sie hat nicht mehr viel Zeit, sie muss bald unten sein. Der Page geht und Catalina fragt den Mann der Rojos, ob Santiago noch einen Termin hat oder ob sie ihn noch etwas schlafen lassen kann. Er frühstückt auch gerade und sagt, dass er von nichts weiß, er hatte einen Termin, doch der wurde gestern Nacht schon geklärt, also kann Catalina ihn noch schlafen lassen.

Auch der Mann ist sehr nett, Catalina bedankt sich und schiebt vorsichtig den Essenswagen auf die Terrasse. Alles in dem Wagen wird gekühlt oder warm gehalten. Catalina geht ins Bad und macht sich frisch, lässt aber ihre Shorts und ihr Top an. Es sieht so niedlich aus, wie Santiago, der mächtigste Mann, entspannt im Bett liegt und schläft, er hat sie die ganze Zeit fest im Arm gehalten. In Catalinas Bauch kribbelt es, als sie daran denkt, wie schön diese Nähe war.

Sie setzt sich auf die Terrasse, lässt die Sonne auf ihre Beine scheinen und trinkt einen frisch gepressten Orangensaft und etwas Kaffee, isst Eier und French Toast und atmet tief ein. Sie gewöhnt sich immer mehr an dieses Leben und vergisst viel zu schnell die Schattenseiten davon. Sie ruft ihre Schwester an, die ihr geschrieben hat, dass sie anrufen soll, da hört sie, dass auch Santiagos Handy klingelt. Sie hätte ihn gerne noch schlafen lassen.

Ihre Schwester sagt ihr, dass es ihrer Mutter wieder schlechter geht, sie glaubt Catalina nicht mehr, dass es wieder besser ist und denkt, ihre Tochter leidet und spielt ihr nur etwas vor. Man hört Natia an, dass sie sich Sorgen macht.

Santiago kommt zu ihr auf die Terrasse, sie lächelt und er setzt sich vor sie. Er ist noch immer verschlafen, trinkt aber etwas. Von hier kann Catalina das erste Mal näher sein Tattoo auf der Brust sehen. Liebe und Lebe und drei Striche. Er hört zu, wie Catalina versucht, ihre Schwester zu beruhigen und da fällt Catalina etwas ein, sie sagt, dass sie gleich zurückruft und legt auf, dann sieht sie Santiago in die Augen.

»Kann meine Mutter kommen?« Er nimmt gerade einen Schluck Kaffee, seine Augen sind noch nicht so wach wie sonst, die Nacht war für ihn sehr kurz. »Was meinst du, nach Puerto Rico?« Catalina nickt. »Ihr geht es nicht gut, sie hat das mit Esperanza mitbekommen, meinen Kratzer ...«, Santiago unterbricht sie, »... von dem ich immer noch nicht weiß, wie er zustande gekommen ist.« Catalina hebt die Hände.

»Das ist doch jetzt egal. Sie glaubt mir nicht, dass ...«, sie stockt kurz, »... dir das Leben an meiner Seite gefällt?« Santiago beendet ihren Satz und lacht leise und Catalina sucht nach den richtigen Worten. »... es mir gut geht. Ihr geht es immer schlechter und ich denke, ein paar Tage bei mir würden ihr guttun. Meinst du, das geht?«

Santiago zuckt die Schultern. »Sie ist deine Mutter, sie kann jederzeit kommen. Außerdem hat sie sich von deinem Vater schon vor vielen Jahren abgewandt und hat nichts mit der Familia zu tun. Es darf nur kein Flugzeug eurer Familia in Puerto Rico landen, ansonsten kann sie jederzeit kommen.«

Catalina strahlt und ruft sofort ihre Schwester an, sie sagt ihr, dass sie ihr ihre Mutter geben soll. Als ihre Mutter ans Telefon kommt, hört Catalina, wie traurig sich ihre Stimme anhört und sagt ihr, dass sie sie besuchen kommen soll. Sie soll packen und kann für einige Tage zu Catalina kommen, ihre Mutter aber erwidert, dass ihr Vater das nie erlauben wird. Sie selbst hat kein Problem zu

214

kommen, selbst wenn das bedeutet, dass sie ins Gebiet der Rojos muss, um ihre Tochter zu sehen, nimm sie alles in Kauf.

Sie soll trotzdem packen, Catalina erklärt ihr, dass sie jetzt weg muss, doch sie verspricht, am Abend mit ihrem Vater zu sprechen und sie wird einfach kein Nein zulassen. Sie beendet das Gespräch mit ihrer Mutter, Santiago sagt, dass er ihrer Mutter einen Flug buchen wird und Catalina überlegt, wie sie ihren Vater später überzeugen soll, er muss dafür sorgen, dass es ihrer Mutter besser geht, immerhin ist er für all das verantwortlich.

Santiagos Handy klingelt, es ist Zayn, der vor der Tür steht und fragt, ob er eintreten kann, sein Bruder ist ja jetzt verheiratet und er kann nicht einfach ins Zimmer platzen. Catalina sieht zur Uhr und steht auf. Sie setzt an, sich bei Santiago bedanken zu wollen, doch der hebt nur die Hand und hält sie davon ab. »Nie wieder danke.« Catalina lacht. »Dazu kannst du mich nicht zwingen! Bevor ich es vergesse, was bedeuten eigentlich die Striche?«

Sie deutet auf seine Brust, er sitzt hier nur mit Boxershorts, und auch wenn er unglaublich sexy aussieht, hat sie sich zumindest so an den Anblick gewöhnt, dass sie ihn nicht mehr anstarrt.

»Die Striche sind für jedes Mal, wenn ich für die Familia fast mein Leben verloren habe, das machen die Anführer bei uns so, mein Vater hat sieben Striche.« Sie betrachtet sein Tattoo. »Dreimal schon? Und wenn das die Striche für das Leben sind, wo sind die für die Liebe?« Santiago zuckt die Schultern. »Ich habe bisher noch nicht geliebt, aber vielleicht kommt langsam die Zeit für den ersten Strich.«

Catalina sieht ihm in die Augen und weicht seinem Blick nicht aus, ist es wirklich das, was zwischen ihnen passiert? Zayn klopft und Catalina ist dankbar dafür, nicht noch mehr Verwirrung.

Catalina öffnet ihm die Tür, er küsst Catalina auf die Wange und setzt sich zu seinem Bruder auf die Terrasse. »Ich muss runter, wann fahren wir los?« Zayn sieht auf die Uhr. »In zwei Stunden sind die Wagen vor dem Hotel.« Catalina nickt, das wird knapp, sie

215

geht in das Ankleidezimmer, zieht sich das Sommerkleid über, verabschiedet sich von den beiden von Weitem und geht schnell nach unten.

Zum Glück sind gerade alle Männer hier beim Frühstücken, so vergessen sie, dass sie jemand begleiten sollten, also fährt Catalina alleine nach unten und klopft an der Boutique, wo ihr sofort aufgemacht wird.

Es sind wieder die Gleichen da, die alle wissen wollen, wie es gestern gelaufen ist. Catalina zieht das hellrosa Kleid an, was sie für die Hochzeit ausgewählt haben. Es ist ärmellos, der Brustteil ist mit vielen silbernen, glänzenden Steinen verziert, danach fällt weicher hellrosa Stoff bis zu Catalinas Knöchel. Gestern das Kleid war einfach nur sexy und wunderschön, dieses Kleid ist schön und elegant, sobald man es anhat, bewegt man sich gleich ganz anders. Catalina setzt sich vorsichtig auf einen der Stühle. Eine Frau macht ihr weiche Locken ins Haar, nicht zu klein, nicht zu groß, genau solche, mit denen man schöne romantische Frisuren hinbekommt, während die andere Frau ihr ein bezauberndes Make-up aufträgt. Ihre Nägel werden in den gleichen Rosatönen lackiert, wieder werden ihre Augen wunderschön hervorgehoben, dieses Mal mit demselben Rosa wie das ihres Kleides.

Nachdem ihre Haare durchgelockt sind, flechtet sie Catalina einen dünnen Haarkranz an den Seiten, sodass ihr die Haare nicht die ganze Zeit vor das Gesicht wehen und es die Frisur noch viel romantischer wirken lässt. Als Catalina los muss, sieht sie in den Spiegel, nachdem sie alle umarmt und sich bedankt hat. Sie versichern ihr, dass sie es gerne getan haben und dass sie sich niemand Besseren als Catalina vorstellen könnten, der Kolumbien repräsentiert.

Es klopft und Catalina hört Santiagos unvergleichliche Stimme. »Ist meine Frau schon fertig?« Ihr Herz schlägt augenblicklich schneller, als sie zur Tür geht, sich nochmal bedankt und dann zu Santiago tritt, der auf sie wartet. Die Tür schließt sich und sie stehen alleine auf dem Flur vor der Boutique. Er lächelt, als er sie ansieht und hält ihr seine Hand hin, die sie ergreift. »Du bist wunderschön, ich bin wirklich stolz, dass du meine Frau bist. Egal wer dein Vater ist.«

In seinen Augen erkennt sie, dass seine Worte wahr sind. Auch er sieht umwerfend aus, ähnlich wie an ihrer Hochzeit, ihm stehen Anzüge sehr gut, er ist frisch rasiert und beugt sich zu Catalina hinunter. Dieses Mal geht seine Hand an ihre Wange und das, obwohl sie hier ganz allein im Flur sind, niemand beobachtet sie und sie müssen niemandem etwas vorspielen.

Seine Lippen treffen behutsam auf ihre und er küsst sie wieder einmal kurz, dieses Mal gehen sie aber nur Millimeter auseinander und in Sekunden treffen sich ihre Lippen wieder, dieses Mal richtig. Santiago vertieft den Kuss und Catalina hat noch nie in ihrem Leben etwas Schöneres und Intensiveres gefühlt. Ihre Arme gehen um seine Schultern, während er sie enger an sich zieht.

Catalina könnte ewig so weitermachen, doch Santiagos Handy klingelt und er beendet sanft den Kuss. Er küsst noch einmal ihre Lippen, ihre Wange und ein Lächeln liegt auf seinen Lippen. »Dann war unser Hochzeitskuss halt einen Monat später auf einer anderen Hochzeit.«

Kapitel 20

Catalina kann ihre Gefühle kaum mehr zuordnen, sie nimmt seine Hand, die er ihr hinhält, damit sie in den Eingangbereich des Hotels kommen, wo schon alle auf sie warten.

Auch die anderen Frauen sind schön zurechtgemacht und auch alle anderen Männer tragen einen Anzug. Nola ist ebenfalls wunderschön und Flavia sieht wie immer zu gewollt sexy aus, doch sie hat sich nach dem Kleid von Catalina gestern ein Kleid mit einem unglaublichen Ausschnitt angezogen und Catalina kann sich nicht vorstellen, dass das Santiago nicht auch aufgefallen wäre. Die Begleitung von Zayn hat ihr Handy in der Hand. »Ihr seid so ein schönes Paar, ich habe schon von allen Fotos gemacht, jetzt ihr beide noch.«

Catalina spürt Flavias tödlichen Blick auf ihnen beiden, doch sie lächelt trotzdem in die Handykamera von Zayns Begleitung. Santiagos Hand liegt auf ihrer Hüfte und sie weiß, dass all das zwischen ihnen jetzt vertrauter wirkt, weil es das auch ist. Nachdem sie noch alle zusammen ein Gruppenbild gemacht haben, verteilen sie sich auf mehrere Autos. Zayn, Santiago, Catalina und Zayns Begleitung fahren zusammen in einem Auto.

Sie werden von einem Fahrer gefahren und sitzen sich gegenüber. Zayns Begleitung fragt nach Catalinas Nummer und schickt ihr die Fotos. Das Bild von ihnen beiden ist wunderschön, fast genauso schön wie das Hochzeitsbild. Catalina schickt es ihrer Schwester, die einen verwunderten Smiley zurückschickt. Außerdem schickt sie Santiago beide Bilder, das von ihnen beiden und das von ihnen allen. Auf dem Bild, wo sie alle drauf sind, hat er Catalina auch im Arm. Er stellt dieses Bild als sein neues Profilbild ein und Catalina sieht, dass auch Zayn das Bild neu eingestellt hat.

Sie fahren nicht lange, da kommen sie an eine offene Kirche, direkt an einem wunderschönen Strand. Es heißt eigentlich nur offene Kirche, weil vorn das Podest wie bei allen Kirchen ist, die Wände an den Seiten stehen aber nur halb oder gar nicht und so können beliebig viele Stühle aufgebaut werden, halt eine offene Kirche, die beliebig erweitert werden kann.

Catalina bekreuzigt sich, als sie die wenigen Mauern der Kirche betreten, auch Santiago neben ihr tut es ihr gleich. Die Kirche ist voll, nun sind wirklich alle da und Catalina schluckt, als sie den Gang entlang gehen und sich in die vorderen Reihen setzen.

»Ist die Familia da, die sich an mir rächen möchte?« Santiago sitzt neben ihr und wegen all der Männer hier fällt Catalina das sofort wieder ein. »Ja, deswegen bin ich nachts weggewesen. Sie hatten wirklich etwas vor, doch ich habe ihnen sehr deutlich klargemacht, dass sie sich von dir fernzuhalten haben und sie haben es verstanden.« Catalina blickt sich um. »Sind sie jetzt hier? Wer ist es?« Die Trauung beginnt. »Es ist besser, wenn du das nicht weißt!«

Vielleicht hat er sogar recht, doch das führt nur dazu, dass sie sich immer wieder umsieht. Die Trauung ist schön, Catalina muss allerdings ständig an ihre eigene Hochzeit denken und alles hier ist so eng und voll, sie ist froh, als alles vorbei ist und sie draußen noch etwas trinken, dem Brautpaar gratulieren und dann zurück ins Hotel fahren. Santiago hält immer wieder ihre Hand und all das fühlt sich auch gar nicht mehr so unnatürlich an, auch als sie danach wieder im Auto zurückfahren, ist es richtig entspannt, mit Zayn und seiner Begleitung ist es auch überhaupt kein Problem. Sie fahren zum Hotel, wo sich alle im geschmückten Restaurant einfinden.

Dieses Mal sitzen sie alle, alle der Rojos, zusammen an einem großen Tisch. Santiago wird überall begrüßt und Leute kommen zu ihnen, er ist immer mal wieder für eine Weile weg und Catalina ist froh, dass Zayns Begleitung neben ihr sitzt, leider sitzt Flavia ihnen genau gegenüber.

Viele sehen sie an und Catalina kann nicht einschätzen, wie diese Blicke zu deuten sind, deswegen ist sie umso glücklicher, als plötzlich ein Geschäftspartner und Freund ihres Vaters zu ihrem Tisch kommt und sie anstrahlt. »Die kleine Catalina.« Catalina steht auf und begrüßt ihn, aber auch Santiago steht auf und begrüßt ihn freundlich, was Catalina verwirrt. »Wie kommt es, dass ihr euch auch kennt?« Der ältere Mann lacht auf.

»Ich bin einer der Wenigen, die es geschafft haben, mit beiden Familias Geschäfte zu machen und eigentlich geht das auch ganz gut.« Er sieht Catalina zufrieden an.

»Dein Vater muss ein wahnsinnig stolzer Mann sein, du bist wunderschön geworden und es freut mich zu sehen, dass du zufrieden bist in der Ehe, zumindest wirkt es so. Weißt du, gerade habe ich mich noch mit einigen unterhalten, wie besonders das alles ist. Das hier ...«, alle am Tisch hören dem alten Mann zu, »... hat es noch nie gegeben, solange es Familias gibt. Catalina ist die Tochter des zweitmächtigsten Mannes und die Frau des mächtigsten. Noch niemals gab es eine Frau mit so viel Macht und Einfluss, bist du dir dessen überhaupt bewusst, meine Schöne?«

Catalina sieht dem Mann in die Augen und noch während er die Worte sagt, weiß sie, dass er recht hat. Alle am Tisch sind ruhig und wissen in dem Moment auch, dass seine Worte wahr sind. Mit dieser Hochzeit ist sie sehr einflussreich geworden. Doch ob das für Catalina von Vorteil oder eher von Nachteil ist, wird sicher erst die Zeit zeigen.

Es wird der Kuchen angeschnitten, und der Freund ihres Vaters umarmt Catalina noch einmal und geht wieder zu seinem Tisch. Nun beginnt das Programm, Catalina ist dankbar für die Ablenkung. Es werden Reden gehalten und dann treten Tänzer auf, es gibt Livemusik und Essen. Es ist eigentlich eine ganz normale Hochzeit, wenn man sich nicht die Gäste ansieht.

Catalina sitzt relativ ruhig auf ihrem Platz. Auch wenn sie sich mit Santiago und Zayn schon wohlfühlt, ist das in der großen Runde nicht der Fall, alle unterhalten sich, besonders Flavia zieht immer wieder alle Blicke auf sich, sie lacht laut, redet laut und ist einfach nur auffällig. Da sie ihnen gegenübersitzt, spürt Catalina oft genug ihre Blicke auf Santiago und hin und wieder merkt sie auch, dass

Santiago zu Flavia sieht. Immer wieder bindet sie ihn in das Gespräch ein, erinnert ihn an etwas und lässt Catalina spüren, dass da mehr ist, als dass man es einfach so totschweigen könnte.

Es wird später. Zayns Begleitung möchte noch zum Fotografen und sich die Bilder abholen, die den ganzen Abend über geschossen wurden. Catalina begleitet sie. Sie stehen eine Weile an, um sich ihre Fotos ausdrucken zu lassen, und Catalina beobachtet, wie Santiago von seinem Platz aufsteht und in Richtung der Toiletten geht. Catalina zählt nur die Sekunden, bis Flavia auch aufsteht und ihm hinterhergeht.

Catalina atmet tief ein, es ist so ein Gefühl, dass etwas, was man ahnt, sich bewahrheitet und doch trifft es einen. Sie wartet kurz. Wenn Flavia ihn abfängt und er sie zurechtweist, müsste er jetzt wieder auftauchen, sie wartet kurz, dann wendet sie sich an Zayns Bekannte, die die Bilder betrachtet. »Ich gehe noch einmal schnell auf die Toilette.« Ohne eine Antwort abzuwarten, geht sie mit klopfendem Herzen den Gang entlang, und wirklich, in der Ecke stehen sie. Santiago steht dicht an Flavia und sie flüstert ihm etwas ins Ohr, dabei ist ihre Hand an seinem Sakko.

Catalina dreht um und geht zu ihrem Platz zurück. Zayn und Marco sind gerade in ein Gespräch vertieft, nur Nola scheint zu wissen, was da los ist, und einen Moment hat sie das Gefühl, Nola sieht sie ein wenig mitleidig an. Catalina ist enttäuscht, wieso hat er sie heute geküsst, wieso bittet er um diese Chance für ihre Ehe? Gleichzeitig wird sie wütender, auch auf sich selbst, dass sie nicht vorsichtiger war. Ist das alles nur Berechnung und vorgespielt gewesen?

Es dauert noch einmal eine Minute, dann kommt erst Santiago und danach Flavia zurück. Flavia hat ein zufriedenes Lächeln im Gesicht und zwinkert Catalina zu. Catalina ist so wütend, dass ihr das Atmen schwerfällt. Natürlich weiß Flavia, dass sie alles mitbekommen hat.

Marco, der ihnen gegenüber sitzt, erzählt etwas und Nola lacht, sie alle übergehen das einfach. Zayns Begleitung setzt sich wieder

222

und zeigt die Bilder, doch Catalina will nur noch weg. Sie sagt kein Wort mehr, gleichzeitig ärgert sie sich, dass sie immer alles so stehen lässt und nicht einfach etwas sagt.

Santiago steht auf und geht sich vom Brautpaar verabschieden, er deutet ihr auch zu kommen, doch Catalina geht schon in Richtung Ausgang. Sie murmelt nur am Tisch eine leise Verabschiedung. Zayn und seine Begleitung sowie Nola und Flavia verlassen die Hochzeit aber genau zum selben Zeitpunkt.

Catalina geht zum Fahrstuhl, Zayn, seine Begleitung, Flavia und Nola kommen, doch auch Santiago tritt in dem Moment zu ihnen. »Was hast du, du bist so blass auf einmal?« Santiago sieht ihr besorgt ins Gesicht und will nach ihrer Hand greifen, doch Catalina schüttelt den Kopf. »Das ist nicht mehr nötig, ich denke, das hat sich erledigt.« Santiago sieht sie verwundert an. Warum kommt dieser bescheuerte Fahrstuhl jetzt nicht?

Es ist einfach so schwer, sie weiß, wo sie ist, in welcher Situation, dass sie eigentlich lieber die Klappe halten und weitermachen sollte, doch irgendwann mal fällt es einfach nur noch schwer zu schweigen und genau so geht es Catalina gerade. All das brennt auf ihrer Seele, dennoch versucht sie, sich zurückzuhalten. »Was ist nicht mehr nötig? Was hast du?« Catalina sieht ihm in die Augen. »Wir müssen nicht mehr ein auf normales Ehepaar tun, wenn du deine Hure mit hierher schleppst und ihr vor aller Augen rummacht, dann kannst du dir auch das ganz andere Theater sparen. Nicht nur ich habe euch gerade vor den Toiletten gesehen.«

Catalina ist eher ein ruhiger Mensch, vor allem momentan muss sie es sein und darf nicht vergessen, bei wem sie hier ist, doch sie hat auch viel Temperament und das hat sie so lange zurückgehalten, dass es jetzt freigetreten wird und so viel angestaute Wut herauskommt, dass nun alle zu ihr sehen, während sie zu sechst den Fahrstuhl betreten. »Das war nicht so wie es aussah ... Ich habe Flavia nur ...«

Man sieht und weiß auch, dass Santiago sich eher selten rechtfertigen muss und wie schwer ihm das fällt. Die Fahrstuhltür schließt sich und Flavia dreht sich zu ihr um. »Du solltest dir gut überlegen, wen du hier eine Hure nennst, du kolumbianische ...« Catalina reicht es, besonders mit ihr.

In diesem Moment scheint der Kratzer unter ihrer Schminke wieder neu zu brennen. Sie sieht Flavia genau in die Augen. »Ich kolumbianische was? Santiago und ich wurden vor Gott getraut zu Mann und Frau und du hast danach keine Chance ungenutzt gelassen, um ihn in dein Bett zu ziehen. Ich bin seine Ehefrau, also erkläre mir, zu was dich das Ganze dann macht?« Zayns Begleitung lacht leise auf und Catalina ist dankbar, dass sich die Fahrstuhltür in diesem Moment öffnet und sie hinaus kann. Ohne noch jemanden anzusehen, geht sie direkt in ihre Suite.

Sie geht die Räume ab, doch alles ist schon zusammengepackt, sie ist noch immer so wütend, dass sie am liebsten etwas zerschmettern würde. Natürlich kommt Santiago in dem Moment auch herein.

»Was war das gerade? Wieso kannst du nicht einfach zu mir kommen und mit mir sprechen, sondern musst so vorschnell handeln?« Catalina nimmt ihre Tasche und legt nur noch ihren Laptop hinein. »Hätte ich ja gemacht, doch Flavia war gerade mit deinem Ohr beschäftigt. Ich habe dich gefragt, ob sie deine Freundin ist und du hast gesagt nein, doch ich wusste, dass da mehr ist, ich meine, was für eine Rolle spielt sie, außer die deiner Hure? Die Freundin der Schwester nimmt ihr niemand ab, nicht, nachdem sie unser Hochzeitsbild zerschlagen und mir mit den Scherben das Gesicht zerschnitten hat.«

Santiago schließt kurz die Augen. »Wieso hast du das nicht gleich gesagt? Wieso sagst du mir nicht, dass sie das war? Flavia und ich hatten etwas, aber das war nicht mit einer Beziehung zu vergleichen. Sie ist ständig bei meiner Schwester und wenn ich Langeweile hatte, habe ich sie mir geholt. Mehr war da nicht, glaube mir, hätte ich nur ansatzweise Gefühle wie die, die ich in so kurzer Zeit schon zu dir aufgebaut habe, wäre sie meine Freundin gewesen, aber das war sie nie.

224

Sie begleitet meine Schwester überall hin, sie sollte auch nicht mit zu unserer Hochzeit, doch sie schafft es immer wieder, dabei zu sein. Nach der Hochzeit habe ich ihr klar gesagt, dass sie sich fernhalten soll. Das hat auch gut geklappt, ich habe sie abgewiesen und mich auf dich konzentriert, aber als dann das mit deinem Patenonkel war, habe ich den Fehler gemacht und bin mit ihr wieder ins Bett gegangen. Wenn ich einen Fehler gemacht habe, dann das, Catalina, sonst nichts. Natürlich hat sie das wieder ermutigt und dann hat sie das mit dem Bild gemacht.

Wieso hast du mir das mit der Glasscherbe nicht gesagt? Du warst dabei, als ich ihr nochmal gesagt habe, dass sie aufhören soll und jetzt hier hat sie heute damit angefangen, weil sie einen Freund von mir getroffen hat und er ihr etwas gesagt hat. Sie hat versucht, mich damit zu erpressen und während des Essens ständig Andeutungen gemacht ... was du da gesehen hast, war nichts, Catalina. Ich habe ihr nochmal ganz klar gesagt, dass sie das lassen soll und ja, sie hat versucht, mich zu verführen, aber das ist ihr nicht gelungen. Ich weiß, dass es anders aussah, aber ich sage dir die Wahrheit, ob du es glaubst oder nicht, liegt bei dir. Ich rechtfertige mich eigentlich nie, vielleicht zeigt dir das, dass es mir wichtig ist.« Es klopft an ihrer Tür, sie müssen los, doch Catalina stoppt noch einmal. »Was war es, womit wollte sie dich erpressen?«

Santiago sieht ihr in die Augen. »Es ist unwichtig, es war nur ein dummer Witz.« Catalina wird das alles zu viel. »Wenn es unwichtig ist, dann sag es doch.« Santiago nimmt sich seine Tasche vom Bett.

»Am Tag unserer Hochzeit war ein Freund von mir da, wie gesagt, wir haben nicht damit gerechnet, dass du so hübsch bist und wir haben ein wenig Spaß gemacht und gewettet, wie lange es dauert, bis ich dich im Bett habe.« Catalina kann das alles nicht glauben. »Der Freund hat ihr heute davon erzählt, im Spaß, er weiß, dass diese Wette nie ernst gemeint war, doch Flavia dachte, sie kann mich damit erpressen, indem sie droht, es dir zu sagen.«

Catalina atmet tief aus. Sie sieht ihn an und schüttelt den Kopf. »Ich weiß nicht mehr, was ich glauben oder denken soll, geschwei-

225

ge denn, wem ich hier vertrauen kann. Verstehst du das wenigstens? Was soll ich jetzt noch glauben? Es ist alles zu viel, es prasselt so viel auf mich ein, ich sehe den Leuten ins Gesicht und weiß nicht mehr, ob sie es gut mit mir meinen oder nicht.« Santiago nickt. »Ich verstehe das, auch für mich ändert sich gerade viel und ich weiß nicht mit allem umzugehen, normalerweise habe ich alles in meiner Hand, doch das mit dir habe ich überhaupt nicht unter Kontrolle.«

Catalina atmet tief aus und sieht ihn an. »Ich denke, dass wir beide vielleicht einfach zu schnell waren. Sieh doch, was alles passiert, mit was für Vorraussetzungen all das angefangen hat. Wir hätten uns mehr Zeit lassen müssen, auch für dich ändert sich so viel, du musst mit Familias Streitigkeiten wegen mir ausfechten, mit denen ihr eigentlich nichts zu tun habt und für mich hat sich grundliegend alles geändert. Wir haben ganz normal gehandelt und sind nach unseren Gefühlen gegangen, doch vielleicht hätten wir da mehr aufpassen müssen, damit genau so etwas nicht passiert.«

Es klopft wieder, dieses Mal öffnet Catalina die Tür und geht hinaus. Marco und die zwei Männer, die bei ihnen im Haus waren, warten am Fahrstuhl auf sie, alle anderen scheinen noch hier zu bleiben. Sie fahren mit zwei Wagen zum Flughafen. Catalina sitzt neben Santiago und Marco, der Santiago irgendwelche Pläne zeigt, während Catalina aus dem Fenster sieht. Sie merkt, dass Santiago nicht bei der Sache ist, er wird auch über das nachdenken, was sie gesagt hat.

Catalinas Schwester ruft an und fragt, ob sie mit ihrem Vater gesprochen hat. Santiago hat für morgen Mittag einen Flug für ihre Mutter gebucht, es fehlt nur noch die Zustimmung ihres Vaters, Catalina sagt, dass sie ihn gleich anrufen wird.

Sobald sie im Flugzeug sitzen und starten, ziehen sich Marco und einer der Männer zurück, um ein Football-Spiel zu sehen. Catalina versucht, über den Fernseher ihren Vater anzurufen und als es klingelt, fragt Santiago, der sich mit den anderen Mann weitere Pläne ansieht, ob sie hinausgehen sollen, doch ihr Vater sieht aus dem

226

Winkel keinen der anderen und sie sagt, dass es keine Geheimnisse gibt, die sie austauschen werden.

Also sieht sich Santiago weiter Pläne an und Catalina setzt sich im Schneidersitz auf die Couch und sieht zum Bildschirm. Sie hat sich nicht einmal das Kleid ausgezogen, sie wird sich gleich umziehen, doch erst atmet sie tief durch, als ihr Vater annimmt und am Bildschirm erscheint. Er ist in ihrem Wohnzimmer in Venezuela und scheint dort auch am Fernseher diesen Chat angenommen zu haben. Er hat sicherlich auch gerade noch ferngesehen, denn es ist schon spät.

»Sieh an, meine hübsche Tochter.« Ein echtes Lächeln setzt sich auf das Gesicht ihres Vaters und egal was ist, egal was er ihnen schon alles angetan hat, sie vermisst ihn, sie weiß selbst, wie verrückt das ist. »Papa, du hast dich so oft bei mir gemeldet, um zu erfahren, wie es mir geht.« Er lacht und Catalina muss auch lächeln. »Ich kenne meine Mädchen doch, ich warte lieber ab, bis sie sich beruhigt haben und dann ruft ihr schon von selbst an. Außerdem habe ich immer gewusst, wie es dir geht. Wo bist du gerade?«

Catalina sieht sich um. »Im Flugzeug, wir fliegen nach Puerto Rico, wir waren auf dieser Hochzeit. Ich habe Gabriel gesehen. Ich soll dich schön grüßen.« Ihr Vater schüttelt den Kopf. »Der Mistkerl, macht immer noch mit beiden Seiten Geschäfte, der ändert sich nie.« Catalina weiß, dass sie jetzt genug Munition hat, um ihren Vater immer mal wieder zu treffen. »Du wirst doch sicherlich froh sein, wenn er mit deinem Schwiegersohn zusammenarbeitet, bleibt alles in der Familie.« Sie lacht leise und ihr Vater sieht sie streng an, selbst über den Bildschirm funktioniert das.

»Behandeln sie dich gut? Was war mit den Farinos, du hättest gar nicht auf diese Hochzeit gehen sollen. Haben sie Ärger gemacht?« Catalina sieht zu Santiago und trifft genau seinen Blick, der ruhig auf ihr liegt, auch der andere Mann hört ihnen zu, natürlich ist es merkwürdig, dass ihr größter Feind quasi live zu ihnen geschaltet ist.

227

Sie sieht weg, es ist besser, wenn sie in nächster Zeit versucht, diesen Augenkontakt, der ihre Gefühle so durcheinanderbringt, zu meiden.

»Santiago hat sich darum gekümmert, genau wie um die Acunas.« Ihr Vater setzt sich auf. »Die waren da? Ich bringe Hermando um, war er in deiner Nähe?« Catalina sieht ihm durch das Kameraobjektiv in die Augen. »Wie gesagt, Santiago hat das geklärt, es ist alles gut, aber darum rufe ich nicht an, Papa. Natia hat mir gesagt, dass es Mama immer schlechter geht.« Der Gesichtsausdruck ihres Vaters verändert sich sofort. »Sie ist zu empfindlich, dir geht es doch gut. Sag ihr das doch einfach.« Das ist so typisch ihr Vater. »Habe ich ja, aber es hilft nicht, sie glaubt mir nicht. Sie denkt, ich spiele das nur vor, um sie zu beruhigen.« Ihr Vater lacht. »Das war schon immer das Problem deiner Mutter, sie denkt zu viel über Dinge nach, die somit viel schlimmer wirken als sie sind.«

Catalina muss sich mal wieder zurückhalten, um nicht zu sagen, was ihr auf der Zunge brennt. »Deswegen habe ich gedacht, es wäre eine gute Idee, sie herzuholen. Für ein paar Tage. Sie sieht, wie ich hier lebe und ruht sich etwas aus und dann kann sie beruhigt nach Hause zurückkommen.« Ihr Vater lacht auf. »Nach Puerto Rico? Zu den Rojos?« Catalina legt den Kopf schief. »Ich bin ja auch hier.« Er hebt die Hände. »Aber du bist die Frau des Anführers und ...« Catalina weiß, dass sie hart bleiben muss, wenn sie etwas erreichen möchte.

»... und sie ist meine Mutter. Santiago weiß davon und hat kein Problem damit. Sie ist meine Mutter, du weißt, dass ihr das guttun wird, nur für ein paar Tage. Es ist für morgen schon ein Flug gebucht. Es darf nur kein Flugzeug von uns in Puerto Rico landen, deswegen fliegt sie mit einem normalen Linienflug. Sie ist kein Mann aus unserer Familie. Die Rojos haben kein Problem mit ihr.« Das ist gelogen, es gibt genug, die hier ein Problem mit ihnen haben, aber das verschweigt sie jetzt gerade lieber.

Sie sieht, dass ihr Vater nachdenkt und das ist immer gut, sonst hätte er schon längst nein gesagt. »Papa, du weißt, wie wütend

228

Mama auf dich ist, wegen mir, wegen dem, weswegen du gerade in Venezuela bist … ich weiß, wie sehr du sie eigentlich liebst und dass du ihr nicht wehtun willst. Wenn sie sieht, dass du sie zu mir lässt, wird das vielleicht auch euer Verhältnis wieder ein wenig verbessern.«

Ihr Vater hebt die Hand. »Sie kann kommen, eigentlich ist das nicht schlecht, allerdings muss sie nach vier Tagen wieder hier sein, sie wird Kraft brauchen, denn in fünf Tagen ist die Verlobung von Milo und deiner Schwester.« Catalina wird schlecht. »Was? Wieso so schnell, wieso …?« Ihr Vater hebt wieder die Hand. »Es muss sein, es muss meine Nachfolge geklärt sein. Natia weiß nichts. Du kennst sie, du bist vernünftig, du weißt, was auf dem Spiel steht und du würdest deine Mutter und deine Schwester nie gefährden, Natia aber würde vielleicht abhauen oder sonst eine Dummheit machen, deswegen erfährt sie es erst an dem Tag, also kein Wort zu ihr, Catalina!«

Sie schließt die Augen. Nicht auch noch ihre kleine Schwester. »Dann komme ich mit Mama zurück und bin bei der Verlobung dabei, sie werden mich brauchen.« Ihr Vater schnalzt die Zunge. »Auf keinen Fall, Milo liebt dich, nachher dreht der auch noch durch und macht Dummheiten. Du kommst erst zur Hochzeit!« Catalina treten Tränen in die Augen, wenn sie daran denkt, wie es Natia gehen wird.

Sie beendet das Gespräch und verspricht, dass sie gut auf ihre Mutter aufpassen wird. Als der Bildschirm wieder schwarz ist, atmet Catalina tief ein und sieht durch eines der Fenster hinaus in den dunklen Nachthimmel. Ihre Mutter kommt morgen, doch das wird wahrscheinlich ihre letzte friedliche Zeit sein.

Wenn Catalina an alles denkt, was ihr bevorsteht, wird ihr übel. Die Hochzeit ihrer Schwester, die für sie die Hölle sein wird, das mit Flavia ist noch lange nicht abgeschlossen und auch das zwischen Santiago und ihr ist nicht geklärt, die nächste Zeit wird sehr hart werden, das spürt Catalina jetzt schon.

Sie muss an die Worte des Mannes denken, in was für einer mächtigen Postion sie jetzt ist und sie weiß, dass sie versuchen sollte, diese Stärke für sich zu nutzen, doch noch ist sie dazu nicht in der Lage und sieht mit ungutem Gefühl in das Dunkle der Nacht und dem entgegen, was sie erwartet.

Lesen Sie weiter in …

Catalina

Das Bündnis

der Zerstörung

Leseprobe:

»Nein, du störst gar nicht, möchtest du dir auch etwas machen lassen? Sarina ist bei mir gleich fertig.« Catalina lächelt die Frau an, die seit zwei Tagen rund um die Uhr bei Zayn ist.

»Nein, danke. Zayn ist schon länger weg und ich dachte, ich komm einfach mal vorbei und sage Hallo.« Sarina lacht leise und sieht der hübschen Rothaarigen in die Augen. »Hallo!« Catalina lacht auch, wie sehr sie es liebt, wenn Sarina hier ist.

Zayns neueste Eroberung ist wirklich hübsch, rothaarig, grüne Augen, sie ist einfach ganz besonders, aber Catalina gewöhnt sich nicht an die Frauen von Zayn. Seitdem sie ihn kennt, hatte er schon sechs verschiedene und das sind nur die, von denen sie weiß.

Sie will gerade etwas sagen, da kommen Santiago, Diego und Zayn in den Garten. Catalina sieht hoch in Santiagos Gesicht, er betrachtet sie mit ernster Miene. Sie spürt sofort, dass etwas nicht stimmt. Zayn sieht sie nicht an und Diego deutet Sarina aufzuhören, die Beine zu entwachsen. Santiago nimmt seinen Blick nicht von ihr und Catalina steht auf. Irgendetwas stimmt hier nicht.

»Lasst ihr uns bitte alleine, ich muss mit Catalina sprechen!« Catalina spürt, wie sie leicht zurückweicht und ihn ansieht, sie hofft, dass er anfängt zu lachen und sagt, dass er Spaß gemacht hat, sie nur überraschen will, irgendetwas, doch er sieht sie weiter ernst an und kommt langsam auf sie zu.

Alle verlassen ihren Garten und das Haus und als sie alleine sind, kommt Santiago zu ihr und nimmt ihre Hände in seine. »Es tut mir so leid, Catalina, aber ich habe schlechte Nachrichten, es ist etwas Schlimmes passiert ...«

Catalina kann nicht aufhören, ihm in die Augen zu sehen, sie hofft noch immer, dass er lacht und sagt, dass es nur ein Witz ist, doch er tut es nicht, und als Catalina die nächsten Worte hört, bricht sie zusammen und ihrem Mund entrinnt ein Nein, das durch den ganzen Garten schallt.

Es ist nur ein Moment, der alles verändert ...

Entdecken Sie die atemberaubende Welt von Jaliah J. ...

LLORA POR EL AMOR

Jaliah J.

MIT EXKLUSIVEM BUCHRÜCKEN!

Eine Stadt, zwei Familias und eine Liebe, die nicht sein darf.
Tauchen auch Sie ein in die atemberaubende Welt rund um die Trez
Puntos und die Les Surenas. Erleben Sie Feindschaft, Liebe, Hass und
Glück und wie nah all das manchmal beisammen liegt.

Jaliah J.

Eine
Kleinigkeit
wie
Liebe